作家之家

北美洛杉磯華文作家協會　編
www.nachinesewriters.com

衷心致謝

這是本會每年必繳的一份成績單
謹藉本書向所有關心本會、
支持本會的社會人士與會員、監事、顧問們

致衷心的感謝！

北美洛杉磯華文作家協會
2012年第十屆會　長：陳十美
　　　　　副會長：董國仁、丁麗華
　　　　　理事會成員：小郎、毓超、營志宏、何念丹、朱凱
　　　　　　　　　　　湘、何森、丹霞、華之鷹、楊強、張
　　　　　　　　　　　德匡、周玉華、馬黃思明、蕭萍、楊
　　　　　　　　　　　錦文、汪淑貞、彭南林

2012年會務活動集錦

◆編輯室

2月26日，發行二十週年特刊，集合全體會員作品80餘篇，內容豐富精彩，深受好評

2月26日，舉辦二十週年慶，暨慶祝農曆新年團拜，到賀指導貴賓有經文處龔中誠處長、洛僑中心梁崇禮、邱昌生正副主任，中華會館馬國威、譚君隆正副主席，本會顧問：鄭惠芝、紀綱、黎錦揚、游芳憫、林元清，還有民意代表：孫國泰市長、蘇王秀蘭市長、沈時康市長、黃維剛議員等各界貴賓及各界社團領袖、會友們等兩百餘人與會祝賀

3月18日，舉辦春季郊遊，由本會財務副會長，旅遊專家丁麗華策劃安排，參觀世界著名的蓋蒂博物館「Getty Center」，到海濱品嚐美味新鮮大龍蝦、觀賞蘭花展，並利用行車時間由著名畫家──本會何念丹理事，分享「龍年話龍」的珍貴史料

5月6日，特別為年來倍增的新會員舉辦創作、發表與出書的研習營。由本會理事營志宏律師主持，楊強理事、莊維敏理事、岑霞理事，及本會幾位前會長與著名作家蓬丹、古冬、周愚監事們連袂現身說法，令所有新老會員均感受益良多，得到莫大的鼓舞

5月13日，本會推薦何森理事夫人（左二），參加南加州中國大專校友聯合會舉辦，慶祝「母親節」盛大園遊會並接受模範母親表揚，本會亦支持一個攤位，展出會員作品數十件，並就地廣為宣傳吸收新會員

6月16日邀請本會永久會員——心理與精神科專家劉鍾毅醫生，做專題演講：「文學與潛意識」，吸引了許多會員與親友慕名而來。劉醫師以精製的圖表配合詳細的解說得到滿座的掌聲、提問交流與共鳴

7月2日，本會卅餘位會友參與，設宴熱烈歡迎上海作協外聯部副主任胡佩華女士到訪
南加。席間除商討各項互訪與創作的交流訊息外，會後大家更以溫馨的歌舞助興賓主
盡歡

9月15日，為本會理事張德匡、會員王曉蘭、長弓、黃嘉瑩發表新的著作，含語音教
學、詩歌、散文、小說。招待各界同來與作者交流、研讀賞析，是本年度本會第一次
新書發表會，暨中秋聯歡茶會

9月30日，本會會長陳十美、理事朱凱湘、彭南林及王曉蘭會友，代表參加於紐約舉辦的「北美作協總會年會」。於開幕式的午餐會中，與著名的夏志清教授伉儷（前排左一、二）與「父親與民國」作者白先勇先生（前排右一）合影

10月8日，本會代表董國仁副會長、張德匡理事、彭南林理事參加國慶酒會，與甫自選美贏得「2012年世界台灣小姐皇后」獎的彭凱琴（彭南林理事的千金，右三）及「2012年世界妙齡皇后」獎的陳元元（經文處商務組陳主任千金，左三者）合影

10月20日，由蕭萍理事發起，歡宴來南加訪問的新疆美術出版社于文勝社長，洽談雙方合作出版等文學交流事宜。于會長告以返國後，即積極策劃出版海外作家系列叢書，希望得到南加作家們的積極響應與支持

11月10日，舉辦冬季戶外知性旅遊及野餐，到訪亞凱迪亞市著名的「孔雀植物園」。遊罷，另覓一幽靜地，由凌莉玫會友主持剛剛獲得諾貝爾獎的大陸作家「莫言」的作品研討會。由於發言踴躍欲罷不能，會後部分會友又到「孔雀台」的咖啡座續攤

11月11日，應南加中文學校聯合會邀請，發動本會會員支援中文學校聯合會春秋兩季學術競賽，擔任評審、主持或觀察計時、計分等職務。由本會董國仁副會長、何念丹理事、楊強理事、周唐泰會友等代表參加。（圖右二為知名漫畫家紀星華）

12月22日，為六位會友發表新書後，同時舉辦聖誕新年聯歡會。由董國仁副會長及牧師，領導會友張文文、凌莉玫會友同台歡唱多首平安與慶祝歌曲

12月22日，為本會會員李峴、陳思寧、張文文、蔡季男、
龔天茂、黃嘉瑩等六人發表新書，含學術論著、詩集、散
文、兒童文學、兒童詩歌、英文詩創作等。圖中為六位新書
發表者，與助理人員小郎理事以及楊強理事夫人Alice合影

12月22日，本會為六位會員舉辦本年度第二次新書發表會暨慶祝聖誕新年的茶會，發
動三十餘位會員，同時加持參加「著作聯展」的熱烈盛況

序　精神上的家

◆陳十美

　　「北美洛杉磯華文作家協會」是海外的一個擁有悠久歷史的文學大家庭，這本《作家之家》則是他們創作成果的存放處所，也可說是他們精神上的家。

　　在大家庭的百餘位成員中，我們這次共收錄了八十篇作品，全書近四百頁，和數幀會務推展的精彩記錄照片，數量上打被了以往的紀錄；質量上則包含了散文、小說、詩歌、人物、旅遊、論述、戲劇、報導文學……等，涵蓋了文學的全方位。

　　這個溫馨的文學大家庭裏，有成名已久的大師級作家，有目前已享譽海內外的知名作家，有極具實力並持續精進中的作家，也有正在起步階段，尚不敢自稱為作家的新手。但他們最大的共同點，是他們都愛好文學，他們不但努力於自己的寫作，也都立志為延綿海外華文文學克盡棉薄之力。他們不分男女老少，不論來自世界上的那一個角落，都本著以文會友，以友輔仁的精神，相親相愛，相互砥礪，相互切磋。資深作家為貫徹本會提攜後進的宗旨，對新進不吝教導，新進人員則虛心學習，勤奮不懈。這本《作家之家》的出版，就是見證。

　　《作家之家》得以出版，是匯集了許多人力、物力、和時間的成果，包括本會顧問們與所有社會人士的慷慨捐輸與指導，以

及每位會員勤奮寫稿，多位義工擔任編輯、校對，都是毫無回報
的付出，不過當他們看到這本書時，便是最好的回報了。

陳十美謹識
二〇一二年歲暮
於美國加州洛杉磯郡

目次

抒感

附錄

2012年會務報告

2012年會務報告
2012年會務報告

兩年的成果

◆陳十美

　　十美自接掌北美洛杉磯華文作家協會後，深感責任重大，惶恐不已，兩年來兢兢業業，推展會務，所幸我們有堅強的理、監事會及顧問陣容，還有眾多優秀會友們積極的參與支持為後盾，成績斐然。值此一年一度的文集發行機會，僅登錄此篇精彩的會務記錄，以茲全體會員緬懷紀念。

　　一、兩年來我們總共辦了四次新書發表會，為芩霞、古冬、潘天良、游芳憫、尹浩繆、華之鷹、鄭錦玉、劉耀中、莊維敏、小郎、王曉蘭、張德匡、黃嘉瑩、張純青、文文、慈林、龔天茂、李峴、蔡季男等，共發表了廿幾本新書或詩集。（召集人：蓬丹、營志宏、周愚、董國仁）

　　二、二〇一一年六月十一日與僑教中心協辦黃春明、二〇一二年七月再度應邀協辦李昂等兩場文學座談會及與南風畫會、藍天藝文協會舉辦了兩次書畫展覽會（董國仁、莊維敏、朱凱湘、楊強為出席代表）。

　　三、聘請了四位新的顧問，張孺和、林元清、鄺鉅鈿、廖聰明，也感謝他們與鄭惠芝顧問一樣的慷慨支援，每年均捐贈一千元給大會作補助。（監事：張明玉，亦於二〇一二年十二月捐贈兩千元，在她十分病重的情況下還如此關心會務，實在不容易）

四、會裏自己主辦了四次文學座談會，分別於二〇一一年八月邀請到香港《亞洲週刊》記者紀碩鳴暢談採訪生涯的精采經過（主持人：蓬丹）。二〇一二年六月一日，由永久會員劉鐘毅主講「文學與潛意識」（主持人：何念丹、周愚）、三月龍年談龍（何念丹主講）及二〇一二年舉辦莫言得諾貝爾獎的作品賞析（召集人：蕭萍、彭南林，主持人：凌莉玫、張五星）。

五、含春、秋兩季戶外郊遊攬勝（召集人：丁麗華、蕭萍、彭南林），我們也曾幾度組團相約關懷慰問幾位病患的會友。（代表人：周愚、朱凱湘、董國仁、莊維敏、小郎、毓超）

六、慶祝周愚、蓬丹、何森、古冬、楊強、芩霞、莊維敏、于傑夫、艾王等，兩年來分別得到僑聯總會著作各式優勝獎。

七、十美與蓬丹、古冬伉儷、游芳憫、尹浩繆、潘天良、朱凱湘、王曉蘭、彭南村，分別於二〇一一年冬及二〇一二年秋參加兩次世華大會及北美總會在廣州及紐約的代表大會。

八、我們也不忘參與相關社團活動，如祭孔大典、國慶活動、擔任中文學校春秋兩季學術、才藝比賽評審、參與大專校友會母親節園遊會、市長就職等（代表人：董國仁、張德匡、馬黃思敏、楊強、朱凱湘、小郎、何念丹、周唐泰、何森、蓬丹）。

九、我們也曾於今年三月為倍贈的數十位新會員而舉辦寫作技巧研究講座與發表及出書辦法。（召集人：營志宏，講員：蓬丹、古冬、小郎、岑霞、莊雄敏）。

十、我們也曾經於二〇一二年七月二日及十月二十日分別設宴歡迎來自上海的上海作家協會外聯部副主任胡佩華及來自新疆美術出版社社長于文勝，交流在大陸出版發行的問題。（兩次出席人員均逾廿餘人）

　　十一、當然我們也不忘每年舉辦盛大的年會、慶祝聖誕節、中秋詩會、春節團拜等中西應時節慶。（主持人：董國仁、楊強、丁麗華、岑霞、周玉華、彭南林、蕭萍、凌莉玫、營志宏。）

　　十二、我們的監事周愚、理事彭南林及會員菊子、劉秋果，也不斷奔波，為未來與兩岸作家的交流做聯繫溝通、搭建橋樑。

　　最後當然要記載我們的重頭戲──會員文集，因各界慷慨支持及會員踴躍捐輸，得以每年發行一本會員作品集，更加全體會友的熱烈參與，每次均能以搜集七、八十餘篇近三十萬字，內容純粹出於本會會員自己作品的資量刊行。（總編：周愚，助編：陳十美、王曉蘭、彭南林、小郎協助印刷出版事宜。）

十美謹誌

莫言作品賞析會紀實

◆凌莉玫

　　十一月十日，秋高氣爽，近四十來個新舊會員聚集在阿凱迪亞市植物園的大門口。我與先到的文文，和遠從Carlsbad 來的張五星先生打過招呼後，立即興致勃勃地開談莫言其人其事和對座談會的期望。稍後，大家就朝著橘綠兩色氣球的方向走；原來，十美會長已把停車場邊上的野餐桌佈置得美輪美奐。

　　我很快地就被呈現在桌上的玫瑰吸引住，她們的確嬌豔到叫人看得心花怒放。

　　會長又把她家後院的柿子連枝帶葉的與我們分享；那纍纍的深橘色果實，除了增添秋收的韻味外，似乎也在祝禱這回的賞析會將有個好的開始和圓滿的結局。

　　野餐完畢後，因為風大，一些人就先告辭。留下來的人一齊進了植物園；待覓得一幽靜之處後，便隨遇而安地擇階而坐，開始今日節目的主軸——莫言作品賞析。會長以朗讀蔡季南會友的一句話揭開了座談的序幕：

　　　「打著紅旗反紅旗——冤啊！」

　　　「擺出莫言書莫言——高噢！」

　　大家正揣測這句話的涵意時，會長邀請曾在大陸從事記者生涯多年的五星先生講訴了莫言生長的時代背景。我緊接著調

查在座者曾讀過莫言的二十一本書目中的那幾本，馬上決定以
《蛙》、《豐乳肥臀》作為討論對象。進行方式則以我事先定出
的題目：「結構與敘述方式」、「人物」、「作者未經中日戰
爭，為何喜以抗日做題材？」、「作品最吸引你之處在哪裏？」
等等逐條討論。事實上，參與座談的會友並未都讀過莫言的書，
但未因此減輕了他們對題目的關注或發言。當有針鋒相對的時
刻，彼此很快就以互相尊重的態度，讓議題的討論更加明朗。由
於大家說的均是發自內心的肺腑之言，為了求知，有所疑問又何
妨？而與會者都是涉獵甚廣的讀書人士；由於著眼點的不同，意
見相悖又何礙？反之，在聆聽發言人闡釋其論點時，即若不完全
苟同他的意見，但聽者的視角卻因之擴展，而增加了討論的深
度。在座談將近尾聲時，我宣稱在聆聽諸君的見解之後，深感受
益匪淺；而與會者也以討論熱烈、始終未見冷場來祝賀我主持
成功。

　　莫言，本名管謨業，一九五五年生於山東高密縣。一九八〇
年代以鄉土作品崛起，被歸類為「尋根文學」作家。迄今寫作三
十餘年，獲獎無數。一九八八年春，由他的作品改編的電影《紅
高粱》榮穫西柏林電影節金熊獎，引起世界對中國電影的關注。
持續的筆耕，使他的佳作層出不窮。一九九七年，他的長篇小說
《豐乳肥臀》使他獲得中國最高獎額的「大家‧紅河文學獎」。
二〇〇九年底出版的《蛙》則讓他獲得曾兩度失手的茅盾文學
獎。然而，二〇〇六年他出版的第一部章回小說《生死疲勞》更
讓他登峰造極，榮登諾貝爾寶座。與會的文友縱然對莫言的作品
有無好到可以得到最高的文學榮譽與否抱持不同的看法，但對他
孜孜不倦的自學、勤寫精神，均給予一致的肯定。而我個人則因
莫言書中人物在苦難與挫折中能頑強的生活下去，受到極大的啟

示與感染。

　　十二月十日是諾貝爾的生日，我在電視上看見莫言在瑞典首都斯德哥爾摩市的皇家音樂廳領取了此獎項中歷史最悠久的文學獎；身為華人，我與有榮焉！因為莫言，作協舉辦了此次首度讀書會。望能拋磚引玉，類似的賞析會可以持續下去。屆時，我們便可以洗耳恭聽蔡季南先生對他給此會贈言的解說。

　　　　作者簡介：凌莉玫，任職於範度拉縣政府社會福利局財政
　　　　　　　　　處，擁有美國會計師職照。喜愛文藝、音樂、
　　　　　　　　　舞蹈、登山及旅遊。曾任Orient Express健言社
　　　　　　　　　社長，臺大校友會理事。參與編輯工作，為二
　　　　　　　　　〇一〇南加州臺大校友會年刊主編。

聖誕聯歡碩果纍纍

◆蕭萍

　　「北美洛杉磯華文作家協會」二〇一二年聖誕慶祝活動在艾爾蒙地市舉行，今年的活動辦得格外引人注目，作協的會員以自己的新作品向海外華人獻上一份聖誕大禮。

　　作協有二、三十會員近百餘本著作同時參與聯展，全體理、監事顧問出錢出力，陳十美會長的陽光教育中心（代秘書處）的精心策劃佈展等等執行展出，

　　六名會員帶了十本新書參加了隆重熱烈的聖誕聯歡。作協以弘揚中國文化，多出作品為宗旨，支援鼓勵會員多出新書，今年獲得纍纍碩果。有五家媒體相繼報導這個文化盛會，洛杉磯臺北經文處副處長周慶龍、核桃市美女市長蘇王秀蘭等到會祝賀，並熱情讚揚辛勞寫作。中國大陸河南省政府工會副部長，也在會上致詞，歡迎北美作協的作家們去大陸訪問。八十餘位來賓自始自終熱情地參與。

　　作協陳十美會長安排緊湊有序，除了豐盛的美食小吃，還有幾十份聖誕禮物，聚會溫馨融洽，洋溢著濃濃的節日氣氛，也充滿中國文化氣氛。

　　前會長周愚先生介紹了六位作家和他們的新作：臺灣女作家黃嘉瑩的《展翅的彩蝶》；四川年輕女作家文文的兩本新作《仰

望》、《從剩女到密女》；哥倫比亞大學物理學博士龔天茂的詩集《Flower You》、《Nature》；臺灣作家蔡季男先生的兒童讀物《走出布袋》、《蟬兒吹牛的季節》，這兩本書曾經在臺灣榮獲「好書大家讀」獎，還有他的新散文集《洛城賦》；黑龍江電視臺美女作家李峴作品《飄在美國》配著十二集電視劇DVD影像參展；加州大學洛杉磯分校中國學者陳思寧先生的新詩集《慈林的詩和他寫詩的日子》。

同時參展的還有王曉蘭的西雙版納攝影展、畫虎專家何念丹帶來新作威武的猛虎圖，以及才女汪淑貞的畫。會場裏書、畫、影視聚集一堂，文化氣氛濃濃激奮人心。

六位書評人感人肺腑的發言，給大家很大鼓勵，王曉蘭和張棠聲情並茂地朗誦作品中的詩歌，贏得陣陣掌聲。作家們在會上介紹了自己的新書創作歷程，北京中央電視臺的資深美女記者在臺下多次熱情提問，臺上臺下互動融洽，氣氛十分活躍。畫家何念丹主持了會議，他幽默有趣的話語引起一陣陣的歡笑，整個聚會歡快熱烈。北京戲劇學院的老導演楊強老師，不僅展示了他的新畫作品，還主持了文藝演出活動，慶祝活動生動活潑，在歌聲笑聲中完美結束。

作協一些新作家正在努力耕耘，預計明年四月將有更多的新書問世。

會後大家去了深井酒家一聚，以示慶功。

世界日報二十三日的「地方新聞」以頭條配以照片，大幅報導了作協聖誕聯歡和書展盛會。

特稿

祝賀「北美洛杉磯華文作家協會」邁入廿一週年誌慶

◆鄭惠芝

　　欣逢「北美洛杉磯華文作家協會」成立廿一週年慶，謹以誠摯的心情，致上賀忱之意。協會自一九九二年創會，在歷屆會長卓越領導及全體文友熱忱支持下，出錢出力，大家致力於國學宣揚，會務更趨發揚光大。

　　現任第十屆會長陳十美女士，為一九八○年南華時報創辦人及美國東亞文教基金會會長，對於經營「北美洛杉磯華文作家協會」更是得心應手，在就職時即對二○一一年和二○一二年初的會務工作已做好全面規劃和分工，表示在她的任期內，除舉辦各種文學活動，與各社團進行廣泛交流合作，出版會刊和文集外，秉持該會宗旨：「以文會友、以交流寫作經驗和弘揚中華文化為目的，不涉政治、宗教和種族問題。」並以優越的世代傳承精神，繼續推展會務，在和諧、進步、團結的氣氛中，使「作家協會」成為溫馨、居高水準的文學大家庭。如今已看到會員們在文學創作上碩果累累、成績喜人。

　　南加州文藝氣息最濃的社團，當屬「北美洛杉磯華文作家協會」。該會成立二十多年來，文友們克服種種困難和坎坷，為北美的文學愛好者撐起一個平臺，把中華文化的精神和西方文化的精華綜合起來，大開地球村的道路，充分展現對文學創作的熱

情和無私的奉獻精神，為海外廣大的讀者提供一個良好的文學園
地，積極發揚中華文化。

　　「北美洛杉磯華文作家協會」文友們本著以文會友，以友輔
仁，相互切磋的精神，抱負著為人類靈魂做工作的使命，筆耕不
輟，是一個具有相當實力的文學團體。二十餘年來，除了舉辦過
無數次文學演講、座談、會員新書發表、節慶聯歡會等一般性的
傳統活動外，更大力開展文學交流活動，與中國作家協會等文學
團體開展雙向互訪。

　　本人由衷表示感佩「北美洛杉磯華文作家協會」長期以來的
文學推動，將華人回歸到中華文化主流，為海外華人下一代耕植
中華文化盡心盡力。

　　值此「北美洛杉磯華文作家協會」歡慶廿一週年的時刻，本
人謹向全體會友表達恭賀之意，並由衷祝福「北美洛杉磯華文作
家協會」，能靠文學的力量，凝聚海外華人在各界的精英，為繼
承傳播中華文化而貢獻所能，促進世界和平為目標。最後祝福每
一位會友健康如意，會務蒸蒸日上！

　　　　作者簡介：鄭惠芝，臺北市私立立人國際中小學校長、中
　　　　　　　　　華民國中央評議委員、本會永久顧問、熱心公
　　　　　　　　　益、尤好文學創作、年年慷慨捐助本會。

在原鄉與新土之間
——「海外華文寫作」今昔談

◆叢甦

一、歷史的回顧：留學生文學

　　「海外華文寫作」這個題目涵括甚廣，這六個字包括了一個人生命裏的三大要素：天地、語言與作為。他的天地是「海外」，他的語文是「華文」，他的作為是「寫作」。換言之，我們現在要討論的是一個獨特的群體：一個遠離母國身處異域的但是依然用母語「華文」從事「文字與文化」工作的群體。這個事實乍看似不尋常，但是仔細審視，它必定有特定的、歷史的、文化的與個人的緣由。

　　由歷史的角度說，海外華文的寫作涵括「留學生文學」，或者正確地說，「留學生文學」開創了海外華文寫作的先河。在討論「留學生文學」之前，我們或許應該先「正名」。中國儒家文化主張「正名」，「名正則言順」。因之我們要問「留學生文學」的範圍包括什麼？它是否只為留學美國或西方的學者學人的作品？它是否也涵括其他華裔作家的作品？它是否只為在海外以中文為體的作品？它是否包括海外華裔作家的英文作品？在一般人的認知中，「留學生文學」是指在二十世紀六、七十年代自臺灣至美國或西方留學的學人學者所寫的文學作品。從名稱上

看，如果「留學生文學」只包括「留學西方的學人學者的文學作品」，那麼，在定義與內涵上有著不可避免的「局限」與「排它性」。因此，由六十年代的「留學生文學」轉化蛻變為八十年代以後的「新移民文學」是有它不可逆轉的時代必然性。

對這個主題我將以宏觀的觀點來討論。宏觀地看事務是以整體的、歷史的、大時代的、鳥瞰式的觀點來剖解事務緣由。廣義地說，中國最早的留學生可能是玄奘。法師到印度取經以宏揚佛法。較近的著名的留學生有容閎，到西方以學習洋學洋務。青年學子離開母國跋涉異地的原因是因為異域他鄉有值得我們追求的學問、技能，有值得我們見識的世面。二、三十年代，經過「五四運動」的啟發與激勵，許多青年作家與有志之士留學英法，去學習研讀，或「勤工儉學」。這種留學是一種自發式的理想的追尋。但是在二十世紀動蕩不安、狼煙時起的歲月裏，有的留學或飄零海外的生涯可能是由於政治因素、社會壓力或世俗觀感而導致。

二十世紀曾被歷史學家稱為「流放的年代」（Age of exiles），正如十九世紀被稱為「意識形態的年代」（Age of idcology）。十九世紀崛起的眾多「意識形態」，如民族主義、資本主義、社會主義、共產主義等思想模式，經過劇烈的競爭與鬥爭，在二十世紀裏不同的地域與社會發展成為具體的「政治現實」（political realities）。兩次世界大戰及無數的區域性衝突，以及血腥的意識形態的鬥爭暴虐——納粹主義、日本軍國主義、共產主義——造成大批人流離失所家破人亡，或浪跡異鄉而成為戰亂大風暴中飄零的落葉。二十世紀最偉大的作家群體中有不少位是逃避暴政流落異鄉的「政治流放人」（political exiles），現在僅由記憶所及提幾位，如Thomas Mann、Elias Canetti、Isaac Singer、Aleksandr Solzhenitsyn、Czeslaw Milosz、Joseph Brodsky

等，皆為Nobel文學獎得主。另外也有作家由於社會或宗教壓力而被迫自我放逐，遠離母國在異鄉異域繼續以本國文字創作，如James Joyce、D. H. Lawrence、Samuel Beckett等。Beckett在離開愛爾蘭以後到了法國，他的成名作品皆以法文撰作，如「等待果陀——Waiting For Godot」。流放作家的共同特色是「疏離感」（sense of alienation）與「孤寂感」。而「疏離感」與「孤寂感」是存在主義（Existentialism）哲學中視為人存在中的基本情態。美國的馬丁·塔克教授（Martin Tucker）在一九九一年編著的巨著「二十世紀的文學流放」（Literary Exile In the 20th Century, An Analysis and Biographical Dictionary）囊括上世紀所有的世界文學巨人，十名諾貝爾獎得主與其他文壇稱著者，塔克在「前言」的長文評論中對文學的「流放意識」或「離散（Diaspora）文學」有極精闢的剖析。這本八百多頁的巨著中有我撰寫的八篇對華裔作家與韓國作家的評論。

在中國近代史上，一九四九年是一個撼天動地的分水嶺——國民政府棄陸遷臺。其時五十年代的冷戰氣氛低彌全球，韓戰熾熱，海峽局勢險惡，臺灣島內政局風雨飄搖，威權體制高壓逼人，經濟艱困不振等外在因素使「出國留學」被視為青年人的寶貴出路。六十年代自臺留美的青年作家群體，如白先勇、陳若曦、劉大任等十數名作家大多數源起於臺大外文系的所謂「近代學派」（The Modernists），曾共同為白先勇發行的「現代文學」雜誌撰稿。他們之中大多數在孩童年歲隨家至臺（留美的陳若曦、歐陽子、郭松芬等作家係臺灣本土）。當他們由於國家內戰由故鄉遷往新土（臺灣）時，他們幼弱的心靈已感受到「內部流放」之苦，抗日戰爭時的顛沛流離是那代人幼兒時即有的痛苦記憶，而留學異域可謂二度流放（twice exiled）。因此，一般流浪

與離亂人所感受的疏離感、失落感與孤寂感是這批青年作家作品中不時浮現的情懷。這批「學院派」的留學生至美留學時，他們其中大多數在臺灣的報紙雜誌上已發表過作品，在文壇已經「初啼新聲」。留駐臺灣的陳映真、林懷民與蔣勳當年也曾為「現代文學」的撰寫。這本雜誌曾是日後不少成名作家、藝術家的啟蒙園地。

於梨華較六十年代的作家群早來美國，畢業於臺大歷史系。她通常被認為是第一位創寫「留學生文學」的作家，她的作品中不少以華裔學者學人在學院生涯中遭遇的困境、辛酸與權位鬥爭為主題。而較之於梨華更早在四五十年代由大陸來美留學，由於歷史巨變而真正「留美—留下來」，譬如林語堂、黎錦揚、蔣彝、唐德剛、夏志清、董鼎山等學者與作家，以中英文寫作。唐德剛與周策縱、心笛等曾在五十年代於紐約成立「白馬詩社」，以詩會友，定期吟詠，並出版詩集。胡適之當時是他們的導師與同仁詩人。「白馬詩社」轉變為後來的「紐約文藝中心」，更後來蛻變為目前的「海外華文作家筆會」。

這批六十年代的青年留學生作家與一般移植新土的作家，所共同面臨的問題可能有以下幾方面：

其一：語文因素：作家在海外繼續以中文寫作，因之所觸及的只是中文讀者群，但是由於不能熟練地掌握英文運作，而使作家猶豫不前去嚐試以新語文創作。

其二：社會文化因素：不能全然掌握新土的歷史、社會、文化習俗內涵，因之也局限他們的寫作題材與人物，而只注焦於「異鄉人在異地」的辛酸困境、打拚掙扎為主題。

其三：人的因素：他們作品的題材與人物以華裔為主，但是成功的作品描繪的是人的七情六慾、生老病死。成功的作家可以超越外在環境的局限而捕捉普遍人性的真實，在「卑微中透視偉

大，平凡中尋覓不凡」。「留學生文學」中不乏描繪普遍人性的
傑出作品。

其四：懷舊思鄉因素：因內戰而分裂的中國與海峽對峙的局
勢使海外遊子敏銳地關懷故土的安危，「政治敏感度」與感時傷
懷的「憂患意識」高度提昇。七十年代初的「保釣」運動曾激起
海外學子的愛國激情與衛土熱潮。張系國的小說「昨日之怒」即
受此激發。

因此「流放作家」（政治放逐）或者有「流放意識」的作家
（雖然不為政治流放，但是受政治局勢影響而遠離故土），中外
皆然，作品可能多少地反映了「孤臣孽子之悲，顛沛流離之苦，
背井離鄉之痛，異地異域之驚」。隨之而來的對大多數作家面對
的是如何在新天地裏「自我定位」與「文化認同」的難題。這些
問題是所有新土移民，作家與否，都要面對的。

二、另個奇葩：歐華文學

「海外華文文學」是一個經常被討論的議題，但是在過去多
半以「美華文學」為主。「海外華文文學」其中極重要的成素之
一「歐華文學」有時卻被忽略。這種忽視不是由於偏見或成見，
而是由於無知，由於對歐華文學的發展歷史與現實狀況的缺乏足
夠認識。對歐華文學有「開創之功」的趙淑俠在一篇題名為「披
荊斬棘，從無到有——析談半世紀歐洲華文文學的發展」的長文
中對它在半世紀中的艱辛誕生、成長、經營、碩壯的過程做了極
詳盡的介紹與「現身說法」的經驗談。

她在長文中將「歐華文學」從無到有，從「荒蕪沙漠」到
「綠樹成蔭」的過程述敘得非常詳盡。追溯「留學歐洲」，我們

應回顧歷史。研究中國近代文學史的人都認知「三十年代」的文學作品的「質與量」都是中國近代文學的最輝煌的成就。而三十年代的作家群體中不少佼佼者都是「留歐」，而非「留美」，正如在十九世紀與二十世紀初期「法文」是國際社會通用的官方語言，而不是「英文」。三十年代作家，如老舍、巴金、徐志摩、凌叔華、蘇雪林、許地生、李金髮等，不是留英，就是留法。他們與西方文化與文學體驗過「第一類的親身接觸」（Close encounter of the first kind），在創作技巧與內涵上受到西方自十八世紀「啟蒙主義」（Enlightenment）以後即興起的「浪漫主義」（Romanticism）、「人文主義」（Humanism）與「寫實主義」（Realism）等影響，再融會當時中國政治現實與傳統文化的衝擊，他們創作出不少傑出傳世之作，對後世作家影響深遠。

由於日寇侵華，烽火戰亂，世局變遷，中國學子留學歐洲有了文化斷層，四十年代以後的留學「福地」是「美」而非「歐」。當趙淑俠於六十年代留學歐洲時，當時留學生罕見，中文刊物絕跡，漢學研究不昌，「中國」對一般歐洲人而言是一個遙遠的「地理名詞」。唯一的精神食糧是臺北家中郵寄來的中文報紙。這也是當年留美學生的同樣困境。隨著時日變遷，留歐學生與僑胞漸增，中文報紙也一一誕生，譬如由大陸發行的「歐洲時報」，由臺灣主辦的「歐洲日報」，獨立性質的「西德僑報」等為華人社會提供了資訊與文化交流的管道，與學者、作家與移民發表作品的園地。「日報」與「僑報」如今已停刊多年，但是當年都曾在歐華社會中發揮過特定的功能。

半世紀以來，趙淑俠與「歐華文壇」有著緊密互生的關係。她著作辛勤，苦心經營文化承傳與文友交流。一九九一年在她的主導與文友的協力下，「歐華作家協會」成立。這是一個極有組

織力與向心力的作家團隊，他們曾主辦過多次「以文會友」的雙年會議、藝文活動，並出版會員文集與極有文獻價值的「歐華作協文庫」。更重要的是團隊中不乏臥虎藏龍文采不凡的作家，如呂大明，楊允達，鄭寶娟，學者車慧文等。他們及其它優秀的作家，在歐洲那片異國的天地裏以華文繼續辛勤筆耕，發揚中華文化深厚久遠的歷史承傳，這是難能可貴並令人欣慰的佳音。趙文是研究歐華文學發展史的重要原始資料。作為作家，趙淑俠著作豐碩，其中「我們的歌」尤為反映特定時代脈動的鼎力之作。

三、八十年代是「海外華文寫作」的分水嶺：新移民文學

八十年代以前，「留學生文學」的作家大部份來自臺灣。而後在七、八十年代由臺來美的作家群體的教育背景與生活經驗都有異於「留學生文學」的作家們（幾乎清一色是臺大外文系畢業生），他們目前活躍於海外文壇，在小說、散文、評論方面極優秀的作家如章緣、張讓、姚嘉為、趙俊邁等的作品中不乏精彩佳作。由於臺灣經濟起飛，海峽危機消弭，世界局勢變遷，這批作家們的關懷與創作焦點也有異於「留學生文學」的作家群。他們不再為沉重的「憂患意識」與尖銳的「政治敏感」而焦灼不安，而消沉悲愴。概括地說，自「留美」到「美留─留下來」，早期的或後期的海外華文作家們，如施叔青、簡宛、趙淑敏、喻麗清等與其他眾多的在海外文壇筆耕不息者（包括「留學生作家群體」），順勢自然地融入了「新移民文學」的筆陣。

在此，我們應該指明的是：評論家有時會將某些具有時代特色的文學作品冠以一個統稱名號，這種做法其實並無褒貶之意，或價值判斷，更無科學的精準性。其目的有時是為了「便宜行

事」，或點劃出某些特定時代文學作品突顯的獨特風貌與歷史脈動。

　　大陸在八、九十年代之後，由於改革開放，大批學者學人到海外研讀進修。當時一本寫作極為粗糙的書「北京人在紐約」在大陸極為轟動暢銷，而且被拍成電影。由此可見對外開放甫始的大陸人對海外華人生活的好奇心與新奇感使他們頗為饑不擇食。目前由大陸至美的學人學子不少為報紙副刊寫稿，有散文雜文、小品及小說。作品的主題與早期留學生文學有相似處，譬如：思鄉懷舊，思念家人朋友，思念故土的小食風景，新土生活習俗的不適應，語文的礙障，覓職、覓友、覓金、覓屋等現實問題。但是在這些寫作中罕見的是對「分裂中國」（divided China）的恐懼與疑慮。海峽兩岸關係的改善，人民與商貿的頻繁交流等措施使那早期留學人感受的孤臣孽子的憂患情懷大為消減。而且在大陸經濟起飛、人民生活普遍昇提、旅遊開放，互聯網的盛行的年代，海外學人與親友家人的聯絡通話與互訪已極為平常。如今的「世界村」已成為「天涯若比鄰」。這種「方便」與「幸福」是早期留學生夢想不到也不敢夢想的。因此在某些新世代作品中反映的不是「異鄉人在異地的深沉悲愴」，而是一個出遊者在陌生環境中的拙愚不適。來自大陸的作家的作品有的根本不可能稱為「留學生文學」，因為這批作家群體中不少人來美時都已是涉身社會與工作環境的成年人，在原鄉已經有著各種不同的個人經驗與涉世經歷。其中作家陳九的短篇小說與新詩都功力不凡。二〇一一年底我為加拿大Waterloo University 「Literature In History/History In Literature」的學術研討會寫作的英文論文（7,200字），其中討論「海外華文寫作部份」對陳九的新作有著極詳盡的評論。另外有知名度頗高的哈金與嚴歌苓，他們在原鄉的或甜或苦的經驗與見聞提供並豐富了他們作品的內涵。前者以簡單可讀的英文

書寫一個黑暗時代裏的人性悲歡離合，後者以擅長說故事的手法描繪出已逝年代裏平凡小人物不平凡的際遇。哈金的作品在英語世界已擁有相當的讀者群。

　　隨著政治大環境的改變與開放，中國國家實力的昇提，大陸海外移民的劇增，八十年代後海外華文的作品反映著新移民在新土的艱辛打拚，適應困窘，文化震撼、尋覓定位與故土思念等情懷。但是，大體來說，某些作品在文學技巧與文字修養上欠缺成熟洗練。在「人人皆可為作家」的互聯網年代，寫作的通俗化，大眾化，粗糙化，票友化「急就章」，譁眾取寵化等是必然的趨勢。

　　「海外華文寫作」自六十年代的「留學生文學」到八十年代後的「新移民文學」是一個漸進的蛻變的過程：從「天涯孤客」到「異域過客」到「海角遊客」到「寄居僑客」到「生根新客」的逐步變化。生了根的「新客」遲早是要昇提為「新主人」的，由「邊緣」到「主流」是需要努力掙扎與「時勢變遷」的。在「老外說中文」已經比「老廣說官話」更帶京腔的今天，未來中文將「並駕齊驅」英文，甚至於取而代之，並非不可能的夢想。「海外華文寫作作家」拭目以待吧！

四、另類群體：以英文寫作的華裔作家

　　我現在要短暫地提一下海外以英文寫作的華裔作家，之所以如此做並非刻意違反「海外華文寫作」的主題，而是要證明「不以中文寫作」並不等於「切割中華文化傳統」的臍帶。四十年代的林語堂在美的暢銷名著是「吾民吾土」（My Country My People, 1935），六十年代的黎錦揚的「花鼓歌」（The Flower Drum Song, 1957）被搬上百老匯舞臺（1958），兩者都是以「中國人、

中國事、中國文化、中國傳統」為主題，雖然訴求的對像是西方人。或者更正確地說法是：正因為對像是西方人，所以以英文來書寫「古老的、遙遠的、神秘的」中國的傳奇與現實才更具異國情調（exotic）的吸引力。

另外在海外的華裔作家純以英文寫作的後起之秀有譚恩美，湯婷婷，黃哲倫等。譚恩美（Amy Tan）的「喜福會」（Joy Luck Club）在美暢銷，且被拍成電影，生動描繪出不同年代不同文化社會環境中華裔母女的代溝。湯婷婷（Maxine Hung Kingston）的「女戰士」（The Woman Warrior）以花木蘭的故事作為引子與隱喻來象徵女人追尋自我定位的掙扎。另外一位在英語世界中游刃有餘的是劇作家黃哲倫（David Henry Hwang），他的名著「蝴蝶君」（M. Butterfly）曾在百老匯上演，也被拍成電影。他早期的作品「跳船」（FOB, Fresh Off The Boat），是他寫的有關「華裔故事三部曲」之一，也曾在Off Broadway的小劇院上演。

八十年代初期（一九八三年），黃哲倫、夏志清教授及我共同被邀在「美華圖書館學會」的年會上做英語演講，主題是「海外華裔寫作」。多少年後黃君（其時年輕，尚未大紅）當時的一句話仍然令我記憶猶新。他的大意是他不願被人稱為「美籍華裔作家」，而願被視為一個書寫「人間事、世間人」的作家。這個願望也是眾多偉大作家的共同願望：以「人」為主題，以「大千世界」為舞臺。將近三十年後，他的願望似乎已經達到，互聯網上Wikipedia形容他為「美國劇作家」。黃哲倫是目前所有以英文寫作的華裔美籍作家中作品產量最多，主題最廣，市場最大的一位。除了華裔，他也寫了有關其他族裔與其他主題的作品。他最近的暢銷劇「中式英文」（Chinglish）回歸到以中美文化衝擊、中英文語言誤解而導致的喜笑困窘的主題。這位不願意被稱為「美籍

華裔作家」的人看來至今仍不願跳離「華人故事」的如來佛掌心。

五、結論

　　因此我們可以下結論說，無論來自臺灣或大陸的「新移民文學」作家，或生長在美國以英文寫作的美籍華裔作家，他們曾以中國人，中國事，中國傳統故事、傳奇、文化背景來創作是相當普遍的現象，他們也會繼續向母體歷史文化中去吸取滋養與靈感。去撰寫自己熟稔的「人與事」是理所當然極其自然的事情，自然得如同呼吸一樣。另外一個問題是：海外華人作家是否應繼續以中文創作？答案是一個作家應該用他最便利並熟練的文字來創作。蘇聯流放作家索忍尼辛不少的偉大巨著是在流放美國時以俄文完成。十九世紀的俄國大作家屠格涅夫「自我流放」到歐洲，在歐洲的皇室貴族的上流社會中以流暢的法語交談，但是他念念不忘他的祖國，並繼續以他摯愛的俄文創作。對於俄文，他曾說：「當我對我的祖國有疑惑、傷感的意念的時候，你，你這偉大而有力的俄國語言……你是我唯一的依靠和幫助。我不能相信如此一個偉大的語言不是屬於一個偉大的民族的。」
對於中國語文我們也有同樣的感情，這曾哺育、滋養、啟迪、感動過李白、杜甫、司馬遷、羅貫中、曹雪芹、沈從文、魯迅等以及其他無數優秀作家的文字，是一個寓意深遠、變化多端、象徵微妙、彌久長青的文字。經過歷史風暴的大起大落，它曾滋養著數億萬人的精神與心靈，而它也正滋養、啟發、激勵、陪伴著無數海外遊子的孤寂獨行。因此，我們也不能相信，「如此一個偉大的語言不是屬於一個偉大的民族的」。

作者簡介：叢甦，本名叢披滋，一九三九年出生，山東省
　　　　　文登縣人。台灣大學外文系畢業後赴美，得紐
　　　　　約哥倫比亞大學圖書館學碩士，任職美國洛
　　　　　克斐勒圖書館，並從事著述。自大學求學期
　　　　　間起，叢甦為《文學雜誌》、「中華副刊」、
　　　　　「新生副刊」寫小說，進西雅圖的華大研究院
　　　　　時，又為《現代文學》、《自由中國》雜誌
　　　　　寫了一些散文和小說。出版作品有《白色的
　　　　　網》、《秋霧》、《想飛》、《中國人》、
　　　　　《君王與跳蚤》、《淨土沙鷗》。

從北美發亮、發聲！
——「北美華文作家協會網站」的理念與願景

◆姚嘉為

　　近年來兩岸舉辦的海外華文文學學術研討會，次數之多，規模之大，研究者之求知若渴，令人意識到海外華文文學研究已經起飛，前景一片大好，對於在他鄉寫作的海外作家們，真是令人振奮的好消息。

　　但正因為是快速拓展的研究領域，筆者從北美的角度觀之，發現兩個現象有待跨越與突破。其一是，北美作家作品的相關研究和報導，不夠全面，資深名家的研究論文汗牛充棟，難以出現新意，而不少後起之秀，雖然獲得國內重要文學獎，在北美擁有很高的知名度，卻乏人介紹與評論，這是何等的寂寞！

　　其二是，研究領域有涇渭分明的現象，大陸學者偏重研究大陸背景的作家，臺灣學者偏重研究臺灣背景的作家，僅有少數學者跨界研究對岸背景的作家。這種現象不難理解，雖然同屬於文化中國，人往往對熟悉的環境與事物更關心，認識較深入，然而華文文學研究便出現了缺口。我曾提出幾位臺灣背景的北美作家，請教大陸的學者，他們坦誠地說，不知其人，因為沒看過作

品和書評，如果有書評，他們願意研究。

再看北美作家在當今臺灣文壇的能見度，讓人不禁興嘆今非昔比！有位海外作家回臺任教，滿懷熱情地講授北美華文文學，面對的是一張張茫然且漠然的臉，主修文學的大學生尚且如此，遑論其他的年輕人了。

北美作家作品曾備受國內文學刊物的重視，五十年代起，「中央副刊」與「中華副刊」是北美遊子投稿的園地，培養了多少作家，為北美的時空留下見證。七八十年代是副刊的黃金時代，「聯合報」與「中國時報」兩大報爭相禮遇北美名家與學者，引領文壇風騷，不少作家家喻戶曉。八十年代末期，報禁解除，報紙增張，文學副刊不似當年的雄霸天下，加之網路興起，眾聲喧嘩，除了少數重量級名家外，北美作家逐漸從國內文壇的視窗中失焦，成為華文文壇的邊緣人。

七十年代中期，北美華文文壇開始發展、茁壯，移民增加，臺港媒體紛紛到北美建立據點，大報副刊如世界副刊，星島副刊孕育了新生代作家，不少人獲得國內重要文學獎。八十年代起，大陸移民與留學生急遽增加，創作者眾，北美華文文壇日趨多元繽紛。九十年代前後，華文寫作團體如雨後春筍般出現，如一九八九年陳若曦創立海外華文女作家協會，一九九一年符兆祥創立世界華文作家協會。北美華文作家協會是世界華文作家協會架構下的六大洲華文作協之一，下有各州分會。北美幅員遼闊，平日各分會自辦文藝活動，每逢世華或北美舉辦大會，各地文友共聚一堂，交流心得。寫作者眾，文藝活動多，出版新書多，北美文壇進入眾聲喧嘩的階段。除了各分會的會刊外，也出現了在地的文學刊物，如《漢新月刊》、《紅杉林》、《美華月刊》、文學網站「文心社」等，更有前仆後繼的出版社。但這些文壇訊息，

對於兩岸的研究者和讀者可能相當遙遠而陌生。

　　凡此種種，癥結都在於第一手資料的缺乏和資料取得的瓶頸，因此，北美文壇需要主動發出自己的聲音，讓兩岸三地更多華文讀者看到北美作家的作品，才能進一步評介和研究。最便捷經濟的管道自然是網路，在北美作家協會的架構上，搭起一座平臺，將北美文壇的創作與動態，藉網路穿越國界，更全面，更深入地介紹到全世界的華人角落，因而有「北美華文作家協會網站」的創立。

　　網站頁面設計以清新、亮眼、一目了然為原則，首頁是會務消息與創作目錄，讀者可點擊進入閱讀全文。創作欄採文學雜誌的型式，精選佳作，定期更新，計有作家專輯、小說、散文、詩歌、千字文（極短篇與小品文）、文藝評論與報導文學等欄目。作家專輯每期深入介紹一位北美作家，有小傳、照片、著作表、專訪、代表作、相關之書評。創刊號文章主要為邀稿，第二期起，公開徵稿，鼓勵文友與新人創作，尤其歡迎書評，深入評析北美華文作家作品。

　　運用網路的優勢，作協網站大量穿插圖片，增加頁面的美觀亮眼。富於古典情韻的刊頭由休士頓企業家李春生設計，創刊號有喻麗清所繪的插圖、張系國最新科幻長篇的漫畫插圖、畫家藝評家劉昌漢提供的西洋名畫，等等，在在令人驚艷。宣樹錚提供的山東蒼山舉辦王鼎鈞文學創作研討會的現場照片，彌足珍貴。

　　訊息方面，除了會務報告、分會和洲際友會動態、出版消息外，還有分會網站和文藝網站連結。前者按世界華文作家協會的組織，列出六大洲華文作家協會，北美洲下面列出各州分會及網站連結，便於讀者瞭解各地寫作團體動態。後者提供兩岸和北美的文藝網站連結，便於讀者搜尋華文文學資料。

　　這座北美的文學花園於今年七月誕生了，藉著網路跨疆越界，打破邊緣的處境，讓北美作家作品在兩岸三地發聲，發光。（網址：www.chinesewritersna.com）

　　作者簡介：姚嘉為，著名女作家，北美華文作家協會副會長，網站製作人、管理人。畢業於台大外文系，明尼蘇達大學大眾傳播碩士，休士頓大學電腦碩士。業餘酷愛文學，筆耕多年，並多次榮獲「梁實秋」文學獎，包括散文獎、譯文與譯詩獎。著有多本暢銷作品，近作《在寫作中還鄉》走訪北美十一位知名作家，非常精采和生動地描述「海外美華文學」扎根的過程。

論述

從事寫作的四大要件

◆黎錦揚

　　寫作也有幾個必要的條件：天才、苦幹、決心和運氣。寫你最熟悉的題材也是必要的。人生處處有挫折，尤其是寫作。但挫折並非完全無益。中國俗話說：「塞翁失馬，焉知非福。」大家知道，塞翁因失馬而免了兒子戰死之禍。

　　我也失過馬。一九四七年在耶魯畢業後我到聯合國去謀一中文翻譯。接見我的人問我「MFA」是什麼？我說是Master of Fine Arts（藝術碩士）。他馬上搖頭說：「我們用不著什麼藝術碩士」。數十年後，一個被錄取的老同學告訴我，聯合國的這碗飯食之無味，棄之可惜。現在想來，若要我翻譯幾十年的枯燥公文，這匹馬失得真好！

　　在耶魯我學了些寫作的基本技巧，學校演出了我的兩齣戲，也出版了我的兩篇獨幕劇，但紐約的一位文藝經紀人Ann Eimo告訴我，中國劇本尚無市場，不如改寫小說。畢業後我一共出版了九本長篇小說和兩冊散文。終於做了一個職業作家。

　　我認為寫小說最重的是建立讀者和人物之間的密切關係。有了這個關係，讀者才會關心。不關心（Indifference），是任何關係的死刑，戀愛如是，寫作也如是。

　　所以，在描寫人物時要有骨有肉，要引起讀者的同情或憎惡。如能用對白及動作把這些細節表現出來更佳。如果讀者無動於衷，不憎也不愛，那就難以引起讀者的興趣了。如果有了生動的人物和好故事，有時作者會變成人物的秘書，寫起來非常順利，一寫就是一整天，廢寢忘食。如果能夠做到這一步，成功的機會極多。如果寫來如老牛爬山，十分費力，讀起來也可能一樣的費力。

　　我們有句俗話：「老婆是人家的好，文章是自己的好。」新作家常常犯的毛病，因為自己的文章好，難以接受批評。如有這種現象，最好把文章擱下，等冷靜一陣後再去讀它一次。那時，老婆可能還是別人的好，自己的文章可能就不會那麼可愛了。

　　　　作者簡介：黎錦揚，旅美華裔名劇作家，以「花鼓歌」一
　　　　　　　　　劇躍蹬百老匯著名歌舞劇，年逾九十仍著作不
　　　　　　　　　斷，並極力培養後進，鼓勵華裔向主流電影、
　　　　　　　　　舞臺事業發展。

儒學第三期復興運動之研討綱要

◆游芳憫

　　進入二十一世紀，全球儒學研究熱潮正方興未艾，中華儒學第三期復興運動已成為世界各地文化學者所關注之議題。吾人認為，欲對第三期復興運動進行全面之研討，可依據下列要點按部就班加以深入探究。

一、以孔子為中心展開中華儒學第一期運動

　　（一）孔門弟子及孟荀學派之成就。

　　（二）秦漢經學以鄭玄總其成。

　　（三）隋唐時期孔穎達主編「五經正義」韓愈形成統觀。

二、宋元明時期以理學為支柱之中華儒學第二期運動

　　（一）北宋五子與南宋二子之新理學。

　　（二）元代入主中原，趙復許衡等學派之貢獻。

　　（三）明季王陽明集心學之大成。

三、清末明初以來新儒學所醞釀的儒學第三期復興運動

（一）康梁維新變法與孫中山先生領導國民革命的歷史發展。

（二）一九五八年有關張君勱等四人發表「為中華文化告世界人士書」促進儒學第三期復興運動之發軔。

（三）二十世紀六十年代以來展開的中華儒學第三期學運動之回顧與前瞻：

　　1.一九四八年牟宗三教授寫「重整鵝湖書院緣起」一文，正式提出「儒學發展三期說」。

　　2.二十世紀九十年代，七十餘位諾貝爾獎金獲得者，在巴黎集會，提出「世界必須重向孔子儒家學習」之呼籲。

　　3.前聯合國秘書長安南於二○○九年十月親自主持「中華儒學第三期展望」之全球傳播。

四、儒學之時代任務

（一）孫中山先生思想體系，實集中西文化交流的結晶。有關孔子學說的綜合整理，陳立夫先生，可謂總其成。而中山思想之全面考察，則又以張緒心，高理寧兩教授的著作為代表。

（二）上述聯合國秘書長安南所主持的座談，杜維明博士即為當日主講人。杜教授在其「現代精神與儒家傳統」一書，已有較具體說明。

（三）英國歷史哲學家陶思比的預見「廿一世紀將為中國人的世紀」之說，視廿一世紀開始的第一個十年，正由

　　「現代主義」進入「後現代主義」的起步，從一九九
三年世界宗教大會通過「世界倫理宣言」開始，廿一
世紀已顯示儒學的時代任務如加以發揚光大，勢將喚
醒世人的反省。

作者簡介：游芳憫，歷任教臺灣靜宜大學及東海大學，現
　　　　　任美國孔孟學會榮譽會長。著有《東西文化及
　　　　　哲學述要》、《東西倫理學史研究》等書。

人類心靈結構圖的設計

◆劉鍾毅

一、問題的提出

本人在今年六月，蒙北美洛杉磯華文作家協會邀請，在一年一度的「文學講座」作專題演講，對像是協會的會員。題目是「文學與下意識——精神科醫生談文學實踐的體會」。

下意識一般認為是一個抽象的概念。可是，用醫學的觀點來看，它並不很抽象，而是看得見，「摸」得著，可以指出它活動的架構（空間）和始終（時間）。在演講中，我畫出一個示意圖，說明心靈的結構部位中，下意識在哪裏，它如何與心靈的另一部位的意識一起，共同活動，構成人類心靈的活動。現在把這個圖總結在這裏。

二、人類心靈結構圖（HMD）

HMD來自Human Mind Diagram的第一個字母。

（一）外層大圓圈代表心靈單元。（圖1）

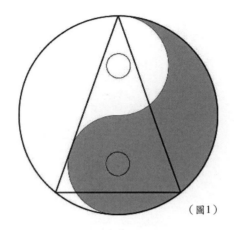

（圖1）

（二）內層兩個小圓圈代表腦 神經網絡中的功能性模塊
　　　（FM，來自Functional Module）。上面的名為上元
　　　（UMF），下面的名為下元（LFM）。

（三）白色區代表意識，灰色區代表下意識。

（四）區隔黑白地區的反S曲線，表現意識和下意識之間的
　　　區分，是緩漸的，並非截然；二者之間的互動是變化
　　　的，並非恆定。

（五）圓圈內的三角代表腦中神經網絡隨個體的發育所經歷
　　　的時程。由低到高代表由過去到現在。我們可以設想
　　　三角中充滿腦神經網絡，按長出的先後一層層鋪墊而
　　　成。功能旺盛時，資訊的處理繁忙，它所佔的空間
　　　大，相反時變小，直到現在此刻為止。

（六）三角底的寬度，體現人的一生從胚胎期到出生及後來
　　　成長和衰老期間的的元氣（Vitality）。在生命形成之
　　　初的階段，元氣處於最旺盛的階段。以後逐漸減弱，
　　　因此用底端長而上端短的三角形來表達。就腦神經網

絡的活動而言，其中神經細胞成長的速率（單位時間內成長的數量），和它處理資訊的速率（單位時間內處理的資訊之數量），都是底部高而上端低。因此，這裏所謂的元氣，並不是一個抽象的概念，而是著隨時間向前推移而遞減的數量概念。

（七）三角中的兩個小圓圈，即上元和下元，形象地代表兩個不同領域中的功能性模塊（FM）。所謂FM是指，在神經網絡中具有某種特定功能的一群神經元，雖然在結構和連接上形成一個功能單元，但是它們只在生命的某一階段經過一定的「手續」啟動後才開始執掌某種功能。例如與生殖功能有關的模塊，在孩子出生時，即已按男女性別的不同而搭配完善。但是，直到青春發動期，經荷爾蒙的啟動，才開始執掌功能。上元中的FM，既處於意識中，也屬於目前（Present）；下元中的FM則處於下意識中，也屬於過去（Past）。二者的互動，共同構成此刻（Now）心靈活動的全貌。

三、HMD與陰陽太極圖的關係

HMD極像中國古藉周易所載之陰陽太極圖（圖2），僅稍有差異；其設計是否涉嫌高攀或抄襲名著。不是。HMD的設計完全建基於腦神經科學近幾十年飛躍式的實驗進展和筆者對它的理解融會；二者之間沒有關係。筆者對易經的理解很膚淺，但能體認到，其精要核心就是論述宇宙萬物中運動的普遍規律。包括自然界中物質的運動，如星球的演變和開水的沸騰，以兢社會人際關係的變動，如改朝換代如婚喪變局。在英文的論述中，有人把易

經譯為Book of Change，因為「易」字本來就有「改變」的意思。
它比西方發音習稱的I-Ching更能說明問題。

（圖2）

　　兩種圖形的類似，出於二者反映共同的哲學思想穿插其中。
本文提出的HMD中，區分意識和下意識的反S形的曲線，與陰陽
太極圖中黑白陰陽魚的分隔線相同，因為二者反映同一個指導思
想。也就是上述第四段所論述的要點。

　　但是，陰陽太極圖中陰陽魚「眼」的顏色相反。其用意是指
出它們之間一分為二和對立統一的運動規律。在心靈結構圖的上
元和下元之間則並不存在對立的關係，所以不用相反的顏色。因
為心靈的活動是處於意識中和目前（Present）的上元，和處於下
意識中和過去（Past）的下元，相互協調，緊密合作而產生出來
的。現在舉「我現在向大家演講」的心靈活動，來看上元和下元
二者協調合作的關係。

　　「我現在向臺下的聽眾用華語演講」時，必需把準備好的
內容，於現場的情況緊密結合起來，加以貫徹，這當然是上元所
參與的工作。但是它必需得到下元的協調，動員下意識活動的參

與。華語是以前在母國學成的，講起來流暢不費力，我選擇說普通話，使來自世界各處的華人都能聽懂。它必然帶有來自下意識的南腔北調。演講中，我談到了幾十年前在醫學院課堂中學到的理論。這又是下元的活動。我在臺上有一定的手勢和姿勢，它也是屬於下意識的活動。這又是下元的任務。可以說，任何人某一時刻的心靈活動，都必然是意識中那一時刻的上元，和下意識中在過去某一段時間的下元，協調活動的產物。只有上元而不聯繫下元的心靈活動，見於精神病中的妄想。只有下元而不聯繫上元的心靈活動，見於夢的幻景中。它們都是殘缺不全的，病態的心靈活動。

四、功能性模塊──自然科學史的新里程碑

HMD的提出，與以下一些近代腦神經科學的新發現緊密相聯。

（一）嬰兒出生時，腦中含有兩百億神經元。達到成年後，超過一千億。每個神經元平均發出一萬五千個分枝，總數達五百萬億（500 trillion）個，也就是10之後再加81個0。這些神經分枝，連接起來形成神經網絡，構成人類心靈的物質基礎。

（二）胎兒在胚胎中期，開始有神經元和網絡形成，從此以後，人遇到的每一件事，分解為點滴的資訊，都體現或儲存在神經元及/或其連接中。可以說，他的一切經驗，不管是正面的或負面的，來自身體內或外，能或不能回憶起來，都在這裏記錄下來，成為「張三之所以為張三，而不是李四」的關鍵因素。這種記錄即令不進入意識中因而不能回憶起來，卻在整體的心靈活

動中，仍然有其影響。這就是「潛」移「默」化的心理機制。

（三）人類可以在任何時刻，處理最多達一百一十萬件資訊。其中在意識中處理的，最多只有四十件。因此，絕大多數的資訊是在下意識中處理的。所謂處理（Process）是指對來自身體內外的資訊加以轉化，減弱，加工，儲存和利用的過程。用心理學的語言來說，這些資訊可以成為或參與成為記憶，判斷，情緒，意志的潛在因素。而這一切可以發生在意識中，也可以發生在下意識中。這一發現，由近代腦神經科學的實驗觀察所證實。心理中的「我」並不知道（Aware）它的發生，卻可以受到它的影響，出現「我」並不知道為甚麼會出現的記憶，判斷，情緒和意志。

例如，某人幼小的時候，由奶娘帶大，吃奶時一面享受吸乳之樂，一面久久地緊盯奶娘臉右側鼻翼旁的小雀斑，因此，在吸乳之樂與臉上那顆雀斑之間建立了牢固的條件反射。長大以後，早已忘記奶娘這個人。但是快樂情緒與臉上雀斑之間條件反射的影響還在。情竇初開以後，他開始交異性朋友，很多都不來電，然而對某一個女友卻一見鍾情。原來導致他來電的是她的右側鼻翼旁湊巧也有一顆小雀斑。它引發了幼時建立的那個牢固的條件反射而導致快樂的情緒而不知其來源，因為那個過程的記錄留存在下意識中。

（四）胚胎根據細胞核中DNA的指令，從原始的受精卵不斷分裂，分化，最後發展成為各種各樣的組織、器官和

系統。在胚胎發育的中期，出現了神經元。某些神經元為了執掌一個特定的功能，組成一個特定的模塊，例如有關性功能的模塊，經啟動成為功能性模塊後，有關性行為的一切記錄都有留存。有些在意識中，「我」是知道的，例如吃了虧，得到教訓。有些存在下意識中，「我」不記得，但其中的痛苦經驗在下意識中仍然發揮作用，因而使性行為比較審慎，等等。功能性模塊對資訊的處理，獨立於意識之外，卻仍然在心靈的活動中，在下意識的層面發揮其影響，是近代腦神經科學的實驗觀察中，劃時代的偉大突破。從此以後，我們對心靈活動的唯物基礎更為明確。它為本文所介紹的人類心靈結構圖提供了實驗科學的根據。同時，它也幫助人們理解心靈的活動，如何深受下意識中原來不為人所知道的各種影響。

作者簡介：劉鍾毅，一九三〇年出生，一九八〇年來美，在這之前三十年在中國大陸大學醫院做腦神經科，在農村做百科，各十來年。之後三十年在美國作精神科。晚近二十年從事文學寫作。

為中華文化放歌
——長篇小說《上帝的花園·序》

◆李石生

　　遠古時代的某一天，上帝累了，走到窗前向人間眺望，發現一處有點眼熟的地方，仔細一看，他老人家驚歎道：「這不就是當年安置亞當夏娃的那個叫『伊甸』的園子嗎？」

　　上帝也懷舊，越看越是依依不捨，回過頭來，大聲喊：「傳石、肖二仙！」

　　石、肖二仙來到跟前，上帝指著那個園子說：「去看看，把圖繪回來，在這裏也造一個！」

　　石、肖二仙是兩位性情中的神，他們來到湖邊，撫肩站立，盡情觀賞人間美景，被這景色迷住，流連忘返，日久天長，化成了兩座巨石。

　　為此，這個湖得了個沾了點仙氣的名字：撫仙湖。

　　撫仙湖這個名字的由來，究竟是一段真實的歷史，是一個古老的神話，還是後人編造出來的一段傳奇？現在看來，這些都已經不重要了，值得關注的是，在距離上帝創造世界萬物的若干年後，撫仙湖這個名字，又讓世界驚奇得睜大了眼睛——

　　湖畔的帽天山上，發現了距今五億三千萬年前代表寒武紀地球生物演化歷史的古生物化石群，被稱為「古生物聖地」、「地球生命的搖籃」；湖畔的古滇王國以「牛虎銅案」為代表的青銅

器震驚了世界；湖畔晉甯縣石寨山博物館珍藏著一枚漢武帝贈與的「滇王之印」；撫仙湖水下發現了一片占地二點四平方公里的石質古建築群；還有一座底座單邊長九十米，高約十九米的巴比通天塔遺址；還有正在被解讀的鏨刻在祭壇石頭上的人類最古老的「易」字和一些神奇的符號、圖案；還有撫仙湖與蘇美爾人之間剪不斷，理還亂的種種聯繫。

黃懿陸《人類文明溯源》一書的副標題就是「撫仙湖與蘇美爾人研究」。由於《聖經》的巨大影響，伊甸園一直是人類十分糾結的一個揮之不去的情結，當尋找香格里拉的塵埃落定之後，在世界範圍內又掀了一波尋找伊甸園的熱潮，如果有一天能夠找到它的所在地或遺址，肯定會給世界帶來一個巨大的驚喜。

在尋找伊甸園的這一波熱潮中，我驚奇地發現，鎖定雲南與撫仙湖這一個「點」，竟然出版了那麼多堪稱世界唯一的的專著！

最早提出「伊甸園」在雲南的，是長春光機學院研究古代社會和《山海經》的專家宮玉海教授；第一部探討「伊甸園」所在地的專著是原雲南省副省長趙廷光的《伊甸園探秘》；黃懿陸先後出版了《滇國史》、《人類文明溯源》、《中國文明起源》、《商族源流史》、《史前易學》、《雲南兩萬年》以及二〇一〇年在中國召開的「第十三回世界易經大會」上榮獲金獎的論文《中國易學起源的考古證據》等；李昆聲、耿衛、張濤出版了畫冊《撫仙湖水下考古》；李樹華主編的《古滇國文化研究論文選集》一至六卷等。

這些數千萬字的專著研究的重點，就是伊甸園和古滇國。

黃懿陸在《商族源流史》一書中，把判斷伊甸園的特徵系統化，概括為：

一、要有名之為滇（甸）的「與上帝通靈的樂園」；二、要

有「巴比通天塔」的遺址；三、具備伊甸園氣候環境的四大特徵和分別流向東南西北的四條河流；四、要有東西方文化交匯點的證據。

關於這個「甸」字，趙廷光在《伊甸園探秘》一書第二章「甸」字王國中，列舉出了雲南上百處以甸為名的縣、鄉鎮、村寨，有了令人信服的描述。

關於巴比通天塔，《舊約‧創世紀》第十一章是這樣描述的：遠古的時候，天下人都說一種語言。人們在向東遷移的時候，走到一個叫「示拿」的地方，發現一片平原，就住下來。他們計畫修一座高塔，塔頂要高聳入雲，直達天庭，以顯示人的力量。這座塔越建越高，驚動了上帝。他想，現在天下人都是一個民族，都說一種語言，他們團結一致，什麼事都幹得出來，今後，誰還會聽神的話？

於是，上帝就施法變亂了人們的語音，使他們無法溝通，高塔也就無法繼續建下去了，留下了已經建成的部分遺跡。

在「變亂他們的口音，使他們的言語彼此不通」這一點上，在世界範圍內也很難再找到一個像雲南這樣的地方。雲南有二十六個民族，各民族還有一些支系，還有區域之間差別很大的方言，他們都在使用「彼此不通」的自己的語言。

黃懿陸認為伊甸園應該有「巴比通天塔」的遺址，在撫仙湖底真的發現了一座高約十九米，底座邊長九十米的遺址。

這些專著都十分肯定地認為：伊甸園就在雲南，它的中心就在滇池、撫仙湖、星雲湖、陽宗海、杞麓湖地區。

《聖經》是屬於世界的，這些考古成果要得到世界的承認還有著一段很長的距離。在這個過程中出現一些不同的聲音也很正常。

作為一個寫書人，最可怕的就是：冷漠。自己對生活的冷漠

和讀者對你的作品的冷漠。

面對這個伸手就可以觸摸到的「伊甸園」，在我的心還沒有變成一塊冰冷的石頭之前，我以為絕不應該把「責任」二字拋諸腦後。

由於工作關係，我上百次到過撫仙湖，收集到了上百萬字資料，閱讀了上千萬字的相關資料。

我開始上網，跑圖書館、去拜訪一些專家學者……

從這些資料中看，尋找伊甸園的外國學者，大多把目光集中在了兩河流域。這也不足為奇，因為在四大文明古國中，那裏的歷史最悠久。居住在兩河流域的蘇美爾人，他們自稱「示拿人」，於西元前五五〇〇年左右來到幼發拉底、底格里斯兩河流域之間的美索不達米亞平原定居。他們的偉大發明和貢獻導致一些學者「把搜索（伊甸園）的範圍擴展到西起地中海，東至兩河流域，北至安納托利高原，南至紅海岸邊的埃及南部。不過，『伊甸園』仍如海市蜃樓，可望而不可及。」

有關伊甸園所在地的說法很多。有人說在以色列，有人說在伊拉克，有人說在埃及，有人說在土耳其，還有人說在非洲、南美、印度、中國的西藏等地。人們探尋的目光與搜尋的腳步佈滿了非洲、南美洲、歐洲、亞洲的高山、峽谷、平原、大海。國際學術界利用現代最尖端的科技手段，考證了歷史、文物、收集了大量傳說，還是沒能夠觸摸到「伊甸園」的神秘蹤影。

「為了竭力解開《聖經》中提到的伊甸園的位置的千古之秘」，英國學者拉夫爾·伊利斯寫了一本厚厚的書《埃及禁果》——揭開亞當與夏娃及伊甸園之謎。在這本書的第二章中，他這樣寫道：「我們真正在尋找的是（與伊甸園）毗鄰而流的四條大河，而這幾乎是一個無法解決的問題。凡是大的河流，只要平行

奔流一段流程之後，總會匯成一條更大的河流。因此，這種地形簡直可以說是不存在。」（【英】拉夫爾·伊利斯著，李旭譯，《埃及禁果》，第七十九頁）

　　一九九九年，吉林人民出版社出版了一套「世界偉大考古紀實報告叢書」，第六輯的書名就叫《伊甸園秘境》，作者是美國耶魯大學教授理查·艾爾曼，他著有《天堂對話》、《上帝的絕對精神》、《蘇美爾人的「馬丘比丘」》、《眾神的宮殿》等專著。「馬丘比丘」在奇楚亞語Quechua是「古老的山」之義，也被稱作「失落的印加城市」，是一處保存完好的前哥倫布時期的印加遺跡。馬丘比丘也是南美洲最重要的考古發掘中心，是秘魯最受歡迎的旅遊景點。由於獨特的位置、地理特點和發現時間較晚，馬丘比丘成了印加帝國最為人所熟悉的標誌。一九八三年，馬丘比丘被聯合國教科文組織定為世界遺產，是世界上為數不多的文化與自然雙重遺產之一。《伊甸園秘境》是他探討遠古人類文明的最新專著。我認真拜讀了這本書，他在書中輯錄了許多「不可思議的奇蹟」來說明「伊甸園」的所在地就在已經沉沒的大西洲，但這一說法也缺乏具有說服力的論據。

　　美國著名製片人比爾把目光盯上了中國。他於二〇〇四年四月二十五日，帶著美國駐華大使為成都捐獻的用來保護金沙遺址的五萬美金，回訪「心中的伊甸園」時，比爾興致勃勃地把四川三星堆遺址當成「東方伊甸園」拍了新聞宣傳片，帶回去在美國電視臺、有線電視臺播出。

　　中國學者中，有人認為「伊甸園」在四川，有人認為在新疆，有人認為在西藏。

　　這些尋找伊甸園的熱心人，差不多都有一個共同的特點：大多是用神話在尋找神話，用傳說在尋找傳說，用充滿主觀色彩的

浪漫在尋找一種自慰式的浪漫，所以，他們能找到的也只能是神話、傳說和自慰式的浪漫。

關於古滇王國，到目前得到公認的，是黃懿陸的《滇國史》，這本書，全國大專院校圖書館都有收藏，還被雲南大學列為考古專業的必讀書。

古滇王國從神秘出現到神秘消失，演繹了一段驚心動魄的歷史。

我被這些書所迷醉，在花了六年時間的準備後，開始寫《上帝的花園》。這是一部小說，儘管作者參加了兩個研究會的一些活動，書中也涉及到考古方面的某些成果，但在寫書時，還是充分運用了小說的特點：虛構與想像。

請不要用考古論文的標準來要求一部小說。

也不要用歷史教科書的標準來要求一部小說。

關於考古，我是一個不折不扣的古盲，但是，當這些事就發生在我的身邊，就發生在我曾經戰鬥、工作、生活了半個多世紀的這片土地上的時候，我還能夠裝聾作啞，視而不見，聽而不聞嗎？

伊甸園是屬於世界的，上述考古成果，要得到世界的承認，也還有著一段漫長的距離，我不能因為這個原因，就繞開它，作壁上觀，等到某一天有了定論之後，瞅準時機，再蹦出來「捧殺」還是「棒殺」，那樣做人，就未免有點世故圓滑和帶點狡猾了。

現在已經出現了一些不同的聲音，不管是在展示自己的智慧或愚昧，都是值得尊重的。「辱罵和恐嚇」不能解決問題，爭奪語言霸權也不能解決問題，在這個問題上，很難有一個人可以一槌定音。只有討論、辯論，找證據，講道理，以理服人，才能推動這一項工作往前走。

寫《上帝的花園》，不為名，不圖利，也不想去追求什麼轟

動效應，我只想把這些專業性很強的考古成果通俗化，把神話傳說、地域特色、民族風情和自己的感受寫出來，創造一個亦真亦幻，幻中見真的藝術世界，以吸引更多的眼球來關注這個「伊甸園」中神秘出現又神秘消失隱藏著太多神秘的古滇王國。

　　我最大的願望，就是拋出這塊「磚頭」，除了挨罵之外，能夠引出來一些美玉！關於挨罵，胡適有一段堪稱經典的話，他在給朋友的信中說：「我受了十年的罵，從來不怨恨罵我的人。有時他們罵得不中肯，我反替他們著急。有時他們罵得太過火，反而損害罵者自己的人格，我更替他們不安。如果罵我而使罵者有益，便是我間接於他有恩了，我自然很願挨罵。」

　　從讀初中時我就喜歡老師抄在黑板上的徐志摩的這幾行詩，它成了我人生的定位，所以不厭其煩地多次在幾本書的《後記》中引用過，以提醒自己：

我不想成仙，
蓬萊沒有我的份；
我只要地面，
情願安分的做人。

作者簡介：李石生，中國雲南作家。一九五一年投筆寫
　　　　　作。在中國作家出版社、中國文聯等多家出版
　　　　　單位，出版詩、散文、長、中、短篇小說等二
　　　　　十多部書。小說《無影偵察隊》八一廠拍成電
　　　　　影；名錄、傳略已收入「中國作家大辭典」、
　　　　　「世界華人名人錄」、「中國名人網」等多種
　　　　　辭書。

錢鍾書、多多、村上春樹
與精神分析藝術

◆劉耀中

中國文學泰斗錢鍾書在學藝界內的最重要著作，莫過於他的長篇小說《圍城》，其特點是富有辨偽和辯證精神，他融匯了中西文化，貫穿古今的突破了許多文學和文化禁地，錢氏擁有廣博的知識及其精卓的見解，反映了中國抗日戰爭時期的封建社會和腐敗的國民黨統治下的上層知識分子和官僚主義的虛偽灰暗的精神生活。

錢鍾書採用的「界殼論」技巧（Peripheral Theory）是指界殼的現象（Peripheral Phenomenon）廣泛地存在於大自然和人類心理社會中，如龜殼、長城、核潛、坦克、金字塔、衣服、房子、告示牌、國界、大氣層、太空船、膜等等。界殼學就是研究這種現象歸納起來的學問，無論資訊或環境和各種學科中的難題，皆求其系統平衡與精神分析學的防護情結及其原始模型有相似之處，但是文學和心理學的裂縫是難以填滿的。

舉例來說，錢氏把婚姻比喻為一個圍城，實際上是說，婚姻界殼是十分狹窄的，錢氏是打破捷克文學的鼻祖了。

二〇一〇年，獲得美國紐斯塔特國際文學獎（Neustadt Prize）的中國詩人多多，多多本名叫粟世征，筆名叫多多，出生於北京，二十一歲開始寫詩，他屬於朦朧派的，著作不多，有《行禮詩十八首》、《里程》，可以買到花城出版社二〇〇五年

出版的《多多詩選》。短篇小說《搭車》得到世界文壇的注意。詩人多多曾到歐美各高等學府講學及朗誦，多多的作品內藏著豐富的界殼象徵。

紐斯塔特文學獎設於一九六九年，是頗有聲譽的國際性獎勵，雖然不及於諾貝爾獎，但是在先鋒界，成其為作家光彩其終身成就的會堂。

《系統周界的一般理論──界殼論》，曹鴻興著，氣象出版社，一九九七年出版。界殼論見證了詩人多多的偉大成就，連世界上著名的伽馬亞‧馬爾克斯、伊麗莎白‧畢曉普、切其瓦夫‧米洛什、奧克塔維奧‧帕斯等重量級詩人。中國作家莫言、北島、哈金，甚至日本國鼎鼎大名的村上春樹，也皆被多多壓倒。這是值得我們嚴肅地注意和承認的，尤其是村上春樹的著作。

村上春樹（Karuki Murakami），一九四九年生於京都，現居於東京。他是日本戰後二十世紀的一位重要小說家（已寫了差不多十卷小說），他也是最受美國通俗文化影響的作家，被評後隱居多年。現在他的小說（繼三島由紀夫之後）是在西方最暢銷的日本小說。現在中國也已經成了村上小說在世界上最大的閱讀銷售市場。村上的作品是要使日本鄉土意識和愛國主義重新複歸的小說，這當然可以反映出中國國內村上接受中的諸多的盲點和偏向，這也是筆者要探索的。

美國文藝界讚譽稱村上春樹為「日本的科幻小說家菲力浦‧迪克（Philipk Dick）」，村上最著名的小說是《海邊的卡夫卡》（Kafka on the Shore）。這是一卷針對戰後的日本文化和日本年輕人的靈魂和心智，是一部講神秘的形上學的書。村上套用佛洛德心理學（Freudian Psychology）內的用以倔強的文體，闡釋人類無意識慾望結構的俄狄甫斯情結，在海邊的卡夫卡竟然發生了

性質上一個顛倒。村上要探索有意識的弒父娶母行為，究竟反映出一種怎樣的結局？十五歲的卡夫卡沒有對來自父親的這個詛咒做出任何掙扎和反抗，反而去刻意踐行了這個詛咒，而成為他在命運中自我拯救，成長為世界上最頑強的十五歲少年的決定性經歷。他以暴力與亂倫去抹殺自我的起源，清洗掉自我的歷史性以完成自我的更生，他不承擔任何責任完成了這個過程，療癒自己因歷史和大眾消費和破壞環境的條件而造成的心理內傷。同時海邊的卡夫卡，還背負了與沒有血緣關係的姐姐交合詛咒。而且，這詛咒是通過強姦方式而達成的。

《海邊的卡夫卡》完成與已跨入全球化的世紀的二〇〇二年，是一部深受美國自戀時代的「療癒」文化，療癒（Healing）原本是一個心理學用語，日本的著名榮格派心理學家（Jungian Pschologist）河合隼雄（Hayao Kawai）很早就開始使用並對此課題專門展開研究，一九九五年十一月，村上和河合兩人針對物語對於人的療癒議題進行了兩晚的對談，成為了村上創作的一次轉機。此後，村上則開始有意識地將小說沿著深層介入讀者心理方向，可以說《海邊的卡夫卡》與療癒發生關聯並非偶然的。他的另一部小說《1Q84》還未有英文譯本，也是充滿荒謬和可怕的象徵。

河合隼雄於二〇〇二年一月出任日本文化廳長官，當年日本全國中小學由他監修的心靈和道德教材及應用心理學的疏導方法，來灌輸鄉土意識和愛國主義。河合立即發表了誇讚村上的小說，使之成為流通現象之中的文學、政治、醫學諸領域的交匯共謀。《海邊的卡夫卡》中十五歲的孩子，在自閉中，從自己內測通過沉潛才最終找到了世界中的自我，而恢復自由，擺脫歷史所籠罩的心理陰影和精神的負荷，自然而然地成為整個日本社會的一種集體性無意識（Collective Unconscious），這是一個軍國主義

復活的可怕現象。

　　日本社會如此強烈的療癒渴望是因為：一、經濟崩潰危機帶來的焦慮與疲憊。二、地震和地鐵沙林事件人心恐懼與不安。三、昭和天皇改寫了戰爭責任、歷史書和慰安婦等。四、「九。一一事件」之後的精神震動和尾波，誠然，村上春樹採用的關鍵詞的單一化，是法西斯主義者的八寶。諸如「療癒」、「原罪」和「救贖」。中國讀者不會以其異質性和新鮮感，由陌生到崇高的垂青而接受。

　　詩人多多是個謙遜的隱士，他也不用手機，難於聯繫，認為這個獎金不算什麼。沒有學位的多多，認為他的好詩是神賜的，但是他不願當預言家，他是個中國典型的虔敬可愛的平民，日出而作，日入而息，皇帝於我有何哉！在他的一首詩〈致太陽〉中他寫道：「給我們洗禮，讓我們信仰，我們在你的祝福下，出生然後死亡。」在他的另一首詩〈能夠〉中他寫道：」沒有風暴，也沒有革命，灌溉大地的是人民捐獻的酒，能夠這樣活著，可有多好。」要多好就有多好！今天，我們的文化經過了很痛苦的掙扎，時間也夠長的了。多多思想內的消極因素只有中國人才有體驗的瞭解。當然，西方有最消極的叔本華哲學。中國知識分子如錢鍾書、魯迅和毛澤東等，皆曾深深地閱讀過西方這些哲學家的著作。

　　西方知識分子不難地看到普通的日本作家（尤其是三島和村上）採用西方的最先進的文藝理論和最時尚的心理學，來掩飾他們的軍國主義的野心。他們的傲慢和伊卡洛斯情結（Icarus Complex）也絕獲不到西方的愛好。

　　中國詩與小說，要想獨立於世界，只有像多多一樣，干預破殼，才能走向頂端，中國既然有錢鍾書，當然超越村上春樹也就不在話下！會有更多的多多顯示神話。

改變的驚喜

◆曉光

　　幾天前，我陪兒子去帕沙迪納參觀藝術博物館。這是他藝術史課的要求。一到博物館，兒子就親自擔任了我的導遊，逐一為我介紹各位名師的著名作品。聽著兒子津津有味的講解，有誰能相信他當初竟想取消這門課呢？

　　開學時，不知出於什麼動機，兒子選了藝術史。上課沒兩週，只見他的臉開始長起來，終日悶悶不語。有一天，終於忍不住了。

　　「媽，我不想學藝術史了，想換別的課。」

　　「為什麼？」

　　「不喜歡。」

　　我的心頓時像灌了鉛一樣往下沉，心中嘀咕：「不喜歡？不喜歡就不學了？這個世界上哪有都是你喜歡的事？」可這看似一百個正確的理由，這樣丟出去，哪個美國孩子能接受呢？我盡力使自己保持平靜，「宰相肚裏能撐船」，我的理智告訴我，需要找一個他能接受的方法來解決這個問題。

　　「你和老師說了嗎？」

　　「嗯。老師說其他課已經滿了，不能換。」

　　「那你有什麼打算？」

「還沒想好。」

「讓我想想。」

兒子離開後，我開始絞盡腦汁。忽然眼前一亮，以前聽的一個講座在腦中閃過。趕快把講義翻出來，「我怎麼能讓他聽進去呢？」前思後想，我打開電腦，寫下這封信：

親愛的兒子，

你提到的藝術史課問題，我完全可以理解你的心情。我也做過學生，上學時也遇到過一些課程令我憎恨不已。我寫這封信給你，不是要強迫你，只是想和你說說我的看法，供你參考。

你說過已經不能改其他科，說明你已盡力，但無結果。既然不能改變環境，只有改變你的態度：積極地去面對。

美國著名心理學家阿爾伯特‧艾里斯，曾發明「理性情緒行為療法」，主要理論是：一個人是否幸福，不在於環境，而在於他的信念和反應。每個人對一個事件都會產生不自覺的想法，可是如果經過理性分析，其想法會改變。

比如，你不喜歡藝術史課，可是又不能轉換其他科。你的不自覺想法是：藝術史很無聊、我不喜歡、想放棄。由此想法帶來的情緒是：討厭、煩躁、無助。根據此分析法，這些屬於不良認知及情緒。下一步我們來做理性分析：支持此想法的證據是什麼？我不太清楚，也許是你的感覺。反對此想法的證據呢？也許剛開始時無聊，而真正進入內容後並沒那麼無聊。這樣分析後，比較平衡的想法是什麼？開始時無聊不等於整本書都無聊，我可以了解藝術家創作的想法，啟發我的創意思考。改變後的想法帶來

的情緒是：不再煩躁、心情平和。由此可見，不自覺的想法經過理性分析後，可以產生新的認知及情緒，隨之帶來新的行為模式。

兒子，要相信自己！我相信你選這門課絕不是偶然的，你一定會從中受益。謝謝你向我分享了你的真實感受，讓我能跟你一起成長，也給我一個做輔導的實習機會。

最後，以一句名言結束：「無論我們在潛意識中撒下什麼樣的種子，只要不斷地、重複地用自己的情感去餵養，有一天一定會成為現實。」

信打好後，趁他睡覺時放在他的書桌上。我如釋重負。

兩天後，笑容又重新跳回兒子的臉上。

俗話說：「江山易改，本性難移。」改變是否真的有那麼難？還是各樣藉口在作祟？或是沒有動機？出於惰性？抑或是沒有堅強的意志、只願跟著感覺走？當然，相比之下，抱怨要簡單多了。

作者簡介：曉光，原名吳曉光，遼寧人。曾任基督教角聲佈道團《號角月報》美西南版編輯。文章散見於《世界日報》、《海外校園》、《傳揚》、《真愛》等雜誌，中國《海外文摘》等。二〇〇〇年移居美國，現住洛杉磯。

新科學與人文——從牛頓、愛因斯坦；魯迅、張愛玲、白先勇、李安談起

◆吳慧妮

要旨

　　五四以前，西方現代唯我獨尊，以為從科學到人文，一切答案清楚明白。而今知從科學到人文，皆有測不準原理，概率、量子力學，盡渾沌複雜。（物理新說有渾沌論，複雜論。數學有不完善理論，模糊邏輯。社會學有非左，非右之第三道）。正當知其局限（有限原理），開闊綜合，省思明察，敏銳共進。

　　二〇〇六年，白先勇來到洛杉磯，帶著精美絕倫，盪氣迴腸的昆曲《青春版牡丹庭》來了。舞臺上演譯著生死不悔，幽冥難阻的愛戀，舞臺下卓然而立著一個苦心孤脂，生死以之的中華文化守護者，深黯東方文明之美的大師藝術家！

　　從早年的中國現代小說到今天的昆曲文藝復興，什麼是白先勇的基本信念，終極關懷？

　　從創作到人生，在現代浪潮舖天蓋地而來，中華文明面臨存亡絕續之變的時空背景下，我們珍貴的創作者，如魯迅、如張愛玲、如白先勇、如李安，他們的人格特質、成長背景、人生際

遇、哲學思想是如何彰顯於作品中，生活中？

大環境與個人相互激盪，留下天才不朽之作，映照著我們的靈魂，見證著社會與文明，其發展演變，又如何昭示著思潮之詭幻與真實，常態與變異，局限與可能？！

五四運動揭櫫德先生與賽先生，標舉對現代西方之全盤信念。而於深層省思之新世紀文明，於思想，科學，政經，心理，文藝各層面，我們又將抱懷何等之思考，展望與情懷？

魯迅：橫眉俯首

橫眉冷對千夫指，俯首甘為孺子牛。

脫略深沉，堅硬犀利之男性意識，碰撞於國族倜儻之秋，激盪成搜魂奪魄之作。鼓萬千人心，成一代巨擘。

感時憂懷，烈血冷面。反抗威權，陳腐，寄情孺子。聲嘶力竭地吶喊是一闋國運淒愴曲。而魂魄之所繫，嘔心瀝血，苦情悲憤，所關懷者乃中華民族！

魯迅筆下，中華傳統，華人嘗丑化而醜化，是憂憤至極的恨鐵不成鋼。於現狀找不到出路而與傳統絕裂。

張愛玲：娥眉冷指千夫

張愛玲履言：「破壞，蒼涼，人生如華美的袍子，上面佈滿了蝨子。」

以才高一石，全盤創新之女性筆觸，意象與意識，建構她的華美穠艷與破敗毀壞。作為文學上徹底之病理學家，古今中外，唯此才女。

鴛鴦蝴蝶從來是爾虞我詐之血腥戰場。

精短而代表性之「色，戒」，戳破了抗日青年英雄的神話，更戳破了愛情的神話！

且抖膽剖析張愛玲之所以成其張愛玲。

試以Freud戀父情結之分析看張愛玲：少女時與後母口角，父毒打之，關進柴房，不予吃食。病重奄奄，父始為之打針救活。此創傷之深，難以丈量。

所棲身之國，又終結其祖曾得極度榮顯之朝代。

於家，於國，她的關連都是錯亂與傷痛。

張愛玲是驚才絕艷，聰明絕頂之（創傷後遺症）患者嗎？

張愛玲敏銳而堅硬，並不自殺。而萬千怨憎，蓋世才華，造就了她巨細靡遺的照妖鏡，聚光下，聖賢愚不肖，達貴市井，人人皆妖，鬚眉俱現。其舖陳描繪，真乃一字一霹靂，一句一驚雷。

張愛玲堅硬到底，孤死於徒壁客舍，人情物情，一概滅絕。

其小說「人人皆妖魔，大妖吃小妖」。有罪無罰，沒有救贖。

張愛玲如同上滅下絕之教主。神龕下人人頂禮膜拜，觳觫戰慄。「色，戒」則可為祭旗。

這是原始個人主義之濫殤，能不陷入人生，社會之死胡同？

其實，張父亦為時代之受害者。兩個文明或種族相遇時，弱方之男性意識受挫受傷。張父乃一例證。若張愛玲有此之察，怨憎或可稍解？

白先勇：慈眉慧目，悲天憫人

表面上，白先勇與張愛玲相似，鴛鴦蝴蝶，沒落王孫，實則大相逕庭。

白先勇小說中慈悲舖天蓋地而來。生活中則與知心人一生情長，死生闊契，悲喜無悔。

其西方現代小說技巧爐火純青，而舖陳對人生深沉之喟嘆，刻劃東方之情懷，人物，魂魄；刻骨銘心，淋漓盡至。技巧與內容之間出神入化，渾然天成的結合，創造出小說藝術上石破天驚，登峰造極之天才不朽之作。

其小說遊園驚夢，縈繞昆曲之美，實鬼斧神工；而年華不再，興衰流年，繁華若夢，精緻而深沉，真美哲極品。文藝上廣陵絕響。天上人間，唯白先勇一人。今則思戮力推廣昆曲。

白先勇父為抗日英雄，母則虔誠禮佛。

白先勇的基本信念，終極關懷，是佛教之慈悲為懷，儒家的捨我其誰，任重道遠。青年時思科技報國，而今致力復興昆曲，皆良有以也。

白先勇以儒家之情深意重，佛家之慈悲智慧，加以藝術家的靈心巧筆，成就了輝煌豐富，深刻動人的作品及人生。天下各地之讀者，表演者，觀眾，莫不感動且感激。

李安：低眉推手，旋乾轉坤

儒家之溫良恭儉讓，道家之低眉推手，化骨綿掌。批判一切之成見，體恤一切之苦難與糾葛。真誠之藝術家，涵容理性與非理性，處理人性之基本課題。壓抑之執著，是中國式之浪漫主義。

中原文化經南臺灣與西方之淬練，竟然涵蘊出驚天動地之作。

李安自陳主心骨為「若即若離，天人合一」。

斷背山批判了基督文明對同性戀之嚴厲，顛覆牛仔英雄形

象，而美國男性視之為溫煦之拯救與解放！

　　西方同志電影，要之責以罪惡而悲情酷厲，要之反向操作則嬉鬧梯突。李安出之於中華深厚綿長之人文傳統，將同志戀放在人性之尺度範疇，娓娓道來，振撼西方！

　　臥虎藏龍宣揚了中國俠義也批判了中國俠義！章子怡六親不認，個人秀堅，是批判也是宣揚。

　　化骨綿掌，無堅不摧，陰中有陽，陽中有陰。是攻擊也是撫慰，是撫慰也是攻擊。從此，所有文化，性別，種族的界限，樊籬與疆域，都有了更新的面貌與內涵。上帝創造世界與人類，而李安旋乾轉坤，顛陰倒陽，再造了世界與人文。

　　歷數世界級導演，文化人士，從未有借西方之體，還東方之魂，而在美學，哲學上如此爐火純青，膽識過人者。

　　李安長於用英語說中國話，反之亦然。李安能陽奉陰違，借屍還魂，借人之唇以夫子自道（Put his words in others' mouth）。

　　李安與張愛玲，在美學與哲學上，都既有交疊又有反差。失之毫釐，差以千里。

　　李安作品至今恆常斯文，彬彬君子，哀而不傷，淡泊雋永，微言雅意，寫意空靈，含蓄纏綿，溫潤蘊藉，外弛內張，有機隨緣，若即若離。李安批判一切之成見而彰顯多元價值。

　　張愛玲小說結構綿密，絲絲入扣，機心巧運，佈局深沉。人物纖穠陰狠，表裏莫測。張愛玲照妖鏡下人人現形而無價值。張愛玲是「凡人皆妖」，李安是「凡妖皆人」。

　　當李安遇見張愛玲，在美學與哲學上，將如何藉張之言以道李之語？如何無極生太極？「色，戒」乃一範本。

深層省思下之新科學與人文

　　審視四位文化人之時代背景，作品與人生，體察世局變化，我們從中得到何等昭示？

　　個人主義，唯物思想，隨現代巨浪而來。五四運動揭櫫民主與科學。線裝書被拋進茅廁，現代＝西方＝進步＝真理＝萬能。

　　中華幾乎絕亡的悲情與苦難已遠，寶貴的經驗中學到了什麼？可為百代鑑，可為諸國鏡？

　　西方科學之宇宙觀是機械論，重構造，用簡約，如此發展之西方科學是萬能的嗎？

　　基於個人主義，秀堅主義之西式民主、資本主義等是萬能的嗎？

對現代逐一檢視

　　西方現代科學始於牛頓開創之古典力學，彼時物理學界志得意滿，以為真理在握，物理定律如全能上帝。

　　爾後有多重新發現與理論，如相對論，二元論（duality），測不準原理，量子力學，渾沌，複雜等。

　　費恩曼（Feynman）（諾貝爾獎科學家），愛因思坦之後最重要之物理學者之一，同時也是藝術家，有云：「我想我可以安全地說無人瞭解量子力學。」（物理定律之特色，劍橋，美國，1967）I think that I can safely say that nobody understands quantum mechanics.（The character of physical law. Cambridge, USA, 1967）

　　「施洛丁哲公式從何而來？不可能從任何你所知者演伸而來，它來自施洛丁哲之心智。」（費恩曼物理講義）Where did we get that "Schrödinger's equation" from? It's not possible to derive it from anything you know. It came out of the mind of Schrödinger.（The Feynman Lectures on Physics）

人之知覺有限，有各種不足，繆誤，偏執，唯力圖在理論與實驗中自圓其說。

必須明白此局限，保持心智開放，不斷釐清頭腦，心智，與真實，望能趨進真實。

在西方，某些最開闊進步的學者，已積極汲取東方思想之精髓。

普理格今（Prigogine，諾貝爾獎科學家）極度推崇中華有機，整合，功能之宇宙觀。他書中首頁即提及中華「自然」一詞，他創造「自組」（Self Organization）學說，「非平衡熱力學」（Non-equilibrium Thermodynamics），呼應「天地位焉，萬物育焉」，「生生不息」之理念。

戈得（Gödel）之不完善理論神似道德經之「道可道，非常道」。

羅素（數理邏輯學家）稱許中華之人文社會傳統。

柯林頓：「徒民主不足以完滿」。

而今西方社會科學之顯學為「第三道」（The Third Way）。即非左，非右之中道，呼應中華長遠之「中庸之道」。

現象學（Phenomenology）呼應禪宗思想。歐美之存在主義者，藝文人士推尊寒山，拾得，瑪莎葛蘭姆從東方肢體語言創立現代舞。容格Jung精研釋道儒而成其一代心理學大師。

東方，作為獨立發展於西方之體系，對於最開闊敏銳，進步熱切之西方大師，於科學，數理，哲學，政經，社會，心理，文學，藝術各領域，於身，心，靈各層面；是全方位之挖掘不盡之寶藏。

　　筆者一九九四年於洛杉磯，創作現代詩舞劇，以白人藝術家演出」零與一，陰與陽」，渠等表達東方情思，淋漓盡致！

　　莫輕賤傳統，若妄自菲薄傳統方為可輕賤。從科學到人文，西方已積極汲取東方之精髓，吾等更當綜合東方與西方，傳統與現代。

　　筆者創有限原理，省思主義，主張破除狹隘與成見，建構新物理學，以新數學，新理念，不斷釐清並明察頭腦，心智，與真實，冀望趨進真實。

　　新世紀中，出入於東西文化之間，一方面知各有限，一方面開闊省思，明察待變，創造燦爛新文明。

展望與情懷

　　世界局勢重新洗牌，如何和諧面對未來之挑戰？如何結合東西方之資源，締造更多的願景？

　　華人能對此「高科技，高觸感，新經濟，新文明」的世界有何貢獻呢？

　　一、有機宇宙觀。

　　二、中醫藥。

　　三、哲學（儒道釋，諸子百家）。

　　四、美學（如太極圖，特重多重曲折反覆之S形，正弦sine，餘弦cosine，不丁不八）。

　　五、禪學（意識，知覺，官能之局限與省思）。

　　六、武術，太極拳等。

　　七、象形文字（費恩曼對此深感興趣）。

　　八、獨特之詩書畫、文學、表演藝術、工藝、庭園、建築、

烹調、服飾等。

九、和諧觀（身與心，人與人，人與自然等）。

十、現代化之經驗，檢驗傳統與現代化之互動，見證社會乃
　　一生態體系。

十一、各行業生產力及創造力之釋放。

十二、永續追求和平，進步與繁榮，禮運大同。

願生理學家為常，病理學家為變，超越百年前之苦情悲憤，妄自菲薄。

慘烈之世界大戰，綿亙多年共產與自由兩大陣營之冷戰，千年之宗教爭戰，要皆源自西方。一九八九柏林圍牆倒了，西方極右思想宣告全面終極勝利，筆者汲汲以為不可而憂思之。

柏林圍牆倒前，我反對極左是萬能的；柏林圍牆倒後，我反對極右是萬能的。此與西方學術界主流風潮相悖，而他們兩次都錯了。

天下為公，社會生物學，都指向休戚與共的當然與必然。夸父追日，愚公移山，知其不可為而為之。中國式之浪漫主義，鞠躬盡萃，死而後矣。海枯石爛，精神意義永存。

網路延展，全球一村，天涯比鄰。人類有了前所未有的基礎建設，而每一個個人也有了空前的機會和選擇，讓柔軟與善意充溢，分享淚水與歡笑，呢喃與諦視，輕歌與曼舞，自我與大我親密的結合，人生希望是朵朵玫瑰，處處花香！不要再有孤絕與隔閡，而是更多的瞭解與交溶。望世間沒有一個受苦的生命，沒有一個寂寞的身影，沒有一個虛擲蹉跎的心靈。

五四以前西方唯我獨尊，以為從科學到人文，一切清楚明白。而今地球是平的，從科學到人文，渾沌複雜，正當知其局限，開闊綜合，省思明察，和諧共進。

生也有涯，知也無涯。
精衛填海，夸父追日。
好學不倦，發憤忘食。
知之不知，好之樂之。

柯林頓提倡互依獨立（interdependence）， 高爾關心全球暖化。

地球一村，人與人從未如此息息相關。我們有最好的機會趨進於樂園。我們站在東西樞紐上，可以攜手追求真善美， 共同創造幸福新文明！

作者簡介：吳慧妮（Dr. Wennie Wu），柏克萊加大物理博士，獲獎無數，獲邀登美國名人錄。追求真善美，如：

仁愛：奉養家人，幫助朋友，獻身服務及慈善工作。

科技：成就領先世界之超奈米科技，從事光電、太空、電腦、生技之尖端研發，以科技報國。

思想：發展「有限原理」、「思維科學」。

文藝：創作歌舞劇，於寫作、舞蹈、體操等表演，屢獲冠軍。

主管「不可能之任務」，預算有從零到數十億者，皆圓滿完成。中華電腦學會會長、理事長，多會主席、理事。

《方腦殼怪相》後記

◆羅清和

　　《方腦殼怪相》是沿用前書《方腦殼傳奇》的人物寫出的現代故事。它既是前書的續集，又是前書的姊妹篇。我之所以沿用前書人物寫本書故事，有其緣由：

　　中國文人有個陋習，用句成都話說就是：當面恭維背後亂囀，囀得稀爛。成都人說「囀」，是指背後道人不是，「稀爛」是一錢不值。當你誠心誠意拿篇文章請人提意見，文章還沒過手，對方便說：「大師的文章我如何能說三道四！」接過文章才看了標題又道：「好文，好文！」走馬觀花讀了幾行文字便伸出大拇指，連說：「大家手筆，大家手筆！」幾頂高帽子送過去，令那些少有人恭維、腦殼發冷的准大師們至少要興奮得好幾個晚上睡不著覺，結果興奮感還沒有消失盡，背後就傳來「孬火藥」的囀聲。成都話「孬火藥」，意為差得很。我就中過類似之招：想當初，剛動筆寫《方腦殼傳奇》時，有位朋友讀了前幾章，拍案叫絕說：「此書如果寫成功，不得了！」豈料全書完成後，這位朋友讀完全稿又批評我盡寫了些刻假飯票，吃魁頭（占小便宜），戲弄街道幹部之類的故事。說書中沒有高大全的影子。聞聽此言，我在內心獨白：「當初老兄讀了前稿，說你在浩劫年代也偷過雞，還強烈要求入鏡。彼時，兄臺那句『不得了』，有如

妙手神醫的銀針，扎在我的奮鬥穴上，令我熱血沸騰，渾身是勁雄糾糾，直到全書完成，仍然處於興奮狀態。如今你又說我鏡頭的角度沒取好，沒取好老兄為何不早說？你這不僅是在放馬後炮，而且還把問題看反了。在那荒誕年代，連書中那位有志衝刺諾貝爾文學獎的高老師，這麼高的人生境界，尚且在蒙學生，還有什麼高大全可言！」不過話到這裏，得加點說明：這位仁兄不是背後亂囀，而是正面表述他的寶貴意見。雖然正面表述不算囀，但這著馬後炮也實在地將了我一軍，引起了我的重視。然而幾十萬字，要想大動談何容易？為了尊重此君意見，我在前書後記中寫了這樣一段話：「嚴格地講，本書應是劫難求生、商海沉浮、精神回歸等三部分組成，而現在奉獻給廣大讀者的是前兩部分，第三部分將在以後的續集中完成」。這段話雖然是我化解那位仁兄的文化馬後炮的權宜之計，但也成為我對社會的一種承諾，由此促使我努力去完成本書。

朋友的文化馬後炮給我的另一收穫是，使我總結出「熱寫冷讀」的創作經驗。所謂熱寫，就是寫作之初，要充滿激情，無論多高的帽子，來者不拒，全都笑納。頭腦越熱越有創作激情。全書殺青，則要多穿小鞋子，多聽返饋意見，讓頭腦降溫，細品差異，精心雕琢。書出版後，木已成舟，當以平常心態，任人評說，視高帽子與小鞋子等同對待。

二〇〇〇年五月，前書幾經周折，在中國大陸出版後，一次，我同幾個朋友喝茶聊天，其中一位朋友好奇地問我，為什麼書還沒出版，我就在後記中說要寫續集。當時我還來不及回答他的提問，另一位朋友便在旁邊搶先說：「寫什麼續集，你聽他說！他在後記裏說的那些話是改天喝茶、空了吹。」一方語言代表一個地域的風土人情。成都人分手愛說「改天喝茶」，重慶人

分手愛說「空了吹」，其實這兩句口頭禪的意思並不是改天真的還要喝茶，或改天還要聊天，而是「改天見」，或「再見」的意思，這是一種語言異化現象。

我見朋友把我在後記中的承諾當成不負責任的信口開河，又不便解釋此招是意欲化解朋友的文化馬後炮，只好淡然地說，我之所以要寫續集，是因為還有未盡之言要向讀者交待，還有精彩的故事要對讀者講，不是改天喝茶空了吹。朋友不以為然，說我既然還有好故事，不如另寫一本書，何必寫續集。我告訴朋友，我已經在後記中承諾要寫續集，就必須完成，否則讀者會說我言而無信。朋友說：「你別把自己看得多了不起，什麼承諾不承諾？你又不是名作家，誰會在意你那幾句話！」我說：「文學是嚴肅的，凡見諸文字的話都不是能隨便亂講的，輕諾者寡信。」朋友說：「唉呀！現在人們對於『承諾』二字的概念都是空了吹。別說你我這些小人物，就連某些大人物的承諾都是空了吹。」儘管話雖如此說，從那以後，每當我想到要寫續集的承諾，內心就如有個重物壓在其間，未能釋懷。

二〇〇四年，我旅居海外後，迫於生活，不得不邊打工邊寫作，但寫的全是打工故事。後來，我的長篇紀實文學《方腦殼美國行》也已完成，續集還只是一些素材，每當想到這事，內心總感到有一種壓力。零七年底，正當我感到心壓難釋之際，那位放我馬後炮的朋友又來推波助瀾，舊話從提，在博客撰文說：「文友羅鶴以兩大本書稿寄我徵求意見，我撰文應之，羅鶴兄不悅。後來《方腦殼傳奇》出版，據說還要提獎，羅鶴兄更不以我此文為是。事隔多年，已成趣事，云云……。」我從那位仁兄的「更不以我此文為是」的」更「字看出，他老兄沒有把我後記中的那段要寫續集的文字讀懂，才會有此一說。其實那位仁兄哪裏知

道，非是我不重視他的意見，而是：高手一著馬後炮，方頭十年難化解。為了消除友人的誤會，化解他的文化馬後炮招式，我於零八年元月開始動筆，歷時三年，在邊工作邊寫作的前提下，完成了這部前書的姊妹篇，了卻多年心願，兌現了承諾。我想，那位仁兄的這著文化馬後炮，促成了我這個實在人的一部長篇小說問世，也算一件《傳奇》中的傳奇趣事吧。

　　本書完成後，我高興地打電話、把這一消息告訴在中國大陸那位說我空了吹的朋友，令我始料未及的是，朋友不以為然說：「你的續集雖然完成，但我認為還是空了吹。」語言異化，這裏的空了吹，意思又變成了「等於零」。我追問他，此話怎講？朋友說：「你的續集雖然完成，但要得到讀者認可才不是空了吹。」對於這話，我反駁說：「這是兩個概念：任何承諾在沒兌現之前，均可視為空了吹，一旦兌現，就不能再說是空了吹。如今我的續集完成了，說明不是空了吹。至於作品寫出來能不能得到讀者認可，那是水準問題，不存在空不空了吹。」朋友說：「說你是方腦殼你還不服，我敢保證，你旅居海外多年，對中國大陸的讀者喜歡什麼還沒搞懂。實話跟你講，現在的讀者喜歡搧情，喜歡新、奇、怪。你寫的賈丸藥、聶老謀之類假名士算不上什麼。現在神州大地，大大小小的假丸藥隨處可見，表演得比你書中人物還精彩，所以我沒看你的書都知道是空了吹。」我說：「我寫小說的目的，是在記錄天地間早就存在的故事，求其真實。」朋友說：「你總得宣揚個什麼嘛。」我告訴朋友，我採用的是開瘡排膿療疾的創作手法，不空喊弘揚真善美之類口號，實錄假惡醜就是弘揚真善美。至於說要宣揚什麼，那是政治文學。作家不宜介入政治。一旦介入政治，難免要為了某種宣傳目的，放棄己見，去講違心話，這是有社會責任感、有良心的作家所不

能為的。二〇一二年的諾貝爾文學獎得主，中國籍作家莫言獲獎後對媒體表示，他的作品是超越政治的。他說：「我在共產黨領導下的中國裏面寫作，但是我的作品是不能用黨派來限制的。我的寫作從八十年代拿起筆來，很明確的，站在倫理的角度上，寫人的情感，人的命運，早已突破了階級的和政治的界限。也就是說我的小說大於政治。」這話證明，文學高於政治。

作品的生命力是作家生命的延續。寫部長篇小說不容易，辛辛苦苦寫了幾年，結果被社會歸入墮落文學類，豈不浪費生命！商人理直氣壯地說他們無奸不商，是因為他們的目的 是為了賺錢，而作家是人類靈魂的工程師，因此要有寫作良心。不論怎樣追名逐利，不能說假話，是其道德底線。據說中國大陸有位教授，自稱是聖人後裔，因為捧紅踏黑說假話，讓天下人恥笑，贈他「叫獸」雅號，羞煞彼之先人。文章寫不寫得好，是水準問題，講不講真話，是人格問題。我是寫小人物的現實主義作家，我的創作觀是：真實、幽默、不偏激、不媚俗，主張在笑聲中淨化靈魂。希望在作品中注入時間防腐劑。詩人郭沫若在成都杜甫草堂題有一幅對聯：「世上瘡痍詩中聖哲，民間疾苦筆底波瀾」。這幅對聯為現實主義文學作家的創作指明了方向。

本書是沿用前書人物創作，書名最初用的是《方腦殼傳奇續集》，由於臺灣秀威出版社主編林泰宏先生考慮到這次在臺灣出版，臺灣讀者對前書不瞭解，建議改成現在的書名。本書雖然是以前書的人物在演故事，能同前書連成一百二十回的統一體，但又獨立成篇，自成一書。在寫作上，考慮到既要與前書風格統一，保持地域特色，又要照顧國際社會的廣大讀者對地區方言的理解，因此我在行文時盡可能少用冷僻的成都方言，但對於有地域特色的方言不僅用了，還通過人物變相解釋，或在故事後面作

了注釋，以便廣大讀者能夠品味到成都這座古老的文化名城、豐富的語言特色。

　　本書有幸能在臺灣出版，首先得感謝《南加華人三十年史話》編輯部、總編陳十美會長、作協周愚前會長、郎太碧理事等文友的引薦，使我認識臺灣秀威出版社編輯林泰宏先生。感謝秀威出版社出版拙作，全書到此畫上句號。感謝秀威出版社編輯林泰宏先生為本書正名。感謝所有關心本書寫作的朋友的鼓勵與支持。感謝前書的廣大讀者對本書的關注。

報導

參加「北美華文作家協會紐約總會」 二〇一二年代表大會後記

◆陳十美

今年五、六月間，接到新任「北美華文作家總會」會長趙俊邁的郵件通知，將於九月底召開他就任後的第一次年會，每分會都只有三至四個代表名額與會。我立即和本會會員們商議，最後由凱湘、南林、曉蘭和我作為本會代表，並約好於九月二十八日當天六點在紐約機場會合前往。

大會特別安排在法拉盛的喜來登酒店作為接待我們第一個晚上的下榻之處，以方便我們出席第二天的開幕式，及下午參加與「世界日報」合辦的白先勇演講會。

報到的第一個晚上，大會精心安排當地非常有名的臺式餐廳款待與會者，精緻的家鄉菜肴，加上最後那一大盆芋頭刨冰，的確讓人感覺到好像享受了一頓滿漢全席。

除了各地代表外，還有當地熱忱招待的紐約總會的會友們共約六十餘人到會。我會四位代表因另有任務，事先就計畫好必須分開坐，以便於最快時間分頭找尋「最後一夜」的「大明星」，也就是趙會長交代於閉幕日前一天晚上演出的壓軸戲。難為大家原本都是生面孔，但我們四人終不辱使命，硬是拉夫徵兵般的在散席前把陣腳底定。回房後，將遠自洛杉磯帶來適合十二人的節目行頭：頭箍花、夏威夷花圈、女郎上衣、下擺裙布、手鏈、腳

環、男式剪裁好的與女式下擺成系列色彩布料的「胸衣」，及做草裙的塑膠布、假髮等等，鋪個滿床，一一說明，凱湘和南林也迅速地瞭解了節目的端倪。主持中秋之夜的惜別晚會是受趙會長之命，要我和少君合作，外加「請勿推辭」四字，在時間如此倉促下拉夫成軍，不免心懷忐忑，事先必須做足應變功課。

　　第二天一早就到趙會長前晚提供資訊的早餐店享受了法拉盛著名的燒餅油條，開幕式準時在九點半開始，趙會長及臺北駐紐約經濟文化辦事處高大使致賀詞後，緊接著是名譽副會長淑俠大姐親切的問候，及贊助單位佛光山紐約道場住持覺泉法師的歡迎辭。大會還安排紐約文化中心游淑靜主任介紹臺北文學館。這時人頭鑽動，氣氛高昂，充滿期待，果然，不久後，備受敬仰的馬克任前會長夫人、聞名中外的夏志清教授夫婦在眾人扶持下相繼進入會場。

　　緊接著是非常溫馨的一幕，由夏志清教授代表大會致贈懷念馬克任前會長紀念牌，馬夫人於接受時感性的說：「不論克任現在在哪裏，他一定感受到眼前的一幕，一定會感到非常欣慰的。」看得出來，不論是馬夫人，或者坐在輪椅上的夏教授，健康都不是在一個很好的狀態，但是他們對文學、對社會的關懷與熱忱，仍然是一如既往的堅持、付出與奉獻，令人十分動容。

　　趙會長說，下午兩點白先勇的演講「父親與民國」座談會早已爆滿，大會總幹事劉馨曼費好大勁為我們全體代表保留了一些珍貴的門票，趙會長還邀請白先生要先到我們的開幕式會場與我們先見面座談。

　　在等待堅持要每天睡到十點才能起床的白先勇到達之前，享譽中外的著名作家叢甦先行登臺熱場，簡介她請白先勇講「父親與民國」的感懷，並深深認為作為一個華裔作家與他的族裔背景

是深切不可分的。

在大會準備的手冊中，對兩位的簡介是這樣的：

「白先勇先生，生於中國廣西桂林，父親白崇禧是中國國民黨桂系將領，母親馬佩璋，童年時因病不能就學，多半獨自度過。小學曾就讀於南洋模範小學，一九四八年遷居香港，在一九五二年移居臺灣。一九五八年在《文學雜誌》發表了第一篇短篇小說《金大奶奶》。兩年後，他與臺大同窗歐陽子、陳若曦、王文興、李歐梵、劉紹銘等共同創辦《現代文學》雜誌，並在其中發表了多篇文章。一九六二年，赴美國愛荷華大學的愛荷華工作室（Iowa Writer's Workshop）學習文學理論和創作研究。一九六四年發表旅美第一篇作品《芝加哥之死》。一九六五年，取得藝術創作碩士學位後，到加州大學聖塔芭芭拉分校教授中國語文及文學，一九九四年退休，致力崑曲的保存及傳承工作。一九九九年十一月發表《養虎貽患——父親的憾恨（一九四六年春夏間國共第一次四平街會戰之前因後果及其重大影響）》。」

「叢甦女士的文字緊密，情感真誠，尤其擅長描寫落魄異鄉的中國人。在《中國人》序中，叢甦寫道：「正如那古希臘神話中的巨人『安太以斯』一樣，離開了母土的流浪人是脆弱、無著落的。」無論是《想飛》裏的知識分子兼作家沈聰，《窄街》裏的劉小荃，或是《自由人》裏的古言泉，這些離開故土在異鄉漂泊的《失根的蘭花》，其內心處境的矛盾與糾葛，掙扎與無奈，透過叢甦的筆，一一鮮活起來，令人讀後低徊不已。」

近午時分，白先勇在簇擁中進入會場，群起給予問候，爭相合影拍照。午餐中亦然，作協會員近水樓臺，得以優先搶購到他的許多暢銷書，並在餐桌邊從容請他簽名及合影。

下午二時的大會果然座無虛席，白先勇在他一貫的悠然與笑

語中輕輕鬆鬆的以一些關鍵性的圖片解說帶過。兩個小時（含提問）要解說一個顛沛流離的世代，要分析幾位英雄叱吒風雲的紛擾情仇自然不易，說者與聽眾都在悻悻然中不得不為時間限制而遺憾。這時，聽眾中忽然才爆發出一股回頭到場外搶購書籍的激動。場外剛剛還堆積著的「父親與民國」一時間供不應求。白先勇再一次被簇擁著（這一次是離場）到會場外為萬頭鑽動熱情包圍的讀者簽名（見九月三十日世界日報新聞報導）。

按照大會的安排，四時許，大夥登上巴士前往上州的「鹿野苑」，繼續我們後兩天的精彩陣營。沿途聽林師兄的詳細介紹：「原來鹿野苑是位於紐約州西南方，曾經是美國天主教著名的青年營地，一九九〇年十一月歸屬佛光山，一九九六年二月星雲大師依佛祖首次於印度弘法之地命名其名「鹿野苑」。鹿野苑占地四百公畝，約有佛光山高雄本山的四倍之大，被評鑑為紐約最優等的森林露營區。地勢起伏略有高低，景觀隱約各現風采。湖光倒影粼粼蕩漾，小溪潺潺瀑布飛濺。春淡夏濃秋紅冬雪，四季分明風光明媚，誠為優美寧靜的森林道場，是紐約佛光山位於紐約州的禪修中心，也是鹿群生長的地區。」

不到兩小時就到了，直接就到分配好的宿舍及小木屋。安頓好行李，乘天色還明亮就步行到不遠處的食堂用餐，那是十多位師姐們從紐約過來精心製作的。林師兄還提到，為了大夥的到來，她們事先就已發動不少義工，辛辛苦苦的清理過一陣子了。

第三天上午是叢甦的專題講座：「海外華文文學的昨天、今天、明天」，對海外華文文學與作家的演進，有一個歷史性的見證述說與見解。午餐後的會務交流，決定了下一屆二〇一四年年會在加拿大舉行，徐新漢會長似乎成竹在胸的透漏，將以非常特殊的遊輪方式進行，暫且拭目以待吧！

在豐盛的晚餐之前，師父先帶著我們做了一陣子的盤足禪修並巡山踏青。

一路享受這一切大會細心安排的節目之餘，前面提過我們會的代表還得分擔一些節目安排的任務，首先我們推派曉蘭代表表演我們會的節目，南林和凱湘就能抽身幫我張羅約請各分會提出節目名稱，及最後一個聯席合演節目的排練。南林還辛辛苦苦的在有限資訊工具的情況下著手承印節目單分發給大家。

當晚的節目演出各分會都非常合作，不論和聲、獨唱、吟詩、笑談、猜謎、提供獎品等等都十分精彩。尤其大作家簡宛的「保鏢」──她的另一半石家興的嗓音足可媲美貓王；華府分會傅士玲的美聲更不下專業水準；趙二姐和卓以玉的合唱簡直是渾然天成；我們曉蘭的「千帆外」新詩也十分引人入勝。主持人少君在過程中非常負責的一再提醒我，他該去召集最後一個節目的人員到後臺化妝了。但是我估計一下全場與會人員大約只有三十餘人，如果去掉他們十二人，現場就會冷清下來。為了顧全演出效果，硬是撐到最後一個節目表演完了才讓他們進去。我這邊也就假裝請大家站起來做幾個健康動作拖延時間（實際是和最後集體的草裙舞幾個簡易舞步一樣），計畫在他們出來轉過一圈後來帶動全場一同起舞的。不一會兒就聽到貓王輕柔的「藍色夏威夷」播放出來了，接著就看到致若、玉琳等六位美女盛裝而出，大夥還來不及驚豔，就又發現後面跟了幾位體型不一、服飾錯落、舞姿馬馬虎虎、扮相滑稽的少君、宗錦、舒龍、山風、南林等男扮女裝妖媚無比的魚貫而出，全場一時間由驚嚇轉為爆笑不已，幸好施叔青即時提醒，勉強轉移了陣地到室外的湖邊賞月去了。但是來回的路上以至最終進了宿舍，大家的笑聲與調侃仍然不能休止，算是一個別開生面的賞月晚吧。

　　第四天一早大家還是享用了一餐精美的素食早餐，大會也為了我會代表必須趕搭下午三時的飛機而調整了行程。在用餐後隨即舉行簡單隆重的閉幕式，也不放棄帶大夥兒繼續驅車遊覽大熊山勝地。沿路傾聽北美會長周勻之詳細導覽解說之餘，又意猶未盡的請出歌王歌后再度給大家娛耳一番。到了目的地大家匆忙下車在美麗的大熊山留影紀念後，才依依不捨的再上車回到喜來登旅館。然後巴士就直接送我們到機場返洛杉磯了。

　　兩三天後接到叢甦的「偽娘頌」，錄詩文於後，及多位會友如趙大姐等的傳訊與照片，以及會長趙俊邁的回顧專文。

　　回憶這次的年會活動，雖然不是特別大型的，大家在一起的時間也只有短短的三、四天，但是不論知識或交誼都令人深覺親近貼切、受益匪淺，並領受無限溫馨與眷戀。感謝主辦單位——紐約分會全體會友的辛苦安排與運作，並預祝趙會長及抱恙的夫人堅持信念，早日恢復健康快樂。

〈偽娘頌——打油詩〉

　　叢甦
　　八月十五月正圓
　　文友聚會鹿苑山
　　高歌曼舞興緻高
　　吟詩順口把茶歡

　　餘興節目花樣多
　　獨唱合聲抓彩樂

卡拉OK震天響
驀地跳進偽嬌娘

燕瘦環肥千百態
腰碩腚圖真古怪
老大爺們扮美眉
假髮假乳齊搖擺

胸前頂雙大橘子
童山濯濯蜂窩戴
蠶眉鳳眼羨嫦娥
花彩濃抹似精怪

那廂有個美嬌娘
擠眉弄眼真放蕩
這廂有個黑大漢
揮臂踢腿瞎亂忙

搖得橘子滿地滾
假髮歪斜羅衫敞
賣弄風騷把吻飛
樂得看官也瘋狂

暴笑響如連環炮
折腰頓足齊吼叫

良宵一舞實難忘
珍重惜別在明早

註：為二〇一二年九月三十日文友惜別晚會「草裙舞」急
　　就章打油詩一首

作者簡介：陳十美，本會現任會長，美亞文教基金會會
　　　　　長，陽光教育中心校長。曾於一九八〇至一九
　　　　　八九年在洛杉磯發行《南華時報》，一九八九
　　　　　年再創華興學院與陽光教育中心。旅美三十
　　　　　餘年，一直在文教界深耕奉獻，創辦或參與社
　　　　　團組織無數，以傳承中華文教為終身職志。二
　　　　　〇〇九年再發起南加全僑編撰《南加華人三十年
　　　　　史話》，預定二〇一三年以中英文出版發行。

東南亞考古之越南篇

◆彭南林

在東南亞大陸諸國中，越南的考古學研究是起步最早，機構最完善，也是成果最豐碩的。筆者認為越南的考古學歷史可以分為兩個階段，即法國殖民地時期和一九四五年越南獨立以後。

十九世紀，歐洲考古學興起，從此科學研究逐漸代替了對過去的推測和猜想。在東南亞卻沒有這樣的發展過程，考古學調查研究的基礎最初是由歐洲學者奠定的。隨著英國，葡萄牙等國家對東南亞的殖民擴張，法國也加緊了對東南亞的商業，軍事活動和文化擴張。

東南亞考古的先聲

一六六四年，法國天主教會在阿育塔（Ayutthaya）建立教區，牧師開始在各地到處活動。西蒙·勞伯里（Simon de la Loubere）是法國派往阿育塔的早期使者。他詳細記載報導了他的旅行見聞。他可以說是第一個描述當地地貌和推測居民來源的歐洲人。在對東南亞的殖民，吞併過程中，許多傳教士，探險家，旅行者紛紛來到東南亞。一八五〇年天主教傳教士佩勒·查理斯—埃米爾·博勒瓦（Pere Charles-Emile Bouilevaux）再次發現吳哥

古蹟。一八五八年，法國學者亨利‧莫霍特（Henri Mouhot）對東南亞進行了第一次純科學的探索考察。儘管他的主要興趣是植物，動物和無脊椎動物，但他的觀察擴及當地民俗及其源流。他的文章發表於一八六四年，引起了歐洲學者的關注。兩年以後，道達特‧拉格里（Captain Doudart de Lagree）率領的湄公河探險隊離開西貢，沿湄公河而上進入中國南部。儘管其主要目的是商業，尋求從新殖民地進入中國的貿易路線，但探險隊對古蹟也有濃厚的興趣。探險隊還對吳哥古蹟進行了踏勘並製作了第一批碑銘的拓片。這些對於古代高棉古蹟的初步揭示，導致了後來的以路易士‧德拉普特（Louise Delaporte）為首的進一步的調查，他曾是湄公河探險隊的成員之一。艾提奈‧愛莫尼爾（Etienne Aymonier）在對柬埔寨各地的高棉遺址進行了踏勘後，他還對越南南方進行了田野調查。第一次鑑別了所謂占人（Chams）之後的許多屬於不同的文明的遺跡。

　　碑銘是用梵文和當地語言刻寫的。在柬埔寨就是用古高棉文（Khmer），在越南海濱地區就是用占語（Cham）。碑銘記載的是國王世系，軍事戰績，以及寺廟功德的捐獻者名錄。從事碑銘的翻譯和研究的先驅者有法蘭西斯‧巴斯（Francis Barth）和艾貝爾‧貝庚尼（Abel Bergaigne）等西方學者。

法屬殖民地時期的越南考古

　　一八六五年，法國為了加強對其在遠東新殖民地的管理，在越南西貢（Saigon）成立了印度支那研究公司（Societe des Etudes Indochinoises）。一八九八年，一個印度支那考古機構（Mission Archeologique d'Indochine）在西貢成立，不久更名為法國遠東學

院（Ecole Française d'Extreme Orient）在越南河內宣佈成立。其宗旨發表於一八九八年十二月十五日，指定了一個永久性的考古機構，負責對印度支那半島考古學和語言學的研究。籌備主任是路易士·芬諾（Louis Finot），由他負責建立一個博物館和一個圖書館，並通過研究人員的努力，獲取考古學和語言學的資料。他不久就選定了早期的研究人員，他的研究隊伍很快進入了東南亞考古史上的黃金時代。一八九九年，保爾·佩里奧特（Paul Pelliot）被指定為該學院的研究人員。當時他年僅二十六歲，精通中文。他的主要任務是通過中文文獻資料，研究這一地區的歷史地理學。他的貢獻在於為早期的東南亞研究機構保存了用西方語言寫成的主要資料。一九○○年七月，亨利·帕門蒂爾（Henri Parmentier）被指定為研究人員，他為研究印度支那的歷史遺跡奠定了基礎。他負責記錄已知的所有占人以及早期和晚期的高棉人的遺跡。他的報告附有自畫的線圖，照片和所有遺址地理位置圖。第三個被指定的研究人員是拉內特·拉容奎里（E. Lunet de Lajonquiere）。他是從軍隊調任的，負責確定，描述遺跡，碑銘和雕像，以及報告它們的狀況和保護措施等事宜。他的任務早在亨利·帕門蒂爾進行他的田野工作之前就已完成。報告發表於一九○二年。此報告成為東南亞第一個對歷史遺跡進行學術研究分析的報告。泰國也包括在他的調查區域之內。

　　除了對考古學進行廣泛的研究之外，路易士·芬諾本人還參與了法國傳統的對梵文的研究。翻譯了許多新發現的碑銘石刻。比如，一九○二年，他報導了兩塊占人國王巴德拉哇曼（Bhadravarman）的新的碑銘。和他的先驅者們法蘭西斯·巴斯和艾貝爾·貝庚尼以及後繼者喬治·科岱斯（George Coedes）一起，路易士·芬諾在建立早期柬埔寨和占婆年代序列中起了重要的作

用。這些早期的研究成果，發表在《遠東學院院刊》第三卷上。為後來的人們試圖確立東南亞最早期的國家的地理位置和性質奠定了基礎。法國遠東學院並未壟斷考古學研究，因為當時的印度支那聯盟地質局（Geological Service of the Indochinese Union）的成員中有兩個有才華的田野工作者，馬德林‧柯拉尼（Madeleine Colani）和亨利‧曼休。他們各自的貢獻在於奠定了認識越南東京地區（現在稱為北部Bac Bo）的早期狩獵／採集者經濟的基礎。

　　一九〇二年，弗朗茲‧黑格爾（Franze Heger）發表《東南亞的古代金屬鼓》（Alte Metallstrommeln aus Sudestasien），描述了在東南亞和中國華南發現的一百四十四面青銅鼓，並把它們分為黑格爾I-IV型。同年十二月，在河內舉行的「第一次遠東研究國際會議」（the First International Congress of Far Eastern Studies）上，黑格爾首次發表了他對銅鼓的分析論文《論東南亞的古代金屬鼓》（On the Old Metal Drums of South-east Asia）。引起了法國遠東學院學者們的興趣。從二十年代開始，遠東學院的考古學者們開始特別關注東南亞青銅時代的器物。一九二四年，一個越南漁民在越南清化省（Thanh-hoa）馬江（Ma River）邊上的東山村（Dong-son）發現了幾片青銅器，賣給當時的法國海關官員艾米爾‧帕荷（Emile Pajot）。一九二五年，他代表法國遠東學院對東山遺址進行了發掘。一九二九年，戈鷺波（Victor Goloubew）在法國遠東學院院刊上發表了「東京和安南北部的青銅時代」（L'age du Bronze au Tonkin et Dans le Nord-Annam）闡述帕荷的發現。這是越南也是印度支那考古史上的新發現。一九三二年，「第一次遠東史前史學者國際會議」（the First Congress of Prehistorians of the Far East）在河內舉行，戈鷺波又發表「論金屬鼓的起源與分佈」（On the Origin and Diffusion of the Metal Drums），

再次吸引了國際學者的注意。

　　由於法國遠東學院的學者在東山的早期發掘多少帶有挖寶的性質，一九三四年至一九三九年間，瑞典考古學家奧拉夫・簡斯（Olav Janse）被巴黎博物館（the Museums of Paris），法國遠東學院等機構指定為領隊，再次對東山遺址進行了科學的發掘。出土了青銅兵器，銅鼓，扣飾和儲藏器等。之後，瑞典漢學家高本漢（Bernhard Karlgren），奧地利漢學家海涅・格爾登（Robert von Heine-Geldern）和法國遠東學院的其他成員都先後發表文章，認為越南青銅時代，以東山文化為代表是外來文化傳播的結果，不是本地的產物。一九四一年，同是法國遠東學院會員的越南學者在越南《知新》（Tri Tan）雜誌上撰文，挑戰西方學者的觀點。

　　法國遠東學院總是得到法國的支援，在印度支那聯盟存在的五十六年中，使它能夠得以生存和維持主要的研究專案。法國遠東學院的院長還把握住與非法國的西方考古學者合作研究的機遇。與其他東南亞國家相比，法屬殖民地越南的考古學研究走在時代的前面。隨著越南抗法反殖民主義鬥爭的繼續和後來的柬埔寨武裝衝突的捲入，考古研究的歷史出現了一個轉捩點。直到二十世紀五十年代，法國遠東學院的院部一直設在越南河內。它發表了一系列重要的報告。奠定了高棉和占人文明研究的基礎。對於晚期青銅文化和漢文化對紅河流域的影響的研究，是通過對考古發掘，出土文物的研究而進行的。在紅河流域附近的階地上，曼休（一九二四年）和柯拉尼（一九二九年）發掘了洞穴遺址，出土了有名的「和平文化」（Hoabinhian）「北山文化」（Bacsonian）的遺跡。一九二八年和一九三二年間，當時越南以法文，中文，越文三種文字同時出版，以政治，經濟，地理，歷史，

考古為主題的《南風》（Nam Phong）雜誌，刊登了一系列的文章，介紹曼休和柯拉尼有關東京史前時期的發現，和法國遠東學院的學者對安南（Annam）和占婆（Champa）的歷史和考古研究。曼休在柬埔寨三隆盛（Samrong Sen），萊維（Levy）在柬埔寨姆魯普雷（Mlu Prei）研究了史前的露天居住遺址。這至少比在泰國東北部農諾塔（Non Nok Tha）和班清（Ban Chiang）發現的類似的遺址要早八十年。在越南的海岸沿線，派特（Patte）在一九二四年和一九二五年間發現了海濱居址，通常以貝丘為特徵。就是在第二次世界大戰之前，巴里斯（Paris）還描述了從空中可見到的貫穿於湄公河流域的多沼澤窪地上的河道。在日本佔領時期，研究工作仍然在繼續進行。就是在第二次世界大戰期間，馬勒里特（Malleret，1859-1963年）在越南南部港市發掘了俄厄（Oc Eo）遺址。發掘表明該遺址是漢語稱為扶南（Funan）的古代社會的一個部分。

在法國遠東學院的歷史中，對這一成熟時期的傑出貢獻是由其院長喬治・科岱斯彙編了東南亞大陸著名的梵文碑銘。每一塊碑銘都附有原文和法文翻譯以及歷史和文化背景材料。是研究該地區古代文明的重要資料。

越南獨立以後的考古事業

法國人撤走以後，情形發生了巨大的變化。一九四五年越南獨立。以胡志明（Ho Chi Minh）為首的新國家，非常重視考古學的研究和發展，派遣人員去蘇聯和中國留學，開始培養自己的考古學家。河內的路易士・芬諾博物館（Musee Louis Finot）改成了國立博物館，越南考古研究所（Vietnamese Institute of Archaeology）取代法國遠東學院而成為考古研究的中心機構。胡志明生前曾多次前往越南考古研究所視察。儘管缺少專業人員，該所所從事的研究已大大豐富了越南史前史的知識。尤其是一九五九年以後，越南的考古研究迅速發展，聘請俄國資深中亞舊石器研究專家博裏斯柯夫（P. I.Boriskovskii）到越南從事史前史研究和培訓。越南社會科學委員會成立（the Committee for Social Science of Vietnam），下設越南考古委員會（the Archaeology Committee）。即使在美國對越戰爭的高峰時期，發掘工作仍然在繼續。在中國，德國和紐西蘭的幫助下，對出土物進行了碳十四年代測定，到此時，越南晚期史前文化年代序列已具雛形。

　　現在越南的考古研究主要是致力於越南舊石器，新石器，青銅器，鐵器時代及史前史的起源與發展的研究。河內大學設有考古系，負責培訓越南自己的考古學者並有博士專業。越南主要的考古學刊物《考古學》（Khao Co Hoc），從二十世紀六十年代早期便致力於發表越南學者的考古文章。過去只有越南文和法文目錄，近年來已配有英文目錄。越南考古學者每年舉行一次年會，出席者提交的論文均彙編成論文集。

　　在與國外學者的學術交流方面，越南也做出了不懈的努力。美國古人類學家與越南考古學者早在一九八七年就開始合作進行古人類學調查，在越南尋找直立人（Homo erectus）和巨猿（Gigantopithecus）的遺跡。一九七八年到二〇〇七年越南和日本考古學者多次聯合發掘南越的安松遺址（An Son），二〇〇五年澳洲國立大學的人類學者與越南考古學者聯合發掘越南北部Yer Bac遺址，二〇〇九年再次聯合發掘安松新石器時代遺址。近年來越南加強了與同一地區東南亞國家的合作交流。伴隨臺灣中央研究院「東南亞區域研究計畫」和「亞太研究計畫」等主題計畫的執

行，臺灣考古界也加強了與越南考古學界的合作。首次赴越南進行實地考古田野調查，並與越南考古學者聯合發掘了位於清化省馬江流域Da But文化的Lang Cong遺址，廣寧省沿海地區下龍文化的Ba Vung遺址，以及河靜省Thach Lac遺址。

越南與中國廣西，雲南接壤，是唇齒相依的鄰邦，兩國的古代歷史和文化存在著密切的聯繫。一九九二年以來，香港中文大學中國考古藝術研究中心主任鄧聰博士曾多次訪問越南的考古遺址。一九九六年底至一九九七年初，香港中文大學的考古學者與越南考古學者合作，聯合發掘越南北部馮原文化時期最重要的玉作坊，海防市長睛遺址。二〇〇二年九月，越南考古學者也回訪香港中文大學。二〇〇三年十一月，中國社會科學院考古研究所考古代表團訪問越南，尋求雙方在考古學領域的交流與合作。二〇〇五年二月與十二月，四川省文物考古研究所的考古學者先後兩次赴越南作學術考察。二〇〇六年十二月，四川省文物考古研究所，陝西省文物考古研究所與越南國立歷史博物館合作，發掘了越南義立遺址。二〇〇七年四月十日，由中國藏學所所長霍巍教授和四川師範大學巴蜀文化研究中心主任段渝教授共同主持的「越南的民族與考古」專題報告會召開。與會學者認為巴蜀文化與東南亞文化有著緊密的關係，越南的考古新發現證實了古代文獻對巴蜀與東南亞關係的記載是基本正確的。二〇〇七年十二月，中國科學院考古研究所的專家組成考古訪問團訪問越南，就學術交流，合作發掘和研究達成了意向。二〇〇九年七月和九月，應越南國家歷史博物館的邀請，廣西博物館先後兩次派出專家赴越考察銅鼓。二〇一一年十月，越南社科院考古所原副所長阮文好等考古學者出席廣西與東盟青銅文化學術研討會。

據悉，二〇〇七年，雲南省文物考古研究所的考古學者也應

邀對越南進行學術訪問，探討雙邊考古合作的可能性。同年底，雲南省文物考古研究所設立東南亞考古研究中心，將致力於「開展收集東南亞考古資料、建立與東南亞考古研究機構的聯繫、編印東南亞考古動態、引導專業人員開展東南亞考古研究、組織年會及專題研討等活動」。筆者被特聘為特約研究員。二〇〇八年十月，第一期東南亞考古研究通訊已編印發行。收錄筆者撰寫的「東南亞十國考古簡史」。堅信這一研究中心的成立也將對雲南與越南，乃至華南，東南亞的考古研究做出巨大的貢獻。

作者簡介：彭南林（Arthur Peng）。畢業於柏克萊加州大學人類學系。華裔人類學者，考古學者。代表作有「英漢人類學辭典」（繁體，簡體精裝本）和有關東南亞考古學的系列文章和譯文。即將出版新書「東南亞考古」。現任北美洛杉磯華文作家協會理事。

社團報導兩則

◆張翠姝

　　自有記憶開始，在父母的薰陶下，輒以「敬老尊賢」為待人接物之準則。因緣際會，我於負笈來美後，更自1998年起，加入了社區服務的行列。期間，「服務耆老」即佔了相當大的比重，值此作家協會刊物出版之際，僅以拙作一篇，將自己服務南灣松柏社及臺北三高女聯誼會的心路歷程與讀者分享，敬請不吝指正。

南灣松柏社

　　與南灣松柏社結緣彷彿還是昨天的事，一晃眼，二十八個年頭已匆匆飛逝。

　　猶記南灣華人合唱團於一九八五年五月甫舉辦完中國民謠之夜的演出，我們幾個獨唱演員不久即應邀在南灣松柏社月會中為伯父伯母們表演助興。當時，適逢我的公婆暫住寒舍，我有幸數度陪同興高采烈的二老齊赴雅集，或應邀擔任司儀，或表演獨唱，當時熱鬧的情景猶歷歷在目。一九八四年至一九九〇年期間，在首任社長張宏奇伯父的睿智領導下，南灣地區的華裔耆老先進們，陸續加入松柏社的陣容，並以極為雀躍的心情，期待每月第二個週六The Shops of Palos Verdes Community Room舉行的月

會，從舞動歡唱，到吟詩作對，或製作燈謎，耆老們的同心協力與樂群敬業，著實帶給年輕義工朋友們莫大的鼓舞。

　　一九九〇年，吳伯母王平女士接任會長，當時我尚在南灣中文學校教授演講與詩詞朗誦，犬子何鼎與學生多人先後應邀至松柏社為爺爺奶奶們演出。一九九四年，加入託倫斯紀念醫學中心，我以華裔代表的身分，開始了近二十年的社區保健服務。在醫院的支持下，我將松柏社每年四次聚會，移至醫院的會議廳舉行，經常邀請學有專精的華裔醫師為社員們解答醫療相關問題或推出保健講座，至此，我與松柏社關係更形密切。二〇〇〇年，家母來美參加我的獨唱會，承蒙吳社長熱情款待，並應邀參加了松柏社新春圍爐及慶生餐會，每憶及此，家母輒興奮莫名，久不能忘。兩年後，我亦加入南灣松柏社成為永久會員，並同時擔任副會長一職。

　　南灣松柏社的社員們早年多由大陸輾轉抵臺，教育程度高，文筆好，口才佳，精養生，且十分獨立。不少社員在南灣地區十分活躍，擔任社長逾十五年的吳王平女士，於一九九九年榮獲托倫斯市傑出老人獎，前副社長葉吳慶宜博士係心理學家，則經常應邀為社員們演說並解答問題。目前，該社在陳淑芳（社長），張翠姝（副社長），葉能逸（祕書），邊明珠（財務）等新生代團隊的帶領下，將於二〇一四年邁向第三十個年頭，在此，僅以短詩一首，及全體社員合影，祝福南灣松柏會務順利、社運昌隆，各位社友福體安康、諸事如意。

　　　　致　南灣松柏社
　　　　松林曲徑覓景幽，長天久地意閒悠

臺北三高女聯誼會

臺北第三高女（簡稱三高女，1897-1945），係前北二女（1945-1967）及現臺北明星高中之一中山女高（一九六七年起迄今）之前身。「三高女」係日據時代臺籍閨秀最嚮往的學府，亦為臺灣傑出女性的搖籃兼推手。

一九九八年甫接下南加州中山女高校友會會長一職，旋即著手籌劃一九九九年的十週年慶校友會，加諸給自己的首要任務，即是加強對母校的認識，因而於是年夏返臺之際，在林燁校長的引薦下，首度拜訪了三高女聯誼會會長鄭玉麗女士（已故）及理事多人，至此，我對三高女及聯誼會方才有了更深一層的瞭解。一九四一年到一九四五年，這批六、七十年前的臺籍嬌女，因戰爭之故，生活清苦，於是胼手胝足，勤勞不懈地開墾出「三高女報國田」。光復後，鄭玉麗會長更當選為首任國大代表，並赴南京出席第一屆國民大會，與會的五位臺籍女性，除鄭會長外，立法委員謝娥女士亦為三高女校友，其他知名校友尚包括：李曾文惠女士（李登輝前總統夫人）、辜顏碧霞女士（中國信託董事長辜濂松之母）、郭林碧蓮女士（大同子公司坤德公司董事長）、鍾有妹女士（知名作曲家鄧雨賢之夫人）及畫家陳進女士、楊許玉燕女士等。

一九九九年到二〇一二年，接下來的十餘年中，南加州校友會與三高女聯誼會互動更為密切，如遇鄭前會長返回洛杉磯小住，吾等學妹總不忘邀請鄭學姐餐敘暢談，如我回臺，也必定抽空拜訪學姐，或與她們分享生活點滴，或為學姐們演唱助興，每次出席聚會，學姐們總是對我鼓勵有加，並將我照顧得無微不至。再者，兩會每逢出版年刊之際，學姐妹們必定相互支援稿

件，藉以增進彼此的交流與認識。聯誼會中，學姐多人雖已年逾古稀，但均有過人的精神與毅力，從寫作、繪畫，到音樂、舞蹈及英語會話，她們孜孜不倦的學習態度著實是學妹們的最佳典範。學姐們十分重視保健養生，二〇〇九年十一月十四日，我有幸代表南加州校友會參加了三高女聯誼會假六福皇宮舉行的五十二週年慶，當日盛裝出席的三高女學姊們均福體健朗，神采奕奕，節目安排及場務管理均由學姐們親力親為，接下來的「才藝秀」亦全由學姊們擔綱演出，看到年逾八十的她們在臺上載歌載舞，我深深地為她們折服。二〇一〇年七月十二日，我應會長吳蘭英女士及總幹事黃彬彬女士二位學姐之邀，在參加完三高女聯誼會歡送黃鬱宜校長的餐會後，有感而發，因而賦詩一首獻與眾學姐，並摘錄於後與讀者共用之。

應邀參加三高女聯誼會歡送黃郁宜校長餐會（07/12/2010）
上平聲：十五刪韻（特以北、三、高、女為四句的句首）

北城絃歌繞長安，三代同堂唯中山；
高雅風神涵德蘊，女杰英釵益心嫻。

托倫斯紀念醫學中心

托倫斯紀念醫學中心（Torrance Memorial Medical Center）是一所非營利性質的醫療機構，一九二五年由美籍人士Jared Sidney Torrance創立，現有床位四百多個，主要服務南灣、半島、托倫斯及海港社區，是洛杉磯僅有的三所燒傷治療中心之一。創立之初華人醫師不多，然而，由於南灣地區的華裔居民及醫師不斷增

多，該中心自一九九四年起，開設了華語保健服務專線，專門為華人社區服務。該院華裔社區代表何張翠姝女士（Shirley Ho）免費為華人社區推薦華裔醫師，免費索取「華裔醫師名冊」或保健服務電子簡訊。協助推廣華人社區的健康教育，為華人團體安排華裔醫師專題演講，協助解答有關醫療保險問題。醫學中心的華裔醫師不僅經過嚴格的學術訓練，有豐富的臨床經驗，還精通英語、華、臺、粵語，大大方便了華裔病患就診。

托倫斯紀念醫學中心的健康教育部還為南灣區民眾及華裔安排健康教育課程，保險計畫免費諮詢服務。但凡托倫斯地區的商家及社團、教會、老人中心或後援組織，超過二十人以上的聚會，只要與他們聯繫，他們都可以免費安排保健講座，並由資深醫學專家為大家講解健康常識。一九九七年，由何張翠姝任總召集人，南加州中華科工學會協辦，首度為南灣社區兩百名華裔人士舉辦了大型社區保健講座，此外，何女士亦曾協助南灣、托倫斯、長青等中文學校及華人團體推出多樣主題的保健講座。近十餘年來，則長期為南灣松柏社及南灣耆老團體邀請該院華裔醫師為老人們解答醫療保健問題。

中心有幾百位義工，其中華裔義工約有四十名到五十名，這些義工熱情真誠，分佈在中心各個部門，為廣大病患服務。義工服務部每年還要舉辦四次義工講習，以提高義工的服務品質。

為更新醫療設備，擴建醫療大樓，本中心保健基金會每年定期舉辦的高爾夫球大賽、為期六天的耶誕節慶典（Holiday Festival）以及照亮生命（Light Up A Life）等多項籌款活動，華裔社區均熱心支持並踴躍參加。由於該中心長久以來的高品質服務深受南灣社區稱道，故屢獲社區報Daily Breeze讀者票選為南灣區最佳醫院，近來更以高水準的護理品質，榮獲Magnet Recognition殊

榮。此外,在心臟、中風、糖尿病、膝及髖關節置換手術、脊椎
手術、肥胖症手術及過渡期照護等專科方面的優質表現,亦為本
院贏得多項榮譽。

作者簡介:張翠姝女士,臺大經濟畢,約翰霍普金斯大學
管理科學碩士。現任托倫斯紀念醫學中心華裔
社區代表、洛加大婦女會及托倫斯交響樂團理
事等。女士曾任南加州中華科工學會會長、理
事長,及南加州中山女高校友會會長,並長期
活躍於美、華社區,獲獎無數。不惑之年始修
習聲樂,曾五度舉行個人慈善獨唱會,嘉惠多
所社區團體。且雅善書法,曾獲全臺大專院校
書法比賽第二名。

南加州中華民國高爾夫球會之緣起

◆廖聰明

　　駐洛杉磯臺北經濟文化辦事處直到一九九四年才指派首位臺籍歐陽處長瑞雄到任，筆者為了化解南加州僑界各社團與經文處以往的對抗與示威行動及衝突不斷，由廖聰明（當時他任南加州臺灣旅館業同業公會會長）發起聯誼活動，敦請臺籍大老王桂榮先生擔任總召集人，與籌備委員陳正吉、林玉樹、江萬裏等人，於七月十月以「處長杯高爾夫球賽」名義舉辦處長及各社團友誼賽與晚宴歡迎歐陽處長到任。（詳見一九九四年七月十一日國際日報剪報附件一）是為今日，南加州中華民國高爾夫球聯合會之濫觴。

　　筆者與眾多社團洛杉磯臺灣旅館業同業公會與臺美商會等十一個社團為主，舉辦首次「處長杯」高爾夫球聯誼賽後，筆者有感於南加州各文化僑胞紛紛成立高爾夫球會（當時筆者擔任長榮高爾夫球會會長），為了與經文處聯誼互動與交流，乃向歐陽處長建議，組織聯合會，每年主辦「處長杯」及「雙十國慶杯」以示僑胞對中華民國（臺灣）的向心力與熱忱。然後由筆者草擬組織章程經歐陽處長過目，並與陳正吉、邱垂煌等各球隊會長同意後，於一九九六年成立高爾夫球聯誼會，定名為「南加州中華民國高爾夫球會」而公推邱垂煌擔任創會會長，至今已有十二年歷史，以每二年為期改選會長，計有侯彌（電腦協會會長），陳正

吉（臺灣旅館業同業公會會長）、廖聰明（蓬萊長青會會長），林添鉉（兆德國際投資集團）、潘伯照（媒體名人）、相繼擔任會長，明年選任大東銀行董事呂世豪擔任新任會長，繼續領導本會作業，希望各界本著以往愛護及支持本會舉辦之活動，以共襄盛舉。

　　本會每次舉辦聯誼會，均以包下全場為主，經常以人滿為憂，最高記錄曾經以一百七十二人打破一百四十四人滿額為限，其間二度為慶祝李登輝與陳水扁總統就職而舉辦之總統杯（見附件二），獲得總統之賀電，足證本會愛鄉愛國舉辦活動之精神，贏得各界之肯定。

　　在南加州各界為了慶祝雙十國慶，每年均有很多慶祝活動項目，而本會均以領先舉辦帶動其他節目為榮，參賽僑胞不分黨派與族群，不分男女，以老中青，更有熱心參與慶祝球賽的美國交流社會人士，足見大家對本會之認同與支持，給予歷屆會長莫大的鼓勵。

　　原訂「處長杯」自袁建生擔任經文處長時，以謙沖為懷建議改名為「經文處杯」延用至今。無論是「經文處杯」與「雙十國慶杯」或「總統杯」除了表達各界僑胞對我國派駐單位之互動交流增進雙方情感與聯誼外，更表達僑胞忠心耿耿身在海外，心在臺灣的愛鄉愛國的情操，而且提倡「以球會友」，以餐敘情，增進身心之健康以延年益壽，乃是本會舉辦舉辦高爾夫球聯誼會的宗旨。

　　　　作者簡介：廖聰明，本會顧問，前僑務顧問，喜瑞都市長
　　　　　　　　　青會會長，南加州台灣旅館業同業公會會長，
　　　　　　　　　也是南加州中華民國高爾夫球會創辦人之一，
　　　　　　　　　獲頒淡江大學傑出校友。熱心公益，尤愛家
　　　　　　　　　鄉，奔走海內外，服務鄉親，不辭辛勞。

三十年來的南加旅業

◆鄺鉅鈿

　　旅業是一行服務業，是人服務人的行業，經營旅業的人一定以服務為原則。三十年來南加華人的旅業，筆者就記憶所及，坦埕慨括陳述，俾為歷史做見證。

　　回溯上世紀旅業的旅館（客棧），晨起須呼茶房（店伙）以盤盛水作盥洗之用，床置瓷製之枕頭，進門高懸警句：「攜來行李，貴客自理」來客多為販夫走卒，當然不是鳳凰池上客，更不是龍虎榜中人，這些客棧只是供歇宿一宵便上路的人，有打油詩記其事：

　　　　未晚先投宿，雞鳴早齊天
　　　　披衣覺露濕，辛苦只為錢

　　時移世易，今時住旅館的人許多是為花錢而來的，我們在消費市場看到Resort Hotel（休閒型的旅館）即其一也。

　　美國於第二次世界大戰結束後鑒於公路迅速擴展，以加州目前而論：公路總長超逾六十萬二千英里，小型旅館沿公路興建以迎合駕車者投宿，而名之為：Motor Hotel。及後，擷取及兩字之一半而為：Motel迄沿用至今．

首鑒於南加州第一間Motel位於Long Beach，為一華人黃某經營．時為一九六三年。於一九六四年，筆者於華埠籌建龍門旅館之前，見有Moytel者，為一李性華人擁有，中文為「梅家莊」後改建為「雅伯文」為適應連鎖旅館之經營。

筆者於一九八○年於華埠增建Best Western Dragon Gate Inn。筆者於該系統之中受命專任督導及業務之聯絡員逾二十載，統計經已參與此一聯營者幾三千九百多家，而南加地區約三十餘家。

大陸各主要城市之飯店如查核設施標準符合Best Western者都獲准參加，目前上海深圳、北京、重慶都有。

溯自移民投資案生效後港臺兩地所辦之投資者紛至，其投資於小型旅館者為數不少，都「對業務疏懈而不恭謹經營」間與該社區造成滋擾，即綠咭到手便各奔前程了。

其後稍具規模之投資者擁有：Comfort Inn、Day's Inn、Quality Inn、Best Western、Hamton Inn等，這些中層旅館所佔旅業市場不斷擴大，星級旅館如：Holiday Inn，於不同的Franchise（加盟店）中，視其設施及地點而加以分級（Tier）而搶攻中層市場。Holiday Inn則有Holiday Inn Executive、Holiday Inn Resort、Holiday Inn Express，當中以Holiday Inn Express為中層市場之主攻，而其他星級也不遑多讓：Ramada Inn也推出Coort Yard 參與此一中層市場塵戰

目前另一股龐大組織之印度裔業者成員近千名為Asian American Hotel Owner Association於Best Western組織中舉足輕重，不但於商業中凝聚了力量，絡驛仕途的人都向他們招手，已成旅業中的異軍。

旅業一如其他企業強調Quality Control（品質控制）Marketing（市場學）Education（員工學）Design（房舍設計） Complain

（投訴處理）等，謹此提供與業者勉之。

八十年代後期，華人的星級飯店現蹤於南加者有Sheraton、Hilton、Beneventure及Ramada Inn等，為南加州帶來高層次旅館，確為華人平添了一些華彩，得之非易。以目前的星級選拔都在八位數字，賴以維生的本地Motel便瞠乎其後了。

粵諺云：「真鼻鐵盈餘，利中微牛取。」挺胸逐步，展望旅業的明天乃是一片絢爛。

作者簡介：鄺鉅鈿，本會顧問。一九六四年創建華埠龍門旅館，為華商第一位旅館擁有者與經營人，後更發展金融、銀行等投資事業。精通詩書畫藝，亦為歌唱聲樂家。急公好義，經常從事慈善義舉，不落人後。

細談潮汕功夫茶道

◆陳嘉禮

近聞世界週刊有關天仁茗茶在紐約推展茶文化吸引美國人對茶藝的興趣，並強調茶對抗癌的功效，使我興起寫家鄉潮汕功夫茶道的念頭來了。

目今在家鄉的潮州人有千萬以上，而在海外的潮州人也不少於此數。歷代以來潮汕人喝過的功夫茶葉不知有多少萬萬噸，而功夫茶的考究細緻和精緻是世界所無，潮汕獨有的。所以潮汕人不只是單純的飲茶，而把其冠以功夫兩字的原因。

中國是茶道的發源地

神農本草綱目說，神農嚐百草日遇七千二毒得調而解之，說明老祖宗早在五千年前就已經懂得飲茶，更以茶做藥，估且不談抗不抗癌這一回事。

唐朝順宗時（西元八〇五年）日本最澄禪師來華留學，帶了我國茶籽回日本種植，這是和足茶葉東傳的嚆矢。明神宗萬曆年間（一六一〇年），荷蘭商人首次將中國茶葉運銷歐洲，深受歡迎，此後茶、香料成為中國出口西洋的主要商品之一。中國呼其為「Cha」，英語稱其為「Tea」，南洋群島各國則直稱「查」，

這應該是閩粵音之調，足證中國是茶的發源地。

中國的產茶區分佈在長江流域和中水蒙山頂上茶。蒙山地跨四川省雅安和名山二線，海拔一千五百米，雨多霧重，氣候濕潤，正是植茶的好地方。蒙頂茶和陽羨茶（即今江蘇宜興）都被列為貢茶。唐代有陸羽，玄宗至德宗年間，人人稱為茶神、茶怪，他所寫的一部七千字茶經，是世界上最早的茶書，把茶的功效、起源、分佈、製作技術、烹飲方法等，加以系統歸納和分析。到了五代南唐和宋代，福建的建安（建甌）地區的茶成為貢茶，安溪岩茶盛名卓著，歐陽修有句云：「建安三千五百里，京師三月試新茶。」到了明代，武夷山等地的茶相繼而起，而潮州饒平縣，鳳凰山地區（今屬朝安縣）的鳳凰單欉茶系列，也承自安溪茶而來。現在中國的茶區已擴展到浙江、湖南、安徽、四川、臺灣、福建、雲南、湖北、貴州、廣東、廣西、江蘇、陝西、河南、山東、甘肅、西藏、海南等十八個省上千個縣。

三大類茶：綠、紅、烏龍

茶摘自株叢後待乾後間炒以發香味，稱之發酵。臺灣近人有詩詠玉山茶如下：

新芽採摘遇山巔，石昆移來手自煎。
滿盈雲艘凝玉乳，一腔詩思湧甘泉。
腋間漸覺清風至，心境渾忘俗慮牽。
但使此身能換骨，石辭終日作茶顛。

千百年了，仍與陸羽相呼應，實可稱為國族之飲也。

現在概括而言茶可分為綠茶紅茶和烏龍茶三大類。綠茶是沒有經過發酵的，如日本茶、碧螺春、龍井、毛尖等，其味清淡幽香，其色淺綠。紅茶是全發酵的，如安徽的祁門、雲南的普洱等，其味甘醇，其色烏濃，又西人飲的立頓（Lipton）茶包也屬紅茶一類。烏龍茶是半發酵茶，其中又有鐵觀音品種為全發酵烏龍茶，因其煎功使茶葉半發呈長條絲狀，置茶葉入壺時可充塞八成或全滿，泡滾水沖茶，而茶水自葉釋出，但條葉不因滾水而膨漲，其香味能慢慢滲出，其茶水色似橙皮黃，口味香爽提神醒腦。鐵觀音茶，另一風味也，因鐵觀音是全發酵，熱煎之下茶葉不成條狀而曲捲，如煮熟的鮮蝦，茶工可加揉轉使其成圓珠型，稱龍珠茶。鐵觀音在入壺之時只可充其半滿，在滾水一倒入之時它會膨脹成滿壺，其色水濃厚如巧克力，其口味褐詠濃厚，潮州人稱之為有喉底和夠力，這是烏龍與鐵觀音之別。不可不知，潮汕功夫茶只能用半發酵的烏龍茶，而以福建安溪的鐵觀音為最佳，最高貴的稱之為大紅袍，傳因得皇帝贈賜袍衣之故。傳說有一潮籍官員在福建為官，於明朝時候告老歸田之時帶回潮州一株茶樹，植於鳳凰山頂，這是潮州茶的祖宗茶，俗稱之為鳳凰單叢，因各地水土不同，如鳳凰山與武夷山高低有別，受雲雨水霧程度各異，土壤也殊，故此其單叢奇種和嶺頭白葉名聞遐邇，價值可觀。今潮州各地普遍植茶，自鳳凰山發源延伸各地，有黃枝香、玉蘭香、雪蘭香、烏嘴（舌）（茶葉尖如鳥嘴）等品種都屬烏龍茶。

近年盛傳烏龍茶可以防治癌病，因此烏龍茶身價倍增。此外的紅茶、綠茶、花茶、炒茶等發酵或不發酵的茶種，都不合功夫茶之用，只堪用於餐館飯後的意思意思罷了。

祥和氣氛在飲茶

我人雖離家鄉，但習慣使然，在探親訪友或招待客人之時，都習慣是茶水招待而不是汽水招待。在明窗淨几、小院焚香、杜門閉事、久別重逢、良朋三兩（潮州諺語：茶三酒四遊玩二）、酒後清談、集體創作等場合，都非要用到茶不可。透過品茗談心，離情別意得到表達，久別欣喜得到暢述。不同見解透過討論，達到一致，爭執的透過品茗談心而得到和解。換言之，這時心平氣和、舒暢、沒火性、忘煩惱，達到寧靜祥和的境界，這是功夫茶之效，這可不是可口可樂所能匹比的。

愛心表現在飲茶

生日結婚喜慶之際，茶是高尚的禮物，它具有敬慈恩與友愛的種種意味。皇帝賜茶，君恩浩蕩，宋朝梅堯臣有句：「啜之始寬君恩重，休作尋常一等誇。」良朋益友的友愛、贈茶情誼、詩詞對吞，更是琳漓滿目，試舉一例。

宋朝歐陽修：「我有龍茶古倉壁，九龍泉深一百尺，憑君汲井試烹之，不是人間香味色。」

在舊俗婚姻除聘金外，必須還有茶儀、茶色，新婚過門一定要向公婆和其他長輩奉茶。

精巧茶具色香味

潮汕人品茶不簡單，飲茶得細細品味才是真享受。潮汕人的茶具（即沖罐），壺一定要紫砂泥做的小壺仔，裝滿一壺細細

品味。為什麼要選紫砂壺？因為瓷壺雅緻美麗，但其瓷泥具有琺瑯質，就像我們牙齒的琺瑯質，可以把熱隔開，茶葉的香味不能滲透，泡出來少了茶葉的真味。另一方面，紅泥紫砂有非常微小的分子，不像瓷壺會隔開香味，因此能釋出茶葉的純味道。紅泥紫砂壺使用的要旨是：不用手清洗壺內，只用滾水淋壺，將茶渣沖出，讓其細毛孔日久吸收茶香壺內堆積物，烏烏一片，沖罐才更有價值，就算不置茶葉也可泡出香味。而其茶杯小巧玲瓏，薄如蛋殼，保熱而不散熱，一飲下去才色香味俱全也。曾經有一掌故，說是有一批外國購貨人來到潮州的瓷都楓溪鎮辦貨，看見各式各樣花團錦族的花瓶、瓷器等物，等到行到茶具部份，看見上述的小茶杯全部圓白且無花無鳥，只有「也可以清心」五字寫在上面，外國人不曉中文，奇而問之，為何如此？經解釋，這是中國人飲茶的小杯，而五字可順讀之，變成五五二十五字，意思五句巧妙各自不同：

　　一、也可以清心。

　　二、可以清心也。

　　三、以清心也可。

　　四、清心也可以。

　　五、心也可以清。

　　而要用泥壺的另一個原因是，在瓷壺的色料塗飾，例如金線會再高熱之時引至鉛中毒而土壺則無這個問題

　　沖罐最標準者是一泡能沖出四杯茶的那種當然也有小的約二、三杯但太大只能當一件藝術品看 因為會把茶葉在大茶壺裏飄蕩失去它的濃香的集中性。

沖茶有功夫：關公巡城，韓信點兵

　　潮汕人享受功夫茶首先是煮開，現在的開水容易控制火侯，只要水壺一鳴便知水沸可關，這是容易。次則置茶杯入壺，先把茶碎倒於一張紙上，入壺墊底上面在舖上茶條（柔），這樣沖出來的水無渣粕，均勻四個，壞齊一致，色香味全。

　　功夫茶壺好的要求三山齊，所謂三山即是滴水而出的壺嘴，二是壺蓋反置部份，三是壺耳部份，把壺蓋拿掉，把壺反置於檯面便是好壺。為什麼如此？因為根據力學原理，三山齊出水才均勻，不會漏水於壺身而浪費香湯，茶蓋之上有一小孔，沖茶人按緊或按鬆這個氣孔，調整茶湯存留在壺內的時間，濃淡度可以隨心所欲而加以控制。

　　在沖茶之際，沖條在四杯裏往來循環斟茶這個動作，稱之為關公出巡；到了茶條將盡，沖茶人滴了又滴餘下的幾點入杯，這又叫做韓信點兵。四杯沖滿，色水均勻，沒水淡沒水濃，在茶香濃馥、熱氣沖鼻，視覺已是滿足之際，再引手請客賞茶，這是詩情畫意的一件事啊！

　　在潮州，一年四季都能採茶、製茶、出茶，但以春茶，尤其是穀雨前或清明前的春茶為最佳。

　　稱之為兩前茶、火前茶，乃因古時清明前一日為寒食節，禁舉火，故寒食前採的茶稱為火前茶。

　　清人袁枚寫道：「杯小如胡桃，壺小如香橼，每斟無一兩。上口不忍遽咽，先嗅其香，再試其味，徐徐咀嚼而體貼之。果然清芬撲鼻，舌有余甘，一杯之後，再試一二杯，令人釋躁平矜，怡情悅性。始覺龍井雖清而味薄矣；陽羨雖佳而韻遜矣。」袁枚所說的茶具和品嚐方法，正是潮州功夫茶也。

　　至於潮汕老輩人所述的烹茶要龍泉水，爐火要橄欖壼（壺有油），才達到水沸魚眼昇等，太過精細，橙節身處海外，一哪裏去找，二是生活節奏匆忙沒辦法，可當掌故，一笑置之罷了！

　　祝　君飲和食福壽而康。

人物

美國有佳人
——記美國Walnut市華裔市長蘇王秀蘭

◆天國蜜女

　　北方有佳人，絕世而獨立。一顧傾人城，再顧傾人國。寧不知傾城與傾國？佳人難再得！

　　她站立在高高的市政廳演講臺上，聲音清脆明亮，嬌柔的身軀充滿力量，優雅大方秀而不媚的姿態凝聚了了臺下成千上萬的聽眾的眼睛，演講完畢，會眾爆發出雷鳴般的掌聲，歡呼聲，我被她深深吸引。一直以來，我都以為才貌雙全的女子只是一種文學的描述，生活中不太可能有這樣的人，直到我認識了蘇王秀蘭市長。走近蘇王秀蘭，就走進了女子的美麗。

「三從四德」乖乖女

　　「認識臺灣，要從臺南開始！因為在這裏，可以看到臺灣的過去和文化。我讀到過這句話，知道您是臺南出生長大的，是傳統的臺灣本土人，臺南是不是很特別啊？聽說孔廟是全臺灣最早建立的一座文廟，按照中國人自古以來的傳統，地方官上任前必

先謁孔廟而後蒞政。而「臺灣府學」一直是臺灣士子心目中的最高學府，文教地位無與倫比，所以，儒家文化對您的人生影響一定很深吧？」核桃市市長會議室，我和蘇王秀蘭市長聊開了，市長秘書忙著為我們準備飲料。

「臺南很美，歷史文化相當悠久，到處都是古蹟，民族英雄鄭成功紀念館就在臺南，他是我們民族自強不息，抵抗外來侵略者的象征，臺南的漁港風情萬種，大海碧波蕩漾令人神往，臺南的小吃品種繁多，居臺灣之首，我們從小就特別喜愛自己的家鄉。我們家是一個大家庭，算是望族，每到過年過節，我們家就有很多的貴賓，臺南又是一個深受儒家文化薰陶的地方，所以，我們從小就被教導要講究禮節，女孩子要有女孩子的樣子，笑和坐都要有規有矩，孔子的教導要熟記，三從四德必須要遵守，重男輕女的現象是很嚴重的哦。」

詩一般的語言從秀蘭市長的口中描述出來，帶我到「遠古」的年代，「三從四德」離我們太遙遠了。你無論如何也想不到，我眼前這位二十一世紀的美國市長的婚姻，就是「門當戶對」「兩家世交」父母做主婚配的。

「市長，您的故事太精彩了，我真的無法想像，您的婚姻不是自由戀愛，那麼，您從小受到的「三從四德」的教育是不是確實給您的婚姻帶來了幸福呢？您非常順從您的丈夫嗎？」我迫不及待的想知道市長的愛情故事。

「怎麼說呢，我先生不是臺灣人，他是印尼的華裔，他的文化背景和哲學思想，成長背景和我太不一樣，我們結婚以後當然有很大的衝突，但我這個人非常容易和人相處，個性也特別柔順，雖然我們從小受儒家思想的影響，但真正對我的人生和婚姻的幸福產生影響的還是我的基督教信仰。」

八十年代初，秀蘭來到美國，在著名的加州大學洛杉磯分校，主修當時最熱門的商業電腦工程設計。漸漸的她被美國人那種單純、真誠、誠實、守信的品質強烈的吸引，秀蘭開始思考人應該有信仰，後來有鄰居邀請她去教堂聚會，她立刻答應了。一九九二年，秀蘭成為基督徒。

「王子犯法與庶民同罪」

「我當時要出來競選市長的時候，我先生非常的反對。在印尼，華人是不參政的，臺灣女性參政也是極少的，何況從政意味著要面臨各種的壓力，家裏經濟那麼優越，做市長完全在奉獻，從市政建設到民眾需要，你都要操心。弄不好，如果有人妒嫉或者不壞好意，那還要面對誹謗，太難了。放棄吧。先生說，你如果一定要出來競選，我就搬出家去了」秀蘭面帶笑容訴說往事，是的，那過去了的，都成為親切的懷念。

「那無論是儒家的三從四德，還是你的基督教信仰，都是要教導你順服丈夫啊，那你怎麼還出來競選呢？」我可是追著問的。

「三從四德是不尊重女性的思想和意願，無條件的服從，為的是滿足男人的需要，而聖經中教導我們的順服丈夫，是丈夫愛妻子，如同愛自己的性命，妻子因為愛丈夫的緣故而甘心的聽從，女性的尊嚴和價值完全被尊重的。我的丈夫雖然不同意我出去競選，但我還是有充分的自由表達自己的心願，也堅持自己的理想，不同的是，我願意等候和忍耐，不斷的好好的溝通，一直等到我丈夫完全瞭解並支持，我才出來的。你看啊，美國是個真正的民主自由的國家，如果華人不參政，就永遠是少數民族，當然我選出來，單單靠市里華人的選票是不夠的，需要有其他的族

裔，但畢竟我是華人，給華人爭光。我出來從政不是為了自己，是為了下一代，為了整個的民族。後來，教會的牧師和師母，弟兄姐妹都非常贊同，核桃市的民眾也呼聲很高，我丈夫就同意並且支持我，大家都開心哦」。

市長，是秀蘭的頭銜和職位，是社會的工作。回家了，永遠是丈夫的小女人、好妻子，大小事情夫妻商量著辦，丈夫做最後的決定，秀蘭很清楚自己的角色。許多的女人分不清楚自己的角色，人生的舞臺不再精彩，女性自我價值的實現和家庭的照顧不一定會衝突，才德的女性就能在家庭和事業中同時成功。

市長繼續她的故事：「做母親也是一樣啊，為人母親，權威要用在正確的地方，對我的兒子，我非常尊重他的意見，聆聽他的需要和心聲，從來不會去命令他，非得聽我的安排。」

秀蘭市長是學區中家長會的負責人，兒子學校的校長對學校的建設還需要聽聽家長會負責人的意見，那麼市長的兒子在美國到底有沒有特權呢？

「我的兒子雖然是市長的孩子，但對他而言，他就只是學校的學生，在美國是個平等的社會，王子犯法與庶民同罪，這真的是一個事實。」

是的，這是事實。記得有一年，市長的兒子成績不理想，老師就把市長叫去，開家長會，說兒子其他成績都好，就是有一門功課很不好，你做家長的要去思想一下原因。後來兒子告訴我說，他不喜歡教課的老師。老師不會因為你是市長的兒子，就給你好成績，學生是靠成績說話的。

兒子當然也知道母親在社會上是有影響力的，但兒子從小更清楚，美國這個社會就是這樣，總統的兒子不夠努力，就不能進好學校，學校要根據成績招收學生，每個人都照這個規則，他

市長的兒子沒有任何的特權，讀書靠自己用工，打球呢，要自己練習，做母親的最多就是給你找個好的教練，和別的母親並無區別。兒子學校畢業後，要找工作，作為市長，人際關係比一般人多一些，所以給兒子與公司老闆之間牽線搭橋也很自然，只是兒子能不能被公司錄用，還是要看兒子自己的才能，任何公司不可能損失自己的利益來幫助市長。因著母親的榮譽，兒子更要比別人努力。

市長從做義工起步

二〇〇九年美國《財富》雜誌嚴格而權威地評選出「全美最佳居住條件的一百個傑出城鎮」，秀蘭市長領導的核桃市榜上有名，居加州第一位，這表示核桃市社會安全，就業率，住房價格都讓民眾滿意，還有一點很重要的就是要有具備各項指標達到一流的學校，而核桃市的教育考核，取得了「A+」的好成績。

從普通家庭主婦到市長，秀蘭的起步就是從為社區學校做義工開始的。

婚後不久，秀蘭就發現自己懷孕了，「母親的工作是世界上最有價值的工作，是社會最為崇高的工作，是我們這個星球上最有創造性的工作，其他一切都是微不足道的」，善良智慧的女子總是選擇做對的事情，秀蘭就全身心的養育孩子和孩子一起成長。那時候，核桃市就是因為學區優良，吸引了許多華人搬遷此地，但不久秀蘭就發現許多華人新移民家長，因為語言的問題，與學校無法溝通，教育子女也有相當實際的困難，更不能參與社區的事務中。

秀蘭看到了人們的需要，她把華人家長們組織起來，帶領大

家去社區的學校做義工，打掃衛生啊，複印文件啊，幫助老師修改作業，幫助學校籌款，改善學校的教育環境等等，家長們在幫助學校的同時，自己也在成長，孩子們看到自己的家長在學校服務，自豪感也油然而生。

一九九七年秀蘭創辦了核桃市華裔家長學會，家長會成立後，就積極參與學區一切主要的教育活動，定期為家長，學生們提供親子教育，升學計畫等講座。一年後，核桃市學區與上海寶山學區結出姐妹學區，把美國英文課教材介紹給寶山學區使用，同時，秀蘭帶領兩百多位市長，教育局局長，大學教授，校長，老師們到中國做實際的文化交流，為中美兩國的文化交流和促進作出實際的貢獻。

在社區裏，小大半夜三更被叫去調解夫妻吵架家庭糾紛，大到老人的生活照顧，秀蘭都一一操心。

二〇〇三年，秀蘭憑著自己在社區的無私付出，榮獲美國加州洛杉磯傑出年度女性獎，這也是美國歷史以來第一位華裔榮獲此殊榮。

一分耕耘，一分收穫。看別人所看不到的，想別人所想不到的，做別人所不願做的，具有這樣胸襟的人，才會成功，而成功也是水到渠成。

蘇王秀蘭的不斷奉獻和付出為整個核桃市居民所關注，要求她出來競選市長的呼聲也一浪高過一浪。甚至前市長推薦她為公民委員會委員。

有的人出來爭取名利，為的是自己得好處，甚至是子孫後代得好處，也有人只想為華人在美國享受到更多的福利。「施比受更為有福」，這是真理，為什麼我們華裔單單只顧自己，只想到自己得更多的利益，而不能為美國做貢獻呢？一個只顧自己的

人永遠不能得人的尊敬，一個只想索取，不樂意奉獻的民族也永遠不能成為別人的領袖。我們是華人，我們的血液裏流著華夏之血，愛祖國是自然的。但，今天我是美國公民，美國發生的每一件事情都與我們息息相關，作為國家公民，你不愛國家，那才真正是對不起這個國家。作為華人，我們有雙重的責任，我們要發揚和廣大中華文化中的優秀美德，讓世界認識華人，也要學習其他民族的優秀品質。華人與愛美國是完全不衝突的，狹隘的民族主義只能讓一個民族永遠落後。

為了讓世界認識華人，讓華人走進世界，在國際上有更響亮的聲音和崇高的地位，蘇王秀蘭決定出來競選市長。

在她參選期間，有人居然偷竊了寫著她名字的牌子，這顯然是無聊之人的作為，她告訴她的支持者要以善勝惡，在社區中做美好的榜樣。

傲然的業績，全是恩典

二〇〇六年四月中旬，核桃市歷史以來第一位華裔女性市長誕生了，作為一位少數族裔的女性，從政，談何容易？如何維持民眾對你的信任和支持，唯有更多的真誠奉獻。

大家都知道，美國的地方城市市長的工資通常要比市政府公務員低大約五到十倍，加州州長還是義工，一份工資不拿的呢。工資低，工作的要求卻很高哦。

老百姓最關心的就是吃飯問題，如何降低失業率成為市長必須要面對的難題。近年來美國經濟一直下滑，核桃市失業率也曾到達5.2%，怎麼辦？

秀蘭上任後，立刻著手舉辦就業博覽會。場地、廣告、工作

人員都需要錢，政府不會出這個錢，著急啊！禱告思考後，她感到應該有五十家公司可以來參加，於是，她給六百家公司寫邀請信，每天給這些公司電話，竭力要求公司來參加，公司老闆們態度都非常冷淡，市長先請一位記者發佈博覽會消息，然後又到中文電臺向市民報告博覽會的目的，要求市民都來關心失業人的需要。東奔西跑，終於在就業博覽會的那天，有三千多人出席了會議，近兩百人有了工作，在市長的多方努力下，核桃市的失業率很快降低到2%。

健康也是老百姓關心的，洛杉磯一家電話公司原計畫在核桃市建立一座信號發射塔，電波輻射會不斷影響人的健康。市長就聯合洛杉磯相關領導和加州州參議員一起努力，取消了這個項目。

住城市的人最頭痛的事情，就是夜間有火車鳴笛的聲音，秀蘭市長上任後，馬上去找鐵路部門交涉，最後以設卡取代了鳴笛，給市民一個安靜的睡眠。

美國人以車代步，十多年來，核桃市有一地區交通特別困難，而這地區恰好是市長過去做過義工的聖安東尼學院所在地，因為這樣的社會關係，她最終說服了學院出資數十萬元幫助修路。

一直以來，核桃市出國辦事人很多，以前要開一個多小時的車去移民局辦理出國護照，為了進一步方便市民，市長又是一番奔波，與州、郡兩級政府的多方交涉，最終成功地讓移民局在核桃市設立了分支機構，深得民眾感謝。

一個從小深受儒家文化薰陶的女子，在基督信仰的幫助下，在西方社會作出傑出的貢獻，在家庭中，她是成功的妻子和母親，在社會中，她是優秀的市長。才德的婦人誰能得著呢？她的價值遠勝過珍珠。「才德的女子很多，惟獨你超過一切！」

安梅

◆李岩希

　　一九七六年初我剛參加工作，在單位沒什麼熟人，一天晚上政治學習，批鄧小平，反擊右傾翻案風，我和安梅坐在一起，她身材嬌小，看上去似乎比較瘦弱。當時主持學習的是團委書記，此人地道的革命者，義憤填膺，熱血澎湃，將鄧小平批的體無完膚，這時安梅悄悄對我說：「看他真事兒似的，簡直像頭叫驢！」當時我非常震驚，這種言論無疑很反動，搞不好要成敵我矛盾，那就慘了。不久，單位要搞慶祝五一勞動節歌詠比賽，不參加就是落後分子，那可不得了，我只好報名參加大合唱，湊數而已，分配位置的時候又和安梅站在一起。合唱指揮又是團委書記，此人生得很胖，多汗，向來感覺自己是個了不起的高級幹部，故而平時走路肚子朝天翹著，一副居高臨下的樣子。唱歌排練嘛，非要對大家吹鬍子瞪眼，硬說我們唱「五星紅旗迎風飄揚」沒有社會主義激情，階級覺悟太低。當然，他的確很有激情，胳膊揮舞極其有力，搞得汗流浹背，衣服濕透。這時安梅悄悄對我說：「喂，你看他多像個海狸鼠，剛從水裏爬出來！」我們幾個年輕人都笑了，從此偷偷將團委書記稱作海狸鼠。不過，到底還是有覺悟高的，將安梅告發了，於是團委和工會聯合勒令安梅寫深刻檢查並在全廠大會做痛心疾首的檢討，不過安梅根本

沒有照辦,在醫院走後門開了一張病假條,然後獨自去登西嶽華山了。結果她被共青團和工會雙開,留廠查看,職務也從幹部轉為工人,以觀後效。當時我真的替她捏一把汗,可是她照舊一副滿不在乎的樣子:「開了好,正好不參加政治學習了,那幫白癡!」我雖然是個男的,可那個年代絕對沒有她這種勇氣,想起來真有些汗顏,當然,我對她也相當欽佩。

和安梅接觸多了,知道她比我大三四歲,父母已經去世了,只有一個妹妹,兩人相依為命。安梅雖然生得小巧玲瓏,卻出人意料地「強悍」,因為她很有運動天才,乒乓球、籃球、排球和羽毛球樣樣精通,尤其是羽毛球,絕對是一個殺手,不知為什麼她的手腕極其有力,彈跳又極好,因此扣殺力大勢沉,女的根本接不住,只有男同胞才可以勉強招架。現在我常想,當時中國不興奧運,倘若好好出錢培養,說不定也能像個鄧亞萍。她生性十分樂觀,再鬱悶的時候也常常妙語連珠,因此朋友很多,不過都是男性,因為女流往往跟不上她的思路。不過她卻一直沒有真正意義上的男朋友,雖然她長相不錯,但似乎並沒有誰追過她,我猜恐怕她太聰明,男人感覺有壓力吧。不過她一直對我很好,知道我夢想當作家,很爽快地將珍藏了多年的一套《安娜·卡列尼娜》送給我,這真讓我驚喜若狂,因為這在當年屬於禁書,實在是極其難得的禮物。不久,四人幫倒了,單位每週例行的批鄧變成了揭批四人幫,又是沒完沒了地開會,安梅這樣的團外人士也必須參加。這下團委書記又來勁兒了,仍舊是義憤填膺,熱血沸騰,將中央文件讀的就像一場正義戰爭的討伐檄文。他認為安梅個頭小,指名道姓讓安梅坐在第一排,這樣安梅就不方便搞小動作,但安梅毫不客氣地拒絕了,說你每次都唾沫星子亂飛,我可不想天天洗頭,搞的大家哄堂大笑,氣的團委書記差一點兒暈

過去。

　　一晃數年過去，我談了一個女朋友，關係時好時壞。說實在的，我挺喜歡安梅的，但那個年代，女的大我好幾歲，簡直大逆不道，我無論如何是不敢跳這個火海的，而且也自歎不如，無膽啟齒，所以安梅仍舊孑然一身。有一次我問她你到底想找個什麼樣的？她笑嘻嘻地說：「我周圍的男的都怕我，我有什麼辦法？」我知道她這種人非很強悍的男人不可，正好我表叔是大學中文系主任，於是乎先後給安梅介紹了好幾個研究生，那些男的都非常自傲，說話底氣十足，但和她談上一兩次都敗下陣來，因為別看安梅沒有學歷（她曾經上山下鄉），但古典文學的底子比研究生厚實的多，動不動指出他們的破綻，搞的這幾個自以為學富五車的研究生十分尷尬。後來我對安梅說：「你別那麼鋒利好不好？睜一隻眼閉一隻眼，男人要是感覺不如你，還怎麼和你談戀愛呢？」後來，我認識的一些朋友成立了一個藝術沙龍，這幫人有搞美術的，有搞音樂的，當然還有文學青年，定期聚會，探討新時代的中國往何處去，和毛澤東說的一樣，指點江山，激揚文字，頗有天降大任於斯人之感。我將安梅介紹過去，心想說不定哪個大氣的男人能夠識貨。然而，一天上午，我由於昨夜爬格子起的晚了，到了單位已經遲到了兩個小時，辦公室對門的一位老兄對我說：「夥計，安梅自殺了。」我一愣，說：「你丫的！少給我胡說八道。」對方說：「誰騙你，今天早晨一上班她還來找過你，你還沒來，她就走了，然後步行到北關西閘口鐵路橋上。據鐵道邊拾煤渣的老頭說，這個女孩兒一直站在鐵道邊，直挺挺的，等火車來了，很平靜地躺了下去，結果被火車齊齊壓成兩截。」我很久都沒有回過神來，我實在無法相信她這種人會自殺，而且居然和安娜・卡列尼娜一樣，臥軌！

　　後來我逐步瞭解到一些情況：那時是一九八三年，社會治安不好，犯罪率比較高，鄧小平於是批准在全國搞「嚴打」，的確也打擊了犯罪分子的囂張氣焰，但是副作用也不少，派出所的民警「偵察」到我們那個沙龍不但有跳舞活動，而且跳舞的時候女性穿裙子，男女臉部貼的很近，這無疑就是流氓活動了，於是前一天下午將安梅從單位強行帶走。我由沒有跳舞細胞，舞姿醜陋，從來不參加，所以「倖免於難」。至於安梅在派出所受到什麼樣的「待遇」，無人能夠知道。反正派出所的民警知道人自殺了，急忙解釋說：我們只是找她瞭解一些情況，一沒打二沒罵，當我們確認她沒有什麼違法犯罪活動之後就讓她走了，誰也沒有欺負她。當然這只是派出所的一面之辭，但誰都找不到不利於派出所的證據。從派出所放出來的那個晚上，沒有人知道安梅想了些什麼，反正第二天早晨一上班，她來辦公室找過我，我想是想和我談談的吧，但偏巧我遲到了兩個鐘頭，因此她徑直去了北關，一縷魂魄就這樣被沉重的鋼鐵巨龍壓斷了。人生就是這樣，有的時候，一個小小的陰差陽錯，結局就可能是天地之別。如果我知道她想不開，好好勸勸，也許她不會走上絕路，當然這只是我的想像。

　　她的後事完全是我們這幫男的操辦的，因為她妹妹哭昏過去，一連多日不能下床。由於是自殺，單位不能開追悼會，而那個團委書記更是不會組織什麼儀式，所以全靠大家自覺。直到今天我都沒有完全明白為什麼會這樣。當然，那個時代被民警帶走是很嚴重的，更何況是以流氓活動的理由，但既然連派出所都說沒有什麼違法行為，以她這種樂觀和堅強的性格，如何就走那一步呢？俗話說：「好死不如賴活著。」我和一些人就屬於這類，說好聽的是能屈能伸，說難聽的是唾面自乾，故而苟且地活到現

在。而她，寧折不彎，什麼屈辱也不能忍受，因此去了。毛澤東曾經轉述古人的話，嶢嶢者易折，皎皎者易污，安梅也許就是這樣吧。在殯儀館，她的屍體被放在傳送帶上，我們這些男的最後看了她一眼，雖然面部完好，沒有任何傷痕，也很平靜，但容顏已經完全陌生，根本看不出是她，好幾個男人都哭了。很快，焚屍爐的爐門一開，一團耀眼的火焰騰起，隨著爐門關閉，我知道從此天人兩隔，一切都成了記憶。

　　二十多年過去了，當年圍繞在她周圍一起嘻嘻哈哈聊天打球的男人都成家立業，兒女都上大學了，早將這件事淡忘了，可她的身影總在我眼前搖晃。我經常在琢磨：她在派出所到底經歷了什麼？假如我不將她介紹到那個可惡的沙龍，她將不會參加跳舞，也就不會自殺吧？如果她能活到今天，是單身呢？還是找到了一個真正欣賞她的男人？另外，假如她知道今天的人不會因為穿裙子和跳舞而被警方帶走，知道當今女孩兒想怎麼穿就怎麼穿，能多暴露就多暴露，應當很驚奇吧？

知難而進的兩位名醫生作家

◆何森

　　我們「洛城作協」有兩位名醫作家，他們都來自大陸，人生際遇和成就大致相同，都是誤信「偉人」的號召，落入「幫助黨整風」的陷阱，被劃成右派分子，不但遭受非人的奴役，而且還受到周圍環境的歧視和侮辱，可是他們沒有自怨自艾和悲觀失望，他們咬實牙根，化悲憤為動力，在極端困難的條件下，刻苦鑽研，爭分奪秒地苦學勤習，知難而進，結果「皇天不負有心人」，他們掙脫黑暗的牢籠，來到光明自由之邦，揮發出驚人的智慧，成為美國著名的醫學專家和名作家，創造了美好幸福的未來，這兩個感人的實例，是值得我們學習的好楷模。

　　劉鐘毅醫生，一九三〇年生於湖北武昌，家庭出身是教師，一九五四年畢業於著名的湘雅醫學院（現已改名湖南醫學院），他生性聰敏好學，又很勤懇用功，因為品學兼優，被學院留校任教兼作治療，不幸於一九五七年因自己是共青團員，便響應黨的號召，寫了一張幾十個字的大字報，儘管翌日已經撕掉，但已被學院劃為右派分子，後來因學院「太左」，劃的右派過多，超過毛訂的指標，於是把劉除名，除去帽子，但是學院為了顧全面子，並未公開宣佈，更未告知本人，仍然將他下放到湘西土家苗族自治區，放逐到極端落後的農村，對農民說是「壞人下放改

造」（後來他們贈醫送藥關心農民，才知道他們是好人），那裏
是四川、湖北和湖南交界的窮鄉僻壤，他和妻子蕭勁醫生帶著兩
歲的小孩，從長沙乘車，經遇三天的顛簸才到達，無論在零下的
嚴冬和酷熱的夏天，他都被迫擔任粗重的勞役，如是者經歷十三
個寒暑，學院方面不聞不問，如果不是他岳母的奔走申訴，又幸
有正義的貴人襄助，他們一家就會老死他鄉，但他始終不明白，
為甚麼自己一向愛黨愛國，還是黨的先鋒隊共青團員，而今響應
黨號召，不過寫了一張大字報，竟然要受到如此殘酷的懲罰？不
知道這種繁重的勞役和不公平的對待，還要受苦到何年何月？而
且在此暴政之下，愛妻和小孩也變了「右派家屬」，不但終生受
到奴役和侮辱，而且世世代代都被打入「賤民階層」，蒙受永遠
的痛苦，所以只好咬實牙根死捱下去，愛人蕭勁醫生見他意志消
沉，精神接近崩潰，便想起大文學家伏爾泰的警世銘言：「命運
的主宰是人自己，而人自己的主宰是意志」，給他以鼓勵，蕭醫
生出身教授名門，秀外慧中，也是學問淵博的兒科醫生，她無懼
黨團組織的干涉和警告，毅然決定和人品高尚學貫中西的劉醫生
結為夫婦，他倆共同攜手，十多年來站在同一戰壕，經風雨迎惡
浪，無怨無悔，是一對鶼鰈情深的患難夫妻，古語云：「問世間
情為何物，直教人生死相許。」

　　夫婦兩人雖然都不是基督徒，但經常都作誠心的禱告，他
們深信上帝一定挽救蒙不白之冤的人，他們翻開一百五十位聖徒
所寫的《溪畔靜思錄》，其中寫道：「人生中的英勇人物，有誰
不飽經風浪，身上不滿佈戰鬥的傷痕」，於是他冷靜一想，人生
的不如意事，也許是神在暗中的安排，是在考驗我的信念、意志
和毅力，祂是在教導我，如何從苦難中，汲取智慧和力量，而黑
暗和風暴始終都會成過去，我們要像橡樹那樣，在狂風暴雨中成

長，最後成為森林之王。

蕭醫生在他徬徨無靠時，又為他讀了孟子的教誨：「天將降大任於斯人也，必先苦其心志，勞其筋骨，餓其體膚，空乏其身，行拂亂其所為，所以動心忍性，增益其所不能」，他想通以後，便痛下決心，當卸下沉重的扁擔之餘，爭分奪秒地苦讀外文，由於他在教會中學時，得到美國教師的賞識和培育，所以進步神速，在返長沙後的教工英文考試時，就榮獲第一名，而在接待外賓的翻譯以及主持主客雙方的學術交流中，由於他的表現突出，英語十分流暢，完全不像一個剛剛在農村受過十三年苦役的人，使外賓十分驚嘆和讚賞，及後美國實驗精神學權威希思教授（Prof. Heath）邀請他到美國參觀及進修，並免費提供一年的生活所需，於是劉醫生便在一九八〇年來到美國洛杉磯加大進修，本來這是國家的榮譽，可惜學院黨委並不支持，對他說：「你也可以不去」，可見黨委懷恨和妒忌之心，仍未平息，醜惡的人性暴露無遺，也許如史太林所說：「他們是由特殊材料造成的」，當劉醫生來到自由之土呼吸著清新的空氣，如魚得水，精神十分愉快，便日以繼夜地加緊努力，結果便在這一年內通過一系列的專業考試，成為「精神科有證專家」，這是醫學界十分難得的榮譽，數十年來挽救了數不清的病人。

劉醫生不但醫術精湛，精通多國語言（英、俄、德、日、法、西），而且多才多藝，他有豐富的文學細胞，古文修養極深，他在十分繁忙的醫療工作之餘，還抽暇寫出了不少有名的著作，例如：《野草頌》以中英文發表，《劉氏音形碼簡介》以中英文發表，《從赤腳醫生到美國大夫》，《歐遊叢書之一：詩遊歐洲》，《歐遊叢書之二：蘇聯廢墟內外散記》，《歐遊叢書之三：乘火車直切歐洲大陸》，《電腦與中文方塊字文集》，《首

丘夢痕》，《Sparkles of Life（英文，生命的火花）》，《Chispas De Vida（西班牙文，生命的火花）》，《Thorny Road To Dignity（英文，重拾尊嚴的荊棘之路）》，此外，劉醫生還在北美世界日報的「世界週刊」，登載了許多有份量的書評文章，讀者們都給予極高的評價。

　　每當劉醫生感到前途悲觀失望時，蕭醫生就對他念雪萊詩人的警句：「冬天已經到了，難道春天還會遠嗎？」就這樣，他們夫妻倆便度過了十三載的痛苦歲月，他們都愛讀大仲馬的《魯濱遜飄流記》，益覺中外世人都有痛苦的冤案和人生，但是最終仍然得到幸福的將來，劉醫生說：「如果我得到重生，我不會記仇只會報恩」，所以在他身上有著高尚的品格情操，儘管他十多年來受到不平的待遇，以及艱辛的勞役、侮辱和欺凌，但是他愛國之心始終如一，他捐給母校許多寶貴的教學資料、錄音片、錄像帶和圖書，並積極協助曾經妒忌和打擊他的同僚來美進修學習，這種以德報怨的高貴品格，並不是常人可以做到，而他那種知難而進的精神，更是我們晚輩學習和仿效的楷模。

　　尹浩鏐醫生，又名尹華，一九三八年生於廣東東莞，家庭出身是醫生，在他十三歲時父親不幸去世，母親頓成寡母，為了要養活和教育好七個孩子，迫得把老大的浩鏐寄養在外婆家，但是不久外婆又因年老多病而逝世，所以他只好學會應付逆境而獨立生活，由於他生性聰敏過人，他認識到，要在惡劣的環境中生活，就一定要刻苦勤奮爭取知識，才能自強不息莊敬自強，一切的成果都要靠自己不懈的努力，所以他從小就有遠大的理想和志向，為他將來的成就奠下穩固的基礎，所以他在十七歲的當年，便以優異的成績，考入華南著名的中山醫學院，他刻苦向學，除正規的課程及實習外，他還到圖書館和附屬醫院搜集科研材料，

撰寫有價值的論文，也翻閱了不少外文參考書，除了刻苦鑽研專業之外，他對古典文學和詩詞歌賦，都有深刻的愛好和造詣，俗語云：「天有不測風雲，人有旦夕禍福」，一九五六年毛澤東為了開放知識分子的言路，提出了幫助黨整風的號召，要大家貫徹「兩百方計」：百家爭鳴、百花齊放，為了消除知識分子的顧慮，他還再三保證：「言者無罪，聞者足戒」，於是全國上下的精英，都紛紛發言，各民主黨派也不例外，當時九三學社的負責人儲安平，擔任光明日報的總編輯，他發表了一篇文章：「向毛主席、周總理提些意見」，內容是「黨天下」，說：「領導國家，並不等於這個國家為黨所有」，以及：「每一個組織都要安排一個黨員作頭頭」等，他的主張得到廣大人民所讚賞」，但曾幾何時，在六月八日毛親自起草：「組織力量反擊右派分子的倡狂進攻」，便掀開了「反右派」運動的序幕，而儲安平便被定為不予改正的中央級五大右派之一，結果被殘酷批鬥，生死不明，因此全國被扣上右派分子的有五十五萬人，大都被判勞改，不少人已被磨折死去，有的右派自知前途絕望而了此餘生，有的經多年艱苦勞役，已傷病殘廢。

尹浩鏐只是一介青年學生，他對政治毫無興趣，只是出於正義感，對於跟風的報章和雜誌對儲的圍攻，感到不滿，於是寫了一封信去安慰和支持儲安平的觀點，當然按中共的慣例，這封信便轉回醫學院，便給他戴上右派的帽子，他也知道自己的命運已瀕臨絕境，早已萬念俱灰，準備前往農村勞動改造，幸而當時的黨委書記，見他學習成績優異，也不是「黑九類」的出身，所以網開一面，准他留在學院，一邊學習一邊改造，雖然如此，他的好友和周圍的老師同學，都視他為陌路，十足像是一個瘋瘋病人，他不明白，一旦被視為「敵我矛盾」的樣板，便遭受到周圍

人們的欺凌、抵制和冷遇，人人都避之唯恐不及，他感到人世間的冷酷無情，他那時才體會到政治運動的整人，是如何殘忍和惡毒，他捫心自問：「我到底犯了甚麼罪過？要遭受如許的歧視和折磨！但也看清了人情的冷暖和殘酷，今後我若獲得自由，一定要發奮自強，出人頭地！」既然環境如此惡劣，一有餘暇，他就埋頭圖書館的中外文書堆之中，他以頑強的意志，誓不向惡劣的環境低頭，咬實牙根把眼淚往肚裏流。

不數年的功夫，他已經讀遍了圖書館大半的外文參考書，精通了英、俄語，還借助字典，可以閱讀日、德語的文獻，有一次蘇聯醫學專家到訪，尹被邀作翻譯，也得到主客雙方的好評。

好不容易捱過極端痛苦的幾年，畢業後當然被派住最艱苦窮困的地方，那是西北最荒涼貧困的寧夏回族自治區的石咀山人民醫院，那裏交通不便，氣候極為寒冷（有將近半年的氣溫在攝氏零下十至二十度），常有沙塵風暴，因回族人有不同的生活習慣、語言和宗教，對於南方人來說更難應付，他便在惡劣的環境下苦撐下去，儘管表面上已脫掉帽子，但人事檔案上，仍然保留「摘帽右派」的終生烙印，這是毛留給「反對過」他的人之「紀念品」，幸而他命不該絕，因為血尿之病，連北京最有名的協和醫院也查不出原因，於是批准他回廣州休養，因他家鄉在珠江邊的東莞，是廣東有名的「偷渡之鄉」，他自感前途無望，遂與女朋友偷渡去了香港，又因香港不承認大陸的學歷，找不到工作，他只好跑到臺灣，臺灣大學醫學院以為他一定考不上插班試，豈知他以過人的優異成績，通過三十多門考科，考官在驚嘆之餘，只好批准他插班六年級，他畢業後又考取美國、加拿大的醫生甄別試，進入加拿大都候斯大學醫學院作實習醫生，次年即轉入世界有名的麥基大學醫學院作核子醫院住院醫生。

那時正值核子醫學正在萌芽，他深入鑽研了世界上第一本的「核子醫學教科書」，參加了美國第一屆核子醫學考試，獲得核子醫學專家文憑，及後又陸續取得美、加放射科專家文憑，並獲選為加拿大皇家內科學院院士，他豐富的醫學素養和經歷，使他能在以後的歲月，勝任美國多間醫學院的核子和放射科主任及臨床副教授，並在一九九三年被選入「世界醫學名人錄」的名譽會員，有誰能想像到，一個精神和肉體都飽受痛苦摧殘的外國移民，能夠在科學富強人才眾多的美國，得到如此難得的榮譽，也是十分難能可貴。

尹醫生為人心地善良，重情義樂助於人，愛國之心從不稍息，他不但捐獻書籍資料給母校，而且幾乎每年都回校講課，傳遞最新的醫學訊息，他任拉斯維加斯作協會長多年，招待過來訪的中、港、臺恩師文友，他的文學修養極深，古文造詣亦佳，對中外詩詞均有佳作。

自從一九六四年以來，他的佳作有如泉湧，例如《鳴放記》、《醫生手箚》、《西洋情詩精選》、《恢復青春不是夢》、《在美國當醫生》、《活足一世紀》、《情牽半生》（連刷五版）、《月光下的拉斯維加斯》、《飛翔的百靈》以及《人活百歲不稀奇》等等，其中多本已分別獲得一、二等和佳作獎。

誠然，除了上述兩位傑出的醫生作家之外，我們「洛城作協」還有不少知名的作家，例如：國際知名的中英文作家黎錦揚、前會長周愚、古冬、張明玉、蓬丹和游芳憫等等，都是佳作泉湧的前輩，都是我們後輩學習的楷模。

最近榮獲諾貝爾文學獎的莫言先生說：「人在險惡的環境裏，也許會煥發出驚人的生命力，不能適應的都死掉了，能夠活下來的，就是優良的品種。」上述兩位「知難而進」的超人，他

們的精神和肉體，經歷多年的痛苦摧殘，不但屹立不倒，而且成
為名醫作家，他們的感人事蹟，更是我們後輩學習的好榜樣。

懷念美臣醫生

◆尹浩鏐

四十多年前，我在加拿大東岸的維多利亞總醫院做實習醫生，該院位於哈利法斯城，隸屬都候斯大學醫學院。醫院的院長羅拔・白求恩醫生，是諾爾曼・白求恩（Norman Bethune）的侄兒。也許因為這個關係吧，他對中國來的學生特別親切，極力邀約我去麥吉爾大學（McGill University）的皇家維多利亞醫院進修。

我早就知道，始建於一八二一年的麥吉爾大學，經歷了百餘年的長足發展，已成為蜚聲全球的一流綜合性大學，尤以醫學院極負盛名。但其時我已申請到哈佛大學的麻省總醫院做內科駐院醫生，準備跟隨英伯格博士學習胃腸專科。其時越戰還未結束，我怕被拉去當兵，正猶疑不定，苦思出路之際，更經不住白求恩院長的鼓勵，遂放棄去波士頓，轉換跑道，來到有北美巴黎之稱的蒙特利爾，進了皇家維多利亞醫院。

醫院坐落在風景宜人的曼麗山上，虎視著那美侖美奐的蒙城，氣象非凡。它是孕育近代醫學名人的搖籃，奧斯拉、阿奇博爾德、彭非、美臣均出身於此。他們的照片，高掛在入口走廊的兩旁，令人蕭然起敬。

此前，我早從白求恩院長的閒談中得知，美臣醫生仍未退

休。他是一位慈祥的長者，把自己的一生無私地奉獻給了病人。我第一次見到他的時候，他已然八十八歲高齡，卻仍然孜孜不倦地工作，把白天黑夜甚至節假日的時間全花在病人身上。

他是內科學鼻祖奧斯拉（Osler）的得意門生，從麥吉爾大學醫學院畢業後，一直在這大學附屬的皇家維多利亞醫院工作了將近六十年。美國內科學經典教科書《西塞爾內科學》最初出版時，有關糖尿病的章節即由他執筆寫成。

我們都稱呼他美臣伯伯，首次見到他是在我的辦公室。那時我是核子醫學第一年的住院醫生，因核子醫學屬新興專科，我上無導師，下無助手，正所謂集主任、主治、住院、實習醫生於一身。為把工作做好，我得要苦學加苦幹，所以每天都提早一個小時上班，推遲兩個小時下班。

那是星期一早上七時，一踏進辦公室，只見一位滿頭銀髮、神采奕奕的老人坐在我的辦公桌前，正翻看著我常念的、也是唯一的一本寶貝《核子醫學》（Nuclear Medicine）教科書。見我進來，他站起身很有禮貌地說：「實之醫生，我是美臣醫生，很抱歉，未經你許可便翻閱你的書，希望你不要見怪才好！」這位大名鼎鼎的老前輩，居然對我這個後生黃毛小子如此謙和有禮，讓我不知該說什麼好。

他見我不作聲，便接著說，他有個病人，胸痛得厲害，連呼吸都有困難了，可能是肺動脈栓塞，「可否請你為病人作個肺部核子掃描。」

我欣然答應，問為什麼不早點找我。他說：「那時已將天明，聽說你常常提早上班，與其叫人打電話把你吵醒，不如親自來等你，當面講比較清楚些！」他自己是資深名醫，他的兒子已經是這家醫院的內科主任，但他說話時的語氣和對晚輩的態度卻

好像是一個下屬面對上司般謙恭，令我十分感動。

　　於是我馬上打電話叫技術員趕來醫院，並陪同美臣醫生上四樓內科病房。我們和護士一起把病人送到檢查室，放在伽碼攝像機床上。三十分鐘後檢查結果出來了，證實病人右上肺肺動脈栓塞。美臣醫生馬上做了緊急處理，包括靜脈注射罌粟鹼，這位還不到四十歲的病人的生命，就在美臣醫生，一個比他大兩倍的老人手上挽救了回來。

　　有一天，我在醫院門口碰到他。冷風吹著，他把頭埋在半舊的大衣下，我走近他身旁，輕輕地說：「美臣伯伯，你的年紀不小了，為什麼不好好休息，還這麼操勞。」

　　他說：「已經養成習慣，每天看不到等著自己幫助的病人，心裏就不舒服。」聽說我是從中國大陸來的，便問我知不知道一個叫白求恩的人。

　　「白求恩在中國幾乎是家喻戶曉，我哪能不知道呢」我答。

　　「你知道他是怎麼死的嗎？」美臣醫生問。

　　「不太清楚，好像是被毒蛇咬死的，又聽說是開刀時被弄傷，傷口感染變成毒血症去世的！」

　　美臣醫生聽了我的話後，面露憂傷，他告訴我，白求恩是一個著名胸外科醫師，一八九〇年三月三日生於加拿大安太略省格雷文赫斯特鎮的一個牧師家庭。青年時代，當過輪船侍者、伐木工、小學教員、記者。一九一六年畢業於多倫多大學醫學院，獲博士學位。一九二二年被錄取為英國皇家外科醫學會會員。一九三三年被聘為加拿大聯邦和地方政府衛生部門的顧問。一九三五年被選為美國胸外科學會會員、理事。

　　一九二八年初，他來到蒙特利爾，成為加拿大胸外科開拓者愛德華・阿奇博爾德醫生的第一助手，阿奇博爾德醫生任職於麥

吉爾大學醫學院附屬的皇家維多利亞醫院，其胸外科醫術在加拿大、英國和美國醫學界享有盛名。

美臣醫生和白求恩當時在這裏一同受訓、研究，他還告訴我：他入外科，我入內科。我們是很好的朋友，不過性格不太一樣，我好靜，他好動，都很熱愛工作。在這裏，他發明和改進了十二種醫療手術器械，還發表了十四篇有影響的學術論文。他最有名的儀器是白求恩肋剪，今天仍然在使用。我只想把這裏的病人治好，他卻放眼天下，總想去救治窮人。受訓後不久，他便去了西班牙，聽說後來又去了中國，還跑到窮山僻壤去救治窮人。」

「對，他去了中國五臺山，做了中國共產黨八路軍的軍醫，初時打日本，後來內戰，他一天工作十多小時，救活了許許多多傷病患者，不幸以身殉職，壯年犧牲在中國解放區裏。死前給毛澤東寫了一封信。信上說：『今天我感覺身體非常不好，也許我要和你們永別了！，最近兩年，是我平生最愉快、最有意義的日子；在這裏，我還有很多話要對同志們說，可我不能再寫下去了，讓我把千百倍的謝忱送給你和千百萬親愛的同志們……可惜我看不到中國的解放了。』」

「毛澤東得知白求恩犧牲的消息後，非常悲痛，還鄭重寫了一篇〈紀念白求恩〉的文章，說：『大家紀念他。』可見他的精神感人之深。我們大家要學習他毫無自私自利之心的精神。從這點出發，就可以變為大有利於人民的人。一個人能力有大有小，但只要有這點精神，就是一個高尚的人，一個純粹的人，一個有道德的人，一個脫離了低級趣味的人，一個有益於人民的人。」

見美臣醫生眼裏含滿了淚水，我心頭一震，不由想，歲月飛逝，人事滄桑，逝者已矣，生者何堪！古語云：「感人心者，莫

先於情。」一個人可以抵擋住形形色色的誘惑，卻抵擋不住誠摯之情的蒞臨。說上一句動情的話，勝過滔滔萬言；白求恩之所以名垂青史，除了他的獻身精神外，還有他的細微、誠懇的情誼。充滿誠摯情感的話語好似春風，能夠吹綠田野上的小草。

我說：「白求恩大夫胸懷大志，雖埋骨異鄉，但在億萬中國人的心中，他是一個毫不利己專門利人、全心全意把自己奉獻給一個偉大事業的人。雖死無憾。美臣伯伯你也把一生奉獻給了病人，以醫院為家，把病人的生命當成自己的生命，以你的高齡，不在家享福，不去流連山水，而把自己有限的時光完全花在病人身上，你這種高潔的情懷，必將千秋萬世長存在我們後輩人的心中啊！」

他默然無語，眼中含淚，頭別過一邊，沉浸在懷念老友的思念之中。

我忽然陷入時代的沉思，穿過時光的隧道，把我帶回一百年前，共產紅潮席捲歐州，民族解放運動風起雲湧。

我知道睿智如白求恩者，胸懷拯救受難世人的大志，拋棄眼前的榮華富貴，燃燒了自已，去拯救世人。遺憾的是他拯救不了世人。毛澤東後來得了天下，卻沒有做到自已文章中所說的話，他欺騙了白求恩，也騙盡了天下蒼生。白求恩泉下有知，不知會否後悔當年的幼稚？當年的有眼無珠？是否會認為毛紀念他文章，是出於政治的計算，與真理無關？

美臣伯伯終於走完了自己的生命旅程，他是死在病人身旁的，那時他正搶救一個心臟病發的病人，卻不幸自己也倒在了病人的身旁。死於無痛性大面積心肌急性壞死，這種病是無先兆的。

他的去世給全醫院的人帶來無限的悲痛，他在每個人的心中是慈祥的化身。在靈堂上我望著他的遺容——他是那麼安詳，像

是一個沉睡中的小孩，更像仁者的化身。我突然想起Robert Frost
的一首名叫〈獻身〉（Devotion）的詩：

> 心中想的是奉獻，
> 高於那海邊的堤岸，
> 守在那曲線上，
> 細數潮水的消長。

遊蹤

「空」與「靈」

◆谷蘭溪夢

　　最近的運動常常是爬山。昨天下午五點左右，我在山上收到一位朋友的電話，說好久不見，晚上請我出去吃飯，因為是老友，我欣然應允了。下山後，我們看時間還早，就驅車去了東坑的普陀寺。

　　普陀寺是珠海市內最大的寺廟。在我十多年出國前就早有耳聞，我父母和妹妹是那裏的常客，特別是我信佛的母親，二〇〇八年回國時，還向寺廟捐了兩萬的善款。今年春節時，我和妹妹打算去一趟普陀寺，結果因為種種原因未能成行。今天算是無心插柳柳成蔭，竟然心想事成了。

　　普陀寺地處周圍山丘的峽谷地帶，地勢較低。周圍的建設特別是寺廟正前方的空地尚未完工，車開進去有些高低不平，雜亂無章。也許是被新建的輕軌所截斷和輕軌那邊山丘的遮擋，廣場顯得空地很擠，視野也不開闊。矗立在寺廟正前方，向遊客迎面撲來的是水泥色雕花石牌門，像我們所見過的牌坊，一連五個擺在一起，既高且寬，這麼大的一個物體擺放在這麼小的一個廣場上，是否顯得有些唐突和不協調？但石牌上不同字體、金色的對聯在夕陽的照耀下，卻閃閃發光，綻放著她本來應該有的雍容和華貴。穿過尚未完工、還圍著塑膠布的正門大廳，眼前的景象

著實讓我吃了一驚：好大的氣派！廣場、石獅、臺階、香爐、紅燈籠，特別是明清時代的仿古建築，一不小心，你會誤以為進了北京的故宮，越往裏深入越驚歎，它不是一棟或兩棟，而是整個藏在裏面的建築群。這個從外觀看上去小小的、不怎麼起眼的地方，竟然隱藏了如此規模的寺廟！建築本身是非常精美和完善的。這要花多少錢才能建成呢？驚歎之餘，我不免覺得有些遺憾，這麼雄偉、高大的建築群，如果能放在一個空間更大、眼界更開闊、地勢更高的地方，那該是何等的壯觀？毫無疑問，它將是珠海又一人文景觀和旅遊的景點。可現在的地方空間實在太小，兩邊的樓房又較高給人感覺太滿、太緊和太密，甚至有些壓迫感，就像一幅國畫，太滿不免少了一些想像的空間。佛學講求「禪意」，所謂「空靈」，顧明思義，有「空」才有「靈」啊，太滿、太擠，「禪意」從何而來呢？更何況離寺廟前大約不足兩百米的地方，正在修建的輕軌即將通車。屆時現代文明的轟鳴聲將與寺廟古老的鐘聲在這裏達到高度的交融，這何嘗又不是一曲別開生面的交響樂？因為時間太晚，裏邊所有的地方都關著門，我們無法進入。

離開普陀寺，大約六點半。在返回的途中，我們發現了一家返璞歸真、田園式的餐廳，驅車進去，林蔭道的兩邊還掛著紅燈籠，頗有曲徑通幽的感覺。服務生想介紹我們去包房，我們卻選了一個環境較好，又有風景可看的「大廳」。在服務生的的帶領下，穿過小片樹林，然後走上一條用木板和竹子在水上架起的長廊。左轉、右轉之後，一直到達同樣是用木板和竹子在水面上搭建的，像觀景臺一樣的「大廳」。

幕色降臨，涼風徐徐，大廳的日光燈和掛在周邊竹杆上、用紅綢布裝飾的蠟燭燈以及水池一側的路燈都已點燃。「大廳」

很安靜，也許是很多人選了包房，或者是地方太偏僻很多人不知道這家餐廳，碩大的空間連我們在內只有兩桌。這時的水面靜靜的，唯有立在水中、圓圓的、巨大的、像風輪一樣的水車在不停地轉著，還不斷地向外噴著水，好美哦！

我喜歡「空靈」，喜歡「幽靜」，而每當這時，往往也會有「禪意」產生。可惜，這樣的環境越來越少了，聽說這家餐廳不久之後也將消失，因為我已經看到了餐廳另一側的輕軌和已經被土填了部分的水面，而我們現在坐的位置將被高速公路所覆蓋。

我的朋友點了幾道菜，其中有一道是鱷魚肉。他對著鱷魚肉還調侃地對我說：「多吃一點，這在美國可是吃不到的。」

我們邊吃邊閒聊，非常開心和輕鬆的夜晚！

香格里拉──月光古城的夜晚

◆曉蘭

　　那晚，山裏的天空，飄著微微的細雨。

　　香格里拉的夏夜，冷得，不得讓我，不拉緊灰白相間的羊毛披肩，打上幾個哆嗦。然而，心中的幸福卻和空氣中淡淡飄過的夜霧一樣，輕輕地迷漫整個山谷。

　　一路上想著，這是怎樣的福氣？可以跋涉千山，來到這片記憶中秋海棠葉的屋脊，徜徉天外。看天，藍得湛紫，野花遍野，青稞初熟。看牛馬，悠閒在草原低頭吃草。看豬群，緩緩穿過村裏泥濘的小徑，在田野覓食。

　　這是怎樣的因緣？可以來到這塵囂外，傾聽紀元前微涼的風，穿過翠綠的山巒，吹起一首亙古悠揚的詩歌。可以淺嚐千水清澈的源頭，看河江如萬馬奔騰，看金沙江緩緩東流，述說億萬年前深藏在大海裏被遺忘的故事。可以和好友同遊，還可以到藏人家作客，品嚐他們後院新鮮的蔬菜，農舍新鮮的佳餚，犛牛酸奶，酥油茶，新鮮的松茸。

　　再穿上藏服，沾染一夜，香格里拉風情。

　　走過，一萬呎高原上窄小古老的青石板路，似古又今的心情，時時都在我們腦海中像拔河似的忽左忽右的牽扯著。才放下高速公路的時速，奔走在大小機場的腳步，遠離大城市五光十色

的繁華和悶熱，達達的馬蹄，青石的小路向晚，就在街角不遠處招手。還沒調過時差的心情，常理不清，是夢，還醒。就這樣迷糊的，走進深藏心中久蟄的桃花源。

這兒，比平地缺氧三分之一，幾步路就得喘口氣，走得有些辛苦！卻也，趁機讓我們可以慢個好幾拍，來欣賞路邊的風景。小巷兩旁，古老的酒吧、客棧、商店，仍是傳統的藏式樓閣。空氣中滲出沉沉的木香味，古老的教人記不起山外的季節！我們的家庭酒店，就在「唐卡書院」外，不遠的街口，是一棟傳統的藏房。

香格里拉在雲南西北迪慶藏族自治卅，有個歷史悠久的「獨克宗古城」，當地人又稱「月光古城」，是按當地藏人心中的理想國「香巴拉」而建的。在這傳說中的月光古城內，我們圍著一個餐廳二樓窗邊的方桌，吃著藏式的晚餐。

廳裏，不期然飄起一絲輕柔的法國音樂，讓我抬頭，好奇的四下尋找時光交錯的源流。木刻的窗邊，黯淡的燈影下，有一位，戴著法式呢帽的年輕外國人。輕吐著手中的雪咖，悠閒望著我們。一圈圈白色的煙霧，迷濛了時間和距離....和曾經在瑞士盧森河邊老街中，遇上「李白中國餐館」一樣的驚奇。

我在吧上和他相遇，問他，從那來？

為何會來到這遙遠的異國天外…？

他說，他來自巴黎，他喜歡這裏，就留下來了。

我說，法國南部的山間古城也很美啊！

他很高興，我也知道他們的香格里拉…

那兒，山城的石階上，寫著的是蔚藍海岸的明亮和浪漫。小店裏的草帽，薰衣草的清香，大樹下沁心的山泉，曾是我的最愛。

在這青山綿延，縱谷深切的深山裏，我又是來尋找什麼呢？

一片，沉睡的電影世界？一首，隔世的詩篇？一個，人間的天堂？我，小心的踩著古老的茶馬古道。深鎖在石板上，繫著昔日馬匹的鐵環，依稀仍繫著一份民族古老淡然的情懷，一份遙遙山河裏，昨天和今天美麗的故事。

我問他，剛剛那首歌是誰唱的？

他細心在我iPhone上寫下歌手名字。

我走到窗邊，窗外山上古城的寺廟和經輪，在霧裏，獨顯悠長。

古城中，有許多年輕的外國人，不知他們是響往沙拉沙特流浪者之歌的飄泊瀟灑？來尋找失落的地平線？還是，在稀稀攘攘的世界裏，尋找一份心中簡單的幸福？

一隻藏犬，溫柔的扒在古街「烏鴉酒吧」前的陽臺上，主人和客人正在下棋。有幾個銀匠舖、客棧、酒吧、松茸店在古道二側。這裏，不若麗江繁華熱鬧，卻別有另種原始的風味。風華，記憶，在時間流轉裏，已跌落成長巷中若隱若現的影子。

飯後，我們沿著石板路，走到擠滿人潮的廣場。白天，熱鬧的市集，夜晚時，都給收起來了。人們開心的在廣場上圍著圈子，跳著藏舞。男女老少輕柔的身影，擁著黑夜的膀臂，一圈又一圈的轉著。憂愁，好像不屬山上這一個民族。WW鼓勵我們也去跳個舞，也就跟著真假藏民，忘情的繞了二圈。雲霧外，仍可見到一些份外晶瑩的星星。

跳完舞，我們一起去後街朋友的酒吧，圍着壁爐，喝著清香的潽珥茶。朋友把二邊的水泥當石灰，抹在牆上，塗上淡淡的橘黃。燈光下，教這幽暗的酒吧多些溫馨浪漫。牆上，幾幅出色的油畫，暗中，突顯藏族的精神，獨自悠雅的品味。

穿過萬里江山，可以在這遙遙山裏，共圍一爐火，是福份，

也是恩典。

　　壁爐上飛舞的柴火，溫暖了寒冷的夏夜....

　　火紅的光中，我們尋到一份古老的情懷，一份昇華的情誼。

　　在，離天堂很近的地方。

Ruth 2012

Trip to Shangri-La

註：這一千三百多年的石板路，是昔日雲南通往拉薩馬幫茶馬古道上重要的一段。古
　　城，亦是馬幫車隊休息的驛站。建塘此地，原為藏王三子之一建塘的轄地。兩千
　　年前漢朝時，屬白狼國，第七世紀為源起於青康藏高原的吐蕃國所併。此地以藏
　　人為主，和麗江納西族有經濟文化的長期互動，縱橫山谷，千年間也有著許多兄
　　弟般的歷史情誼。中甸建塘鎮，十年前正式改名為香格里拉。因著英國作家詹姆
　　士希爾頓的小說「失落的地平線」，讓人們對這山上充滿美麗的幻想。著名的
　　「松贊林寺」，是雲南最大的藏教寺院，沿坡而建。我們爬上約二百石階的山
　　上，回首，群山綠野環抱，寺前湖中水草正綠，沿岸楊柳青翠，青稞架錯落山
　　坡，一片風景如畫。「松贊林寺」於西元一六七八年開始籌建，一六八一年基本
　　完工，由五世達賴賜名，將康熙皇帝恩准的「承恩寺」改為「松贊林寺」，是傳
　　統藏式建築。

古老和現代化的東北

◆朱凱湘

二〇〇四年七月，我參加旅遊團去東北旅遊，同時探望親友。

大連有很新式的建築和公寓高樓，又提倡綠化，到處都可見翠綠的草坪，陽光普照，是一個非常適合人們居住安家的城市。

導遊帶我們去遊覽著名的本溪水洞，因洞內很冷，進去時，大家都穿了厚厚的衣服，船悠悠的遊行在碧綠清澈的水中，感覺好美好美。

哈爾濱有很濃的東歐色彩，舉凡街道，建築物和教堂都是俄式的。在來之前，因為下了幾週豪雨，在中央大街附近水災嚴重，但官兵和民眾們不分彼此合力搶救，讓我們好感動。

哈爾濱也是現在中國的鋼鐵中心，記得曾在一些資料上看過，美國福特汽車公司的許多零件都是在此製造的。

在長春，我們被邀請去參觀他們正在舉行的電影節和頒獎大會，看了一場張國榮主演的影片，回到旅館，還遇到臺灣的大導演李行、演員潘虹和張國榮。

坐火車到了瀋陽，瀋陽有著名的滿清故宮，園內多種植松樹，因氣候寒冷，花卉不易生長，都是盆栽。

我們參觀大玉兒（孝莊皇后）的居處，想著，她不但美麗聰慧，也是一位卓爾不凡的女性，令人讚歎。

　　瀋陽市因為是省會，它的建設非常現代化，也正發展著各樣的高科技，它除了高聳林立的新式大樓外，有一處難得一見的怪坡，汽車在坡上是倒著行駛的，十分有趣。

　　這確實是一趟相當難忘之旅，也以我們中國有如此現代化的東北為傲。

　　　　作者簡介：朱凱湘，曾擔任美國洛克威爾國際公司電腦技
　　　　　　　　　術員，詩、散文多篇發表於報刊雜誌，洛城作
　　　　　　　　　協理事。

詩篇

感動人生

◆王智

感留情有情留感，
動心愛你愛心動；
人進深中深進人，
生在美國美在生。

改變新觀念

答人情事故知否
到老難以明白
海闊天空尋覓音
究竟多少曉得
常拋心未必得
不服盡碰頭流血
猛然頓悟
人間太多醋
看菜吃飯
改變新觀念！

三兩轉運

三度空間佛樂生，
兩界陰陽道自然；
轉禪論理心淨靜，
運靈超度空無為。

心法唯一

心離塵埃無上界，
法空果空不做東；
唯有常持戒定慧，
一禪左右東西風。

卜運算元・奇巧

流感已回歸，
海凍太可笑；
以示愛戀破萬禁，
猶如在懷抱；
蜂兒不知花，
只在野外跳；
陽光明媚蝶飛躍，
芬芳出奇巧。

鵲橋仙 · 愛長

銀河波浪，
英特神網，
婉如織女牛郎；
遙話聲中訴愛語，
視頻相會欲斷腸！
曾經幾何？
拒鏡入王。
天降神韻恰好，
相逢沒誤良緣忙.
似嬋娟，
飄然愛長。

在人間

蝶戀花，
柔似蜜；
情牽萬裏處女座，
感留真愛在人間。

苦海明燈

◆陳文輝

問君能有幾多愁，一江春水向東流。
要愁永遠愁不盡，幾多精神可以憂。
苦海茫茫無一岸，萬種憂心萬種愁。
怎能事事如人意，但求無愧便優遊。
不如意者常八九，這是世界的潮流。
知足之時貧亦樂，不知足時富亦憂。
又憂千年無米煮，又憂無命過千秋。
過分憂心人會瘦，千萬不可做笨牛。
命裏有時終須有，命裏無時莫強求。
是非只為多開口，煩惱皆因愛風頭。
千種情懷千種恨，一份榮譽一份憂。
勿讓榮辱牽著走，富貴實在似雲浮。
過去任由他過去，一切跑向水中流。
青山綠水仍依舊，往事不會再回頭。
玩事總要看的開，憂愁才能有解救。
打破玉籠飛彩鳳，永遠苦海樂悠悠。
未來日子最可愛，應要靜裏去尋求。
做人只要有信心，前途必定如錦繡。

抹去心裏的憂傷，快樂就回來問候。

共你歡樂在今宵，大好月色正當頭。

重慶的記憶

◆文馨

曾在地理課堂知悉你，重慶！
堪與霧都倫敦並駕齊名；
曾在仲夏夜裏空下神交你，重慶！
浩蕩長江上串起的「火爐」城。
龍春大幸！奔八老嫗走近你，重慶！
霧裏看花啊，你開闔有致別具風情；
火鍋熱宴啊火紅燈市，「火爐」城
自有熱情似火山城人！

曾唱流亡悲歌感悟你，重慶！
嘉陵江低迴陪都國破家淪心音；
曾蹲防空洞驚聞你，重慶！
那次空襲慘痛窒息上萬生民……
龍春大幸！奔八老嫗走近你，重慶！
防空壕變身啊，車水馬龍綠色要徑；
索道條條啊空中走廊，三岸連襟、
兩江擁抱山城獨好風景……

也曾有畫卷詩篇記憶你，重慶！
五年半218次轟炸遍體燃燒的愁城；
也曾有連續劇再現你，重慶！
國軍將領滿門忠烈取義成仁……
龍春大幸！奔八老嫗走近了你，重慶！
陪都制高點啊巍巍「黃山」，領軍人
救亡圖存指揮中心空落殘損……
追尋歷史跫音啊，幸賴幾堵殘柱、
一孔掩體、簡樸屋舍珍貴遺存；
步入烽火歲月展廳啊，歷史興向騰升：
誰為砥柱啊誰主浮沉？
豈在展品份量孰重孰輕，
全在碧血捐軀國殤國魂！

也曾有紅色經典作品演繹你，重慶！
虎將、志士身陷魔窟被滅跡銷聲……
也曾有三峽蓄水告別遊遙想你，重慶！
萬噸巨輪停靠朝天門碼頭啟碇申城。
龍春大幸！奔八老嫗走近了你，重慶！
不願涉足歷史迷霧我另闢蹊徑，
驚豔另類「紅岩」巧構於巨崖之頂——
商貿餐飲休閒俯瞰江景集一身！
《壯麗三峽》啊歷史殿堂，朝天門
喬遷新貌美奐美侖見證浩繁工程；
追問利弊撥霧求真讓時間驗證……
啊，重慶！

我走近陪都遺址《記憶之城》感悟到：
當年遍體燃燒之城飽含黍離悲沉、
「愈炸愈強」浴火重生的民族精神！
啊，重慶！
我走進西部開發弄潮之城觸摸到：
當下神秀奇彩之城精彩紛呈團花簇錦、
載欣載奔銳意進取的時代心音……
啊，重慶！
如果有誰倒行逆施綁架你以霧瘴迷津，
你大寫的重慶人呀，火眼金睛走出困境；
如果有誰暴戾恣睢抹黑你的錦繡前程，
你大寫的重慶人呀，識破奸計正道直行。
無論霧開霧闔、潮落潮起，
你的巴蜀古老文明
一枝獨秀，葉茂枝繁，煥發青春；
你的革故鼎新首創精神，
昂奮堅挺，繼往開來，屢建奇勳！

二○一二初夏　武漢

注1：電梯、扶梯、索道等特殊交通方式，構成重慶城市改造一道獨特名片，嘉陵江索道（中國第一條客運索道），長江索道（萬里長江第一條空中走廊），兩路口扶梯（亞洲最長的坡地扶梯），凱旋路電梯（中國第一臺客運電梯），縉雲山索道（中國第一條最長的迴圈式索道）。

注2：抗戰時期流亡歌曲《嘉陵江上》廣為傳唱，現在會唱的不多。

注3：一九四一年六月五日，日寇86架轟炸機，從傍晚持續整夜炸重慶，時間太長，防空壕內缺氧，釀成震驚中外的萬餘人窒息身亡的慘禍。

注4：二○○五年八月十五日抗戰勝利六十周年紀念，《人民日報‧海外版》副刊發表李可之主創巨幅油畫《重慶大轟炸1938-1943》，畫中心一堵白色斷牆上大書

「愈炸愈強」四個大字，突顯了重慶人抗戰到底的精神。同版還刊登了詩人葉延濱為這幅油畫題寫的長詩《燃燒的歷史》。

注5：指電視連續劇《記憶之城》第一次突顯了國軍忠義救國的悲壯犧牲精神。

注6：重慶的「黃山」全城制高點，當年國府遷都重慶，政府向黃姓富豪買下這座山，故名。蔣介石等政要均駐守山上的平房，作為抗敵、外交等國是指揮中心。現山腳牌樓四截殘柱和青磚廣場、山上蔣委員長夫婦居室，陣亡將領子女小學校址、集會禮堂和登山石級棧道等遺存，掩映于林木深處，正在維修復原。

注7：重慶的「紅岩村」是該市有眼光有魄力的企業家斥資打造在紅色巨石上的休閒娛樂商業城，山石精妙地托起了這座商城，天衣無縫；上設觀景臺，遊客可盡覽西南名珠之城的山水丰姿，該景點已成為重慶市的一張新名片。

中英對照二首

◆龔天茂

1. Love and Let Love

you don't need me
but I need you
you are the earth
I am the tree

you give me embrace
I give you seed
a thousand penetration
of roots to feed

when you are wet
douse in rain
I am drenched
In happy land

when I see light
reach for sky
grip you tight
stretch my height

when you are dry
in searing sun
I will die
a desolate trunk

when I grow old
drift back to you
shed my leaves
to fertilize you

I need you
Yet you don't need me
You are my life
I am your seed

中譯（劉宗英）

〈愛與被愛〉

　　沒有讓我存在的理由，
　　你卻給了我活的意義。
　　你是充滿生機的土地
　　我是樹，貪婪地在你的身體裏吮吸。

　　我的種如繁星落在你身上，
　　我的根千條萬縷紮進你的心裏。
　　而你給於我的卻是無私的懷抱，
　　讓我在這世上穩穩站立

　　當你濕潤，於一場淋漓的春雨。
　　我歡快的搖曳，像一匹脫韁的馬駒。

　　當光射進我的眼裏，
　　我拼命向空中伸展我的肢體。
　　而托住我軀幹的正是你堅實的雙臂。

　　當你枯竭，暴曬在烈日之下。
　　我也將逝去，倒在你乾裂的唇裏。
　　枯木為碑，留下我的印記。
　　當我老去，凋零的葉會向你飄落，

攜著我們的記憶，是我唯一的贈與。

沒有讓我存在的理由，
但你卻給了我活的意義。
我的今生全歸於你。
我的種子也將重生於你。

2. Halloween

tonight
of fastidious darkness
unfolds my hallucination

you are an angel in devil's disguise
emanating
your festive pleasure
of champagne bubbles

spewing the molten lava
of your fiery tongue
furiously burns
every tentacle
of my secret illusion

teased
by the liquid gold
of your flaming hair
my sanity
scourged
into ashes of insanity

your breath
engulfs my body

in a boiling caldron

the refuge of my soul

ruptures

into a night

of a thousand flames

giving birth

to a devil in angel's disguise

中譯

〈萬聖節〉

今晚，
在這經典的夜裏，
我的幻覺被開啟。

你是一個天使，卻披著魔鬼的外衣
香檳飛濺的泡沫
在慶祝你節日的來臨。

你火熱的舌頭，噴出滾燙的岩漿。
炙痛我每一根在幻覺裏游移的觸角。
你燃燒的髮裏，流淌著融化的黃金
嘲笑，鞭撻
讓我的理智在瘋狂中化為灰燼。

你的呼吸，吞噬我的軀體
那沸滾的巨釜，成為我靈魂的避難地
破裂，在這樣的一夜，
一千個焰火將見證天使的誕生，
卻懵然不知，有魔鬼住在它的心裏。

一平詩歌

◆劉一平

詠春

風吹桃花梅李開，
染遍南國四月天。
不期秋葉飄何處，
只問春蟬為誰鳴。

注釋：（1）近期在元陽、綠春等邊疆縣檢查工作和調研，在漫長的行車途中寫了這首詩。
　　　　（2）曾讀「秋雨梧桐葉落時，不知秋思入誰家」'詩句，故有「不期秋葉飄何
　　　　　　處」一句。

春回四月天

讀書方釋卷，
又與君品茗，
話不盡秦漢歐陸，
還說世事如煙。
夜無眠，

琴鳴處，
有流水高山。
春來已是百花舞，
卻看雕樑寂靜，
何處有歸燕？
漫步少時舊堂前，
小巷青石路，
又聽木屐聲。

生命的對白

秋風幾度，輪回的筆又把楓葉染遍。
漫步四方，但見天高雲淡。
你說春華秋實，金風送爽。
我說葉落風涼，繁華之後便是冬寒。
你說南飛的雁帶著眷戀奔向新的家園，
我說你聽那一聲聲長鳴，分明是顛沛流離的哀怨。
你說四季更替，釀出了氣象萬千。
我說花開花謝，鉛華褪去只留下枯萎的容顏。
你說人生尤如綻放的禮花，把天空裝扮得五彩繽紛。
我說瞬間燦爛便墜入亙古的黑暗，生命短暫，寂寥卻是永遠。
我們走了很久很久，手牽著手，
站在一面佇立了千百年的牆前，
一個看著牆的這邊，一個看著牆的那邊……

注釋：前幾天行車在哀牢山的高山峽谷，與友人資訊交流，看天地之間，有所思故而言。

作者簡介：劉一平，男，一九五七年二月生，白族，雲南
　　　　　劍川人，作家，詩人。一九八三年畢業於雲南
　　　　　民族學院歷史系。現就職於雲南省紅河哈尼族
　　　　　彝族自治州，任州委書記。發表的論文涉及歷
　　　　　史、宗教、幹部隊伍建設、人才學、領導科
　　　　　學、國有企業改革等。出版著作，詩歌有《精
　　　　　神的崇高和生存的卑微》、《心靈的臺階》、
　　　　　《遠行的思想》、《一平詩話》。

場景

◆田文蘭

遠遠的，
那個人從屋裏走出來，
穿過了，
昏黃的圓形大花壇。
燈光，月光，
照著，老邁卻矯健的身影。
我說：
今晚的月亮好美。
他說：
今天十七。
月光下那深邃的眼神，
敘述了他七十年的人生。

作者簡介：田文蘭，河北省人，國立臺灣藝術大學美術系
畢業，空中大學國文系畢業。美國高中畢業，
美國聖傑希大學、美國東洛杉磯大學畢業。曾
任臺灣桃園青商會婦女會主席、朱鳳芝第一屆
桃園縣議員競選總部總幹事、木章童子軍，生

命線張老師工作七年，及龍泰建設有限公司會
計二十年。一九九一年來美陪讀，育有女兒一
名，南加大音樂碩士、醫學博士。居美期間從
事兒童繪畫教育工作，熱愛寫作和繪畫。曾任
臺灣藝術大學副會長、中國大專院校理事、中
華藝術學會秘書長與總務。現任洛杉磯中華粥
會秘書長、加州臺灣同鄉聯誼會理事、北美南
加州華人寫作協會理事。

小說

親

◆李峴

　　親，歡迎光臨！

　　「您知道這個『親』是什麼意思嗎？」走進餐館電梯，剛剛共事不到半天的行銷總監就在老闆面前「將了我一軍」。

　　嗯？

　　第一天上班就懵懵懂懂地被老闆叫出來接待客戶，自己的神情就像剛從美國回來見到紅綠燈下人流和車流互不相讓而對橫穿街道踟躕不前的感覺一樣，一臉的不輕鬆。

　　噢，看到了。那個「親」字是用繁體字寫的，在「歡迎光臨」的左上角歪歪斜斜地掛著，好像是無意，又好像是刻意地強調。

　　「不知道。」心裏一猶豫，我就在「知道」前加上了一個「不」字。

　　「Lisa姐姐，您還真把自己當成美國人啦？」行銷總監那濃厚的北京口音在狹小的空間裏回蕩著。說也奇怪，明明是在「損人」，可是聽著那甜甜的聲音，你就會懷疑自己的直覺。就像我明明聽出她的捲舌音裏夾雜著湖南口音卻仍然相信眼前的清純女孩兒就是地道的北京人一樣！

　　「『親』是現在國內最流行的網路語言。它的意思可以理解

為大家好、朋友們好、先生女士們好、親愛的，你好。瞧，多麼富有創意的想法，一個字涵蓋了眾多的語義。」甜甜的聲音在不緊不慢的節奏裏展現著知性的魅力。

我的嘴角無力地動了一下，用國內的流行語是：無語。

其實我回國的第一天就聽到接機的「閨蜜」戲稱我「親」，並且在我錯愕的表情下解釋了這個字的新義。誰想出來的？楞把一個不能獨立使用的基礎字強加了這麼多的字義，並且聽起來有些曖昧。「閨蜜」似乎失去了我們在大學中文系讀書時常常為了一個字的語音語素語義的運用而爭辯不休的熱情，誇張地掃了我一眼：入鄉隨俗。既然你決定回國求職，就要把自己變成地道的北京人。別學著老美一張口就表態。還記得中國有句老話叫做「沉默是金」嗎？我看對你目前比較適合。

「是呀，做我們這一行的就是要緊跟時代，富有創意。Lisa，你第一天上班我就帶你來見客戶，是因為這個客戶也是從美國回來的，是我們馬上要製作電視節目的投資商之一。雖然你的職位還沒有最後確定，但是以你出國前在電視臺工作過的背景和美國海歸的身分，作為我們公司的藝術總監應該還算適合。不過你剛來，對公司的情況還不瞭解。今晚你的工作就是讓投資人吃好、喝好、聊好。其他的事兒交給我們。」身邊的老闆用他當年主持節目保持下來的男中音，接住行銷總監的女高音繼續著話題。儘管他的音量不高，聲調也算親和，但是期間顯露出來的「權力」二字不容置疑。

他多大？最多不過四十歲。那位行銷總監呢？恐怕連二十五歲都不到！如果我沒出國……。唉，人在屋簷下。為了完美的婚姻我放棄了自己的專業八年，現在又為挽回婚姻在八年後挽救自己的專業。很明顯，這是一次實際工作能力的測試。如何應答？

電梯門開了，四樓到啦！我長吁了一口氣。

這是一家在北京只能算作中檔的餐館，但是在我眼中其規模可與美國的五星級飯店裏的餐廳媲美——整個一棟四層樓，有三層是包間。每個包間都配有電視、音響和衛生間。據說這家餐廳的別致之處是中西餐都有，大俗大雅的文化元素一應俱全。一樓是大廳，以文革懷舊為背景：為人民服務。二樓的文化元素是孫中山先生的「天下為公」。三樓是我愛中華。四樓是歐美文化。我們的包間叫「凱撒宮」。

顯然，我們久候的投資商是真正意義上的「海歸」，進門就心安理得地坐到了主座。隨其坐在他右邊位置上的女孩兒比我們的行銷總監多出一份「淑女」形象。出我意料，我們老闆將投資人左邊的位置讓給了我，自己坐到了我的下方，行銷總監也心甘情願地坐在了最末端。周而復始，我覺得在圓桌上你推我讓其實是一種繁文縟節，多此一舉。於是我帶著同是「海歸」的不卑不亢打破了飯桌上的矜持。

投資人的「海歸」資歷比我長，不知是中文說得不好，還是要給我們老闆一個「下馬威」，總之一句中文都不用。全部英文對話的結果就變成了我們兩個人的聊天兒。為了不把其他人冷落在一邊兒，我主動地把話題轉到正在熱播的求職電視節目《非你莫屬》上。顯然我的老闆很滿意我的表現，行銷總監也借此機會擠到我和投資人的中間，用她那甜甜的聲音輕柔地介紹著手裏的策劃方案。

上菜了。中西合璧。服務員例行公事地介紹著每一道菜名的來歷。也許是在國外品嚐了許多正宗西餐，回到國內看到一個到城裏打工的鄉下女孩兒對著幾盤色香味美的中餐條條是道地介紹著它們西方名字的來歷，投資人的興趣便從行銷總監的公文上轉

到菜名的來歷上。不斷上菜便時時打斷行銷總監的敘述，甜膩的聲音在氣急敗壞的心情下加快了頻率。然而投資人的興趣仍然在菜譜上。

面對滿桌的美食，我覺得自己有責任挽救局面。於是我就借題發揮：現在不論中餐西餐，起的名字不加解釋就不知所云。就像我們剛剛談到的《非你莫屬》。題目不錯吧？可是加上商業廣告就成了《樂吧薯片非你莫屬》！還有《非常了得》，加上贊助商就叫成了《海天黃豆醬非常了得》！《非誠勿擾》聽說過吧，英國法國美國到處都設海外場，可是加了廣告就成了《步步高VIVO智能手機非誠勿擾》啦。

果然，投資人的注意力帶著笑聲從菜名的典故裏轉到文案的內容上：對，咱們可不能在片名上加硬性廣告！

老闆在附和的笑聲中瞪了我一眼。得，說錯話了。彌補吧。可是找不到話題呀。就在這時，行銷總監撒嬌般地以頭痛為由將文案交給老闆，意在讓他繼續爭取。靈感來了，頭痛知道吧？直譯是：「Someone got headache。」可是中國的老百姓就是富有創意，過去說「頭疼」是領導有難解的問題，如今說哪個女人「頭兒疼」，那是指她與領導之間有曖昧關係。

原本是想博得大家一笑，讓老闆能有一個扳回局面的機會。結果我發現在場的四個人都沒笑，只有我的傻笑僵在了臉上。唉，又說錯話了。

這種後悔的感覺已經離開我很多年了。在電視臺工作的時候，儘管懷揣著「無冕之王」的記者證在外面呼風喚雨，可在臺裏卻要為自己說的每一句話揣摩多時。儘管如此還是防不勝防，一不小心就碰觸到某些要人的神經。事後那個後悔呀！

怎麼這種「悔也悔不清」的感覺又捲土重來了？

剛從美國回來去看母親的那天，姨媽興致勃勃地告訴我表妹考上了博士後。我卻說，在美國通常是博士生畢業後找不到工作才繼續留校讀博士後。表妹已經在大學任職，幹嘛要辭職趕這個時髦。結果姨媽回了我一句：那要看為啥辭職！那時我剛向家人宣佈：為了避免「小三」入侵，我不僅要回國，而且要重新成為職業女性。

自尋其辱。

為了儘快找到工作，我聯絡到一位曾經在電視臺工作過的老同事。話未張口，我就被他拉去吃飯。一桌七、八個人，我只認識我的同事。為了共同的話題，大家就開始一邊吃著桌上的山珍海味，一邊數落著避孕藥餵出的螃蟹、化肥催出的蔬菜、瘦肉精餵出來的兩條裏脊的豬，還有人造雞蛋、有毒奶粉和無處不在的地溝油。看到大家暢所欲言，我的幽默感又來了：過去我回國最大的享受就是吃，現在回來的原則是能少吃就不多吃，能不吃就不吃。所以我不用減肥啦。沒說錯話吧？可是說話的時機不對，正好趕上了一位胖子大談中國美食。偏巧這時有人提到剛才還漏掉了用化學孔雀綠保鮮的海鮮，胖子開始藉題發揮了「你們美國就是霸道，查出一點兒孔雀綠就取消定貨。那海鮮不用化學保鮮，到你們美國還不臭了？」

什麼時候我開始代表美國了？儘管我不認同這個人的觀點，但是他也沒和我繼續爭辯，只是客氣地向我和大家告別，先行一步。事後我的老同事告訴我，這頓飯就是那個胖子結得帳，公款，他是某個省的外貿進出口公司的老總，是看著我同事的面兒才「請得客兒」。

不就一頓飯嗎？至於搞得這麼複雜！我沒有向同事提到在找工作的事情；他也沒有再與我聯繫。

　　她怎麼走了？陪同投資人一起來卻極少說話的女孩兒，此刻決絕地站起身來，連個招呼都沒打就拎著她的愛馬仕包揚長而去。沒等我反應過來，只見投資人一臉恐慌地邁著已經不輕便的腳步追了出去。接著，我的老闆也追出門外。最後出去的是行銷總監——她毫不掩飾地蔑視了我一眼。

　　我的頭腦一片混沌，過去和現實所經歷的「禍從口出」讓我悔之莫及。

　　手機響了。

　　「喂，我找了幾個老同學，晚上為你接風。」是那位教我「沉默是金」的「閨蜜」。

　　「為我送行吧。」話一出口，連我自己也嚇了一跳。

　　「你說什麼？你不是找到工作了嗎？」。

　　我鼻子一酸，關掉了手機。與此同時，我看到了手機顯示幕上的留言：今晚我有應酬，不回家了。

　　自從我回國，這樣的資訊已經接到許多次，甚至我都懷疑他連打字都省了，直接把上次的藉口copy和paste給我。

　　我的心突然平靜下來，頭腦和手指都變得靈活起來。我義無反顧地在手機上寫到：「親，我們都別再難為自己了，你回來以後我們就去辦離婚手續。」

　　我讓服務員把帳單拿來，在空白處寫到：「親，為了不再給你們添亂，請另選高人吧。」

　　走出「凱撒宮」，我徑直走進電梯。「親，歡迎下次再來。」我的眼淚「唰」地一下兒流了下來。

作者簡歷：李峴（Maria Gee）原省電視臺編輯編劇。來
　　　　　美後出版過《飄在美國》、《跨過半敞開的國
　　　　　門》、《感受真美國》和《新中國世紀書大
　　　　　系》等書，兼《華人》雜誌「李峴視點」專欄
　　　　　作家，並編導製作了十二集電視紀錄片《飄在
　　　　　美國》。榮獲第六屆亞裔文化傳承獎影視傳媒
　　　　　獎。現任美國T. J法學院、Mesa學院及中國暨
　　　　　南大學客座教授。是ACCEF榮譽理事長。

長篇小說《花月亮》故事梗概

◆于傑夫

故事發生在當前中國北方一個叫做花格疘的村莊。

主人公花月亮是一個個頭矮小、長相醜陋的男人，且有著很嚴重的口吃。正因如此，年近不惑的他仍孤身未娶。

花月亮心地善良且頗有些心計，平時在村莊裏樂於助人，疾惡如仇。但在某年的一個盛夏之夜，這個正直善良的男人卻犯下一個使他自己悔恨終身的大錯——那天他義務幫同村一戶人家做活，晚上在主人的盛邀下，破例喝了幾杯酒。當時天色已晚，被酒精燒得迷迷糊糊的花月亮，在回家的路上經過那條狹長胡同的一個泥堆時，無意中看到胡同另一側院子裏，同村的梅燕姑娘在裸身沖涼。這個年近三十連女人的手都未握過的男人，面對著月色下梅燕動人的胴體，鬼使神差般地定在了原地……

梅燕發現了牆頭上的男人身影，她驚慌的呼喊聲馬上驚動了四鄰的村民。倉惶逃跑的花月亮在胡同外面的街道上被村民們逮住。在這個遠離城市的鄉村，這種事情依然被人們視為洪水猛獸，花月亮被五花大綁地拉扯到村裏的打麥場上，然後被捆綁在一根平時用來拴牲口的木樁上面。有人打開了打麥場小屋裏的電燈開關，霎時，整個打麥場燈火通明，村民們聞訊紛紛趕來圍聚觀看。花月亮的衣服被扒掉了，最後連內褲也被人撕開了一個大

口子。羞辱絕望中的花月亮猛地掙開捆綁的繩索，轉身朝著不遠處小石屋的牆上撞了過去。由於被旁邊的人拉扯了一下，因此並沒有造成太嚴重的後果，但仍然撞得滿頭鮮血。此時，圍觀的人們仍然沒有罷手的意思，譴責聲、咒罵聲、嘲笑聲不絕於耳……

　　就在這時，受害人梅燕不知從什麼地方衝了出來。圍觀的村民們都以為梅燕肯定會對花月亮做出什麼報復的舉動，但接下來的事情卻讓所有人如墜入五里霧中。只見梅燕順手抓起打麥場上一根長長的木桿，首先將石屋門前的那盞燈打碎，接著迅速從地上撿起花月亮的衣裳，又一把拉住花月亮的手，快步衝出了打麥場……

　　原來梅燕早就對花月亮存有好感。起初，這種好感毫無男女之情，純粹是出於對花月亮不幸身世和憐憫，以及對他為人正直品格的敬重。從以前梅燕暗地裏曾好幾次託人為花月亮說媒這件事就可以證明這一點。其實那天晚上，梅燕並沒有看清那個牆頭上的人影是花月亮，在她的心目中，花月亮根本做不出這等不齒的事情，所以這件事情對梅燕內心的震動可想而知。一方面她憎恨花月亮，想不到他竟會做出這樣無恥的事情來；另一方面，在她稍稍冷靜下來之後，這種憎恨竟然奇怪地迅速消失，連她自己也不知道其中的原由。她預感到花月亮會受到村民們的懲罰，便偷偷地溜到打麥場不遠處，心情複雜地觀望著。當她看到花月亮撞牆自殺的動作時，再也沉默不下去了，竟不顧一切衝了過去……

　　梅燕的美貌不僅在村莊裏首屈一指，即便在四里八鄉也享有盛名。花月亮對梅燕早就傾心不已，只不過這種強烈的傾慕只有他一個人知道。如果說那天晚上的偷窺事件在花月亮心裏留下了深深的痛悔，那麼，梅燕在危難時刻對他出手相救的舉動，則

在他的心靈深處印下了不可磨滅的感恩之情。這種痛悔和感恩和原先早就有的強烈傾慕相疊一起，使得他對梅燕生出一種說不太清楚的情愫，他把梅燕當做了心中的女神。每當梅燕遇到什麼困難，他總是義無反顧地盡力相助，而且這一切都是在暗地裏進行的。這樣的事情發生了好幾次，每次都使得梅燕和哥哥梅向東疑惑不已……

　　自從那天晚上偷窺事件之後，梅燕很快就看出來花月亮身上的變化。她發現這個平時因為自卑而少言寡語的男人變得更加沉默了，每當在村莊裏還是在別的什麼地方，大凡花月亮看到自己，總會像老鼠見了貓似地遠遠就溜之大吉。打著光棍的花月亮以前就有些邋遢，現在就更加變本加厲，整天一幅蓬頭垢面的樣子，而且不論走到哪裏總是將腦袋深深地耷拉著，連走路的姿勢都顯出一種明顯的猥瑣意味。梅燕瞭解花月亮，知道他雖然身世不濟，卻歷來有著很強的自尊心。現在看到他這幅模樣，她自然清楚那天晚上的偷窺事件在花月亮心裏造成了多麼大的損害。事實上，梅燕自己對那天晚上的事情早就釋懷，而且不知從什麼時候起，梅燕對花月亮漸漸生出一種新的情感，與過去不同的是，這種情感在不知不覺間摻雜了一種說不清楚的新成分。比如她開始在夢中常常看到花月亮，而且醒來後總會心情複雜地呆坐在那裏，回憶著、品味著剛才夢中的一些事情……

　　俗語說：「沒有不透風的牆。」不久之後，梅燕就知道了花月亮暗地裏幫助自己和哥哥的事情。聰明而敏感的梅燕不加思索就判斷出，花月亮這樣做其實是一種懺悔的體現。梅燕為此深感不安甚至有些傷感，她真的不希望花月亮因為那件事而人為地給他本人製造出如此沉重的心靈枷鎖。梅燕心裏的不安和傷感又因為以下的一件事情而變得更加沉重——她聽村裏人說，因為不久

前的偷窺事件，現在的花月亮想找老婆更是如同天方夜譚。前不久，鄰村有人給花月亮介紹了一個又老又醜且帶著兩個孩子的瞎女人，一開始瞎女人欣然同意這門親事，但幾天之後不知從那裏聞得花月亮偷窺女人的事情，瞎女人不但反悔不幹，還找上門朝著媒人一頓臭罵……

花月亮作夢也沒有想到，他竟然也有時來運轉的一天。事情是這樣的——

來年的暮春時節，花月亮上山給自家責任田返青的小麥澆水，回村時將一個不慎滑落到水庫的女人救了上來。這個被救的女人不是當地人，而是縣長的妻妹。這件事立刻產生了神奇的效果。縣長在電話裏吩咐鄉長好好關照花月亮，而鄉長遵照花月亮的意願，很快將他調到鄉派出所當上了一名輔警。對縣長和鄉長來說，這件事就像天上飄過一朵雲彩那樣平常，但對花月亮來說，這件事卻有著翻天覆地般的意義。這種意義首先表現在他的身價上面，他感覺到自己再也不是以前那個被鄉裏的女人們視如敝帚的可憐光棍漢，那身嶄新的警服和頭頂上那個鑲著國徽的大蓋帽，使得他有足夠的底氣對一切他看到的女人們，保持一種居高臨下的姿態。如果說以前他找老婆的標準簡單到只要是女人就行，那麼現在的標準就提高到了必須是漂亮女人。用他自己的話來說是：「要對得起這身警服和頭頂上的國徽」。

花月亮是個有恩必報的男人。他心裏對鄉長充滿了感恩之情，在穿上警服的當天，他跑到鄉長辦公室，跪在鄉長面前磕頭不止，非要認鄉長乾爹不行。他在心裏發誓要報答鄉長的大恩大德……

但很快，花月亮就發現了自己現在的輔警身分與派出所裏那些正式員警的差別。他有一種被鄉長愚弄和欺騙的感覺，隔三差

五便找到鄉長，嚷嚷著要當正式員警。為擺脫糾纏，鄉長只好口頭答覆花月亮，說只要他在派出所爭取立功，那麼就想辦法把他轉成正式員警。從此，花月亮將鄉長的這句差不多等於戲言的答覆當做了金科玉律，整天盼望著能有一個立功的機會。

機會不久來了。派出所以縱火嫌疑將梅燕的哥哥梅向東抓了起來，但花月亮很快就察覺到這件事有些蹊蹺，他感覺梅向東是被冤枉的，便決心要將這個疑案弄個清楚。他這樣做除了源自他人性裏的正義感，除了他心裏對梅燕姑娘的特殊感情，更重要的是他感到這很可能是一個立功的機會……

幾天之後，花月亮在處理一件打架尋釁案件時，從主要嫌犯、綽號「白狼」的嘴裏果真掏出一些線索。據白狼交待，梅向東確實是被冤枉的，而當初他之所以對派出所調查人員做偽證指控梅向東，是受鄉政府保安隊長黃保久賄賂和指使。

再過幾天就是鄉長的生日。這天下午下班後，花月亮提著給乾爹的生日禮物，興沖沖來到鄉政府。不過他今天除了送禮，還有一個重要的事情，就是向鄉長報告保安隊長黃保久誣陷梅向東的違法犯罪事實，因為黃保久是直接受鄉長領導的。他的高興是有理由的——他毫不懷疑黃保久會受到鄉長嚴厲的處分，也毫不懷疑因為這起冤案的平反，自己將能夠獲得一個立功的機會。

鄉政府工作人員都下班回家了，走廊裏靜悄悄的。隔著辦公室的門，花月亮隱約聽到裏面鄉長在和什麼人講話。接下來他便得知了一個令他不敢相信的事情：原來鄉長正和黃保久密談著有關梅向東案件的事，而梅向東冤案的真正背後指使人，竟然就是他的恩人和乾爹鄉長！更使花月亮感到憤怒和震驚的是，鄉長之所以要這樣做，其真正的目的是為了將梅燕弄到手，是打算以此迫使梅燕屈服……

　　花月亮陷入到深深的痛苦和矛盾之中。一方面，他心靈裏固有的正義感，使得他對鄉長的惡劣行徑感到震驚和憤怒，何況鄉長這種卑劣行徑的目標，又恰恰是指向他內心裏視為女神的梅燕；而另一方面，他又不願意看到鄉長因為這件事而落得身敗名裂。在他的心目中，鄉長同樣是他的恩人，在某種意義上說，是將他從不堪回首的深淵裏拉向光明之途的救星……

　　最後花月亮煞費苦心地想出了一個自認為兩全其美的主意。他裝做對鄉長的惡舉毫不知情的樣子，同時對鄉長編造了一個謊言，稱自己眼下已經找到了意中人，而這個人正是梅燕。憑著他和鄉長的關係，他毫不懷疑這個理由足以使鄉長放棄對梅燕的念頭，與此相聯繫，梅向東也自然會盡快從被誣陷迫害的苦境中解脫。儘管這種因私情而殉公義的做法使得他在良心上感到不安，但他還是決定，從此不再調查也不再過問這件事，就讓它像刮過的一陣風那樣不留痕跡地成為過去……

　　但不久，事實就證明花月亮的想法是過於天真。鄉長壓根就沒有因為花月亮編造的那個謊言而放棄對梅燕的覬覦之心。某天晚上，鄉長以幫助梅燕拉客戶為由（梅燕在村裏開了一家裁縫鋪），將梅燕騙到一家酒店，竟然在客房裏企圖強暴梅燕。深夜時分，僥倖逃脫的梅燕在回家的路上萬念俱灰，打算一死了之。但她總是下不了最後的決心，最後她恍然醒悟，原來在自己的心靈深處有一個捨不去的牽掛，這個牽掛正是花月亮。於是她打算等見上花月亮一面後再去赴死。但見到花月亮之後，梅燕的赴死決心又像被風吹散的雲朵一樣消失得無影無蹤。她實在是捨不得花月亮。那天晚上，梅燕靜靜地伏在花月亮的懷裏，任憑自己的眼淚默默流淌……

　　花月亮得知了梅燕險些被侮辱的事情，氣憤之極的他決定不

再沉默也不再忍耐。他毅然來到縣有關部門，控告鄉長企圖霸佔梅燕，以及為達到目的而誣陷梅向東的違法犯罪行為。自小連縣城都很少去過的花月亮，對眼前的這個世界顯然缺乏足夠了的瞭解，在他的心裏，鄉長的惡行很快就會得到應有的懲罰，梅燕和梅向東很快就會得到法律和正義的可靠保護……

可事實是，花月亮並沒有等來如他所願的結果。相反，鄉長最近紅運連連，先是被評為市裏「優秀人民公僕」，照片上了市黨報的頭版。接下來又傳出鄉長要正式升任鄉黨委書記的消息……

梅燕決定嫁給花月亮。她瞭解花月亮，也知道他和許多男人一樣，對自己的美貌日盼夜想。但她更知道花月亮的秉性與別的男人不同，例如求愛這樣的事情，要由他親口說出來，簡直比登天還難，於是梅燕決定當著花月亮的面，由自己親口挑明這件事。但接下來的事情卻大大出乎梅燕的預料，花月亮聽到梅燕說出要嫁給自己的話時，在驚疑片刻之後，匪夷所思地做出了自殘的事情，將自己的腦袋一遍遍朝著灶間門框上撞去，直撞得血流滿面……

梅燕終於明白花月亮不可能同意娶她。她恍然明白過來，自己早已在花月亮心中神化成一座不可攀登的聖山，或者說是一尊不可近望的女神。在花月亮的心裏，如果真的娶了梅燕，就是褻瀆了這座聖山，就是侮辱了這尊女神，是一種不可饒恕的罪行。那天花月亮的自殘行為，正是向自己表明，他寧可死也決不會同意娶她……

對花月亮的表現，梅燕在感動的同時，更多的是氣憤。她不願意在花月亮心裏去充當什麼神聖的東西，她也不明白，花月亮為什麼會有如此頑固的癡念。梅燕決定離開這個讓她備加傷感的

地方，她打算到南方的一個城市去。在此之前，她中學時的一個女友曾多次催她去那裏發展……

花月亮的控告不僅沒有傷及鄉長，自身卻惹來禍端。在梅燕走後不久，花月亮便被派出所辭退了。對花月亮來說，這件事無異於晴天霹靂，他連尋死的心都有了。但事情並沒有到此為止，幾天之後，在鄉長的指使下，鄉政府保安隊長黃保久又帶著人，故意當著眾多村民的面，將花月亮痛打和侮辱……

離鄉來到南方的梅燕，儘管身處優渥的環境和朋友的盛情接待，但心裏對花月亮的思念卻與日俱增，連她自己也不明白這是怎麼一回事。在好友的努力勸說下，最後她終於同意留下來，但還是要回家處理一下諸如責任田及房屋等相關的事情，然後再返回那個城市。

梅燕剛回村便得知了花月亮被派出所辭退，以及被黃保久帶人毆打侮辱等事情。梅燕自然清楚，花月亮遭受的這些橫禍，其源頭正是因為他保護自己而惹惱鄉長所招來的報復。而且對花月亮來說，這僅僅是災難的開頭，鄉長是不會就此罷手的。

梅燕把自己關在家裏，伏在床上失聲痛哭。接下來她做出一個後來令許多人大惑不解的決定。她先是給南方的那個好友打了個長途電話，通知她自己不打算再回到那裏去，同時對朋友的好意表示了真誠的感謝。

暮色初臨，從來不刻意打扮自己的梅燕一身豔裝來到鄉長辦公室，直接了當地對鄉長提出條件：只要鄉長不再為難花月亮，並將花月亮重新安排進派出所，那她願意接受鄉長提出的任何條件。她對欲火難耐的鄉長說，明天晚上，她就可以來到鄉長的宿舍……

碩大明亮的下弦月高懸夜空。人們大都進入夢鄉，村莊裏一

片寂靜。梅燕敲開了花月亮的家門，當著花月亮的面將自己的衣服一件件脫了下來，接著便撲倒花月亮的懷裏，把自己的第一次交給了面前這個長相醜陋的男人……

凌晨時分，梅燕在和花月亮告別時，帶著一種異樣的微笑，用平靜的語氣向他坦露了自己將成為鄉長相好的事。她強忍淚水，叮囑花月亮今後多多保重，祝願他今後一切如意。她特別向花月亮聲明，她這樣做是自願的，鄉長半點也沒有強迫她，並以此告誡花月亮千萬不因為這件事而找鄉長的麻煩……

在梅燕說話期間，花月亮彷彿塑化了一般櫈在那裏，一幅目瞪口呆的樣子，甚至當梅燕哭著衝出街門時，他仍未清醒過來……

太陽升起來了。平時極少認真洗漱的花月亮，今天卻不僅洗了臉，還打了兩遍肥皂，將原先蓬亂的頭髮連同髒兮兮的脖頸都洗了一遍。

今天是縣裏按排的大棚種植觀摩活動的日子。縣裏各有關部門及各鄉有關幹部乘車早早趕到了鄉政府大院，之後便在鄉長帶領下朝著村莊西南面的山上走去。鄉長一副意氣風發的得意樣子，正在給前來觀摩的同僚們，繪聲繪色地講著大棚種植的經驗……

花月亮悄然來到觀摩現場。他詭譎樣地訕笑著，提出要和鄉長談點私人方面的事情。熟知花月亮脾性的鄉長顯然察覺出他此次是來者不善。他擔心眼前這個冥頑不化且頗有些心機的花月亮在眼前的這個場合鬧事，便將演講彙報的工作臨時交給一旁的農辦主任，自己則故意露出一幅副和顏悅色的樣子朝花月亮迎了過去。

花月亮領著鄉長朝左前方不遠處的一個陡坡走去。花月亮自小在村莊裏長大，他當然知道在這個陡坡後面不遠就是一處深達數十米的懸崖。他決心要和這個作惡多端的狗官同歸於盡。他認為自己是不得已才這麼做，因為事實告訴他控告是無濟於事的。

為了梅燕，也為了公理，他決定用自己的生命來做一次終審判決……

事與願違，在花月亮猛然抱住鄉長朝懸崖跳下的一刻，鄉長猛然掙脫出來，隨即一個轉身，將花月亮踹下懸崖……

花月亮死了。死去的他並不知道，就在不久前，市、縣兩級紀委已經根據他的舉報，經調查屬實後而決定對鄉長實行「雙規」。他更不知道，就在他跌下懸崖的那一刻，前來執行「雙規」任務的車輛已經疾駛到鄉政府的門前……

梅燕去了那個南方城市，從此再也沒有回來。直到五年之後，已在影視界嶄露頭角的梅燕因拍一部電視劇，隨劇組來到當地。在此期間，梅燕曾到村莊做了短暫停留，卻引發了一個長期爭論不休的問題，問題的源頭出在梅燕帶來的那個小男孩身上。小男孩看上去五、六歲的樣子，模樣長得頗有些像花月亮。於是村民們便猜測這小男孩可能是花月亮的後代。再加上梅燕曾帶著小男孩到花月亮的墳頭上祭奠過，使得這種猜測更有了佐證的支持。但也有些村民反駁這種猜測，主要原因是，他們不大相信美貌如花的梅燕能看上長相醜陋的花月亮，認為這簡直是無法想像的事情。

於是，這種爭論便像一陣陣刮過的風，時斷時續地在這個地處偏僻的鄉村裏持續下去……（完）

作者簡介：于傑夫，男，二〇〇七年以傑出人才（EB-1A）移民美國，現居洛杉磯。赴美前在國內某報長期擔任編輯，係中國小說學會會員、山東省作家協會會員、北美華文作家協會會員。近年來在《當代》、《小說月報》、《時代文學》、

《山東文學》、《啄木鳥》等發表長、中、短篇小說多篇近百萬字，作品曾被《中篇小說選刊》、《中華文學選刊》選載，多次獲中國、省文學創作獎。

戲劇

人生多美麗
——張明玉最後的一個劇本

◆張明玉

電影劇本：人生多美麗（暫訂名）
編　　劇：張明玉
導　　演：
演員人物表：
莊如錦：地產界的女強人，雖然作風強勢，但為人身段柔軟，且因一直
　　　　受過良好教育，談吐儀表皆出色，是個高貴的中年婦人。加上
　　　　近幾年微整型之風盛行。本就生活悠渥的她，就顯得更年輕美
　　　　麗了。她是陳心揚的前妻。
李玫瑰：嫁給陳心揚之前，是個半退休的模特兒，並經營一間美容美儀
　　　　模特兒學校，雖不富裕，但她的名氣與幾次大型活動，倒也讓
　　　　她能在這生活不易的城市中生存，由於成名得早，慕名的人
　　　　多，所以當她想找老伴成家的念頭，就很容易打敗對手，變成
　　　　外人眼中的單身公敵了。
陳心揚：雖然年紀不小，但因非常英俊，總能在各種場合引起女士們的
　　　　注意。他這一生沒有任何成就，靠的是他太太精明能幹的地產
　　　　頭腦，他本性雖然不壞，但幾十年的無所事事，已讓這個步入
　　　　老年的他，再也沒力氣去經營任何生意。他肯娶李玫瑰也是自
　　　　己的錯判，以為以現任妻子的名氣，一定會在夜晚的無聊生活
　　　　中，增加許多五顏六色的調味。他不求什麼出息，只希望一輩
　　　　子過花花公子的愜意生活。
丘　　黎：莊如錦的手帕交，閒時也幫幫莊如錦處理一些房地產業物。

蔡微平：丘黎的丈夫，高爾夫能手，退休醫生。

陳匯鈴：十八歲，今年高中畢業生，是陳心揚與莊如錦的掌上明珠，也是父母之間問題的傳播者。

陳匯傑：十六歲，陳惠鈴的弟弟。

李小路：玫瑰與心揚唯一的女兒，十五歲，雖有模特兒的本錢，但她花更多時間幫助母親發展，是個寡言的人

OS：「表面的現象，不一定等於真相。」

S：一

* 從外表上看，陳心揚帶著一家四口，和樂融融地走進南加州最高檔的購物中心金碧輝煌的鐘錶店。店員早就恭候大駕。連大門保安都如臨大敵，關上大門，好讓顧客盡情挑選自己喜愛的鐘錶。

* 原來是陳心揚的富婆前妻、小姐、兒子。前妻要替今天高中剛畢業的女兒挑選一款最新最時髦的勞力士手錶。

* 陳心揚無意間看中最新出廠的President Diamond Rolex Baguette Dial，價錢令人望而卻步，美金47,268.95元，看看自己手上已帶了十六年的勞力士，那還是現任妻子送他的訂婚禮物。想換新的下不了手，況且最近收入也勉強，自己的太太還老在吃藥打針，小病不斷。

* 他身旁的前妻將一切看在眼裏，客氣的虛寒幾句。

（十五年前，前妻莊如錦獨自帶著兩個孩子，在陳心揚的慫恿下來美國撫養他們成人。長女今年高中畢業，次子是高一學生。經過十五年的單身生活，如錦跟大多數離婚婦

女一樣，過得是人生地不熟的日子，其中之艱辛困苦，外人不足以道。好在如錦能學習到中國人在美國的打拼精神，將房間分租出去添補家用，有了多餘的錢立刻買些別人不起眼的房地產，予以保留。如此下來，倒也逐漸變成一個殷實的小商人。十五年之後，她買的那些地及房子正遇上新港區土地開發計畫，幾十萬的房子如今可以值六百萬，機不可失，這房子當初有太多她的心血。這一趟從夏威夷飛來加州，也是想跟陳心揚好好談談他們曾擁有的共同財產計畫。）

＊心揚的手機響起，他有些閃躲地去接聽電話，並壓低音量。

心揚：「你先不要著急，小路不是也在嗎？好，我想辦法馬上趕過來！」

＊這一邊已經被寵壞的陳匯鈴低聲發脾氣

匯鈴：「催什麼催！我們一家子難得聚聚，就這麼幾分鐘就等不及了，不過是檢查身體嘛！媽生病住醫院，爸你還不知道在哪兒？」

如錦：「你少說一句，今天要高興一點，等一下還要去照個全家福。（對心揚）全家福你參加嗎？」

匯鈴：「當然要參加，你是我爸爸。」

如錦：「她……醫生怎麼說？」

心揚：「還不曉得，好像比想像中嚴重。」

如錦：「（輕輕的一笑）還以為她比你年輕個十幾歲。可以好好照顧你晚年。哼哼，人算不如天算。」

匯傑：「爸，乾脆搬到夏威夷來住吧，房子多人口少，不差你一
　　　個。大家有個照應。」

如錦：「你在說什麼話，爸爸搬過來住，他老婆怎麼辦？喂！心
　　　揚，我知道你急著要趕去醫院看她，不過今天也很重要，
　　　你女兒高中畢業典禮，我在Ray訂了四份頂級法國菜，一
　　　家人一個不能少，七點鐘你一定要到啊！」

　　＊心揚有點無可奈何的揮手答應了。

　　　S：二

　　＊醫院走廊接病房，護理人員及小路推著器材從病房出來，
　　　碰見剛入鏡的陳心揚。

護理：「陳先生您怎麼現在才來，你太太剛做完病理切片，受了
　　　一點罪。」

心揚：「我來也幫不了什麼。你們是專家，怎麼能讓病人受罪，
　　　她現在人怎麼樣？」

護理：「現在稍微平靜，你快進去看看她吧！」

　　＊心揚進病房，護理人員用有些不太理解的表情看著他的背影。

護理：「他是你父親？好帥呀！」

小路：「他沒當過一天做父親的責任，我也沒指望他做我父親，
　　　只要我母親高興有這個體面的老伴就好。」

　＊蒼白的玫瑰坐在椅子上，由護士替她換去手術服。她極為
　　虛弱，看上去居然比如錦老上十歲。

玫瑰：「你怎現在才來？」

心揚：「為什麼每個人都問我同樣的問題，能來我不會早來
　　　　嗎！」

玫瑰：「畢業典禮不是很早就結束嗎？」

心揚：「他們母子三人要等店家開門，不到十一點我們進得去
　　　　嗎！」

玫瑰：「（說話聲音越弱）也不一定非要你一直陪到十一點。」

心揚：「你就是心眼小。喂！玫瑰，我已經跟你結婚十一年了，
　　　　女兒為這樁婚事，一直跟我有隔閡。今天難得是個好機
　　　　會，你不過是個例行檢查身體，我抽空去陪陪她，有什麼
　　　　需要大驚小怪？」

玫瑰：「心揚，手術時剛從鼻子裏流了好多好多血塊，現在我沒
　　　　力氣跟你說話。我只是要告訴你，今天的檢查不是普通的
　　　　例行檢查，今天的病理切片是要化驗我肺上四點九公分的
　　　　不明腫塊，是良性還是惡性？（喘）」

心揚：「是良性還是惡性？」

玫瑰：「最快要三天才知道。走吧，我口好乾了，陪我去吃點湯
　　　　吧。」

心揚：「恐怕不行，我還要趕回去celebrate with my daughter。」

玫瑰：「你不陪我一起吃晚飯？今天，我好害怕好孤單……
　　　　（哭）」

心揚：「（也有些過意不去）真的沒辦法，你知道如錦的脾氣，
　　　　一家四口難得慶祝一下，請體諒我的立場。」

玫瑰：「一家四口！一家四口！可是你們已經離婚十幾年了，女
　　　兒畢業，該送的禮物，該做人的場面，我可一樣沒少。就
　　　今天，就非要今天，一家四口非團聚不可！改天不可以
　　　嗎？改成明天，等我稍微歇口氣，明天我出面連你前妻一
　　　起請，好不好？」

心揚：「不要意氣用事，飯局的事不會再改，我要去跟我女兒用
　　　飯，回來再談。」

●說完就走，留下剛進門有錯愕表情的小路。

小路：「哼！這種男人，世界上居然會有你們這麼優秀的女人去
　　　搶！」

玫瑰：「（幽幽地）女人，到了非搶男人不可的程度，就證明她
　　　真的已經不是值錢的女人了。」

小路：「口口聲說一家四口，把我們兩口放哪去了？」

玫瑰：「不住在這裏好好嗎？放心嗎？總是你親爸爸，一家子少
　　　不了你，我又生病出不了門，一家四口就變成他們口頭
　　　禪。」

小路：「我到底是不是他親生？」

玫瑰：「這點我跟你打包票，你父親親自護送你進嬰兒房。」

　　S：三

＊氣氛極為高雅的法國餐廳，餐館說話的音量且不能超過古
　典音樂。

●四個人已落坐用前點，心揚看見侍者送來垂涎欲滴的牛

　　舌，立即露出貪婪的神色。圍好餐巾拿起餐俱老馬識途的
吃將起來。

如錦：「心揚（輕舉一下酒杯），別忘了今天的日子。」

心揚：「（完全忘了在醫院中的不愉快）啊！怎麼可以把今天這
　　　麼重要的日子給忘記，是我們匯鈴十八歲，我們匯鈴high
　　　school畢業（做出有些難過的樣子）。爸爸把你人生最重
　　　要的黃金年華弄得similar，希望以後有機會償還。好吧，
　　　今天晚餐我請客，你們隨便點。」

匯鈴：「爹地，你早忘啦，媽咪是這家丘阿姨的好姐妹，那她會
　　　收您的帳？」

　　＊正說時，一個打扮得不中不西的誇張美女丘黎與她丈夫，
　　　推著臘蠋、蛋糕、香檳及乾冰擺設出來。

丘黎：「祝你高中畢業，祝你一家團員，看你當小三多日，一家
　　　分隔兩地，我都替你們乾著急。好了，現在終於有點像家
　　　的樣子了。」

如錦：「哇呀！你別鬧啦，心揚今天雖然是我們的貴賓，但他不
　　　是這一家的男主人，我們已經離婚十幾年了，一家四口有
　　　機會終於在一起吃個團圓飯，慶祝女兒畢業，大學以後就
　　　不一定了。嘿！嘿！將來誰跟誰吃團圓飯還不知道呢，不
　　　差個陳心揚，那些女人個個也捨不得離開這個男人。」

心揚：「（一臉著急）我現在除了玫瑰和你，哪有什麼女人？還
　　　花錢請美人更是沒有的事，我可以對天發誓，我真的沒對
　　　不起你們。」

微平：「我就搞不清你們這一家子，婚早幾輩子就離了，還三天
　　　兩天的這麼膩在一起，到底誰和誰是夫妻？」

丘黎：「（推他往外走）隨他去，對女人如今最夯的金玉良言，
　　　只要錢沒花在別的女人身上，有名無實總勝過外強中乾還
　　　靠女人養好吧。他家那所謂的小三該受不了吧！」

微平：「喂！難得陳心揚也在，走走再陪我打一桿，我就不相信
　　　我手感這麼差。」

　　＊心揚正出門，又給丘黎拉回來。

丘黎：「（對如錦）喊，你禮物給了沒？」

如錦：「有你們這一對夫妻攪和那還有什麼好戲唱。」

　　＊邊說邊從皮包裏拿出美麗的最華貴的最新款勞力士手錶。

如錦：「（輕輕推給心揚）你的，應得的，早就該給你，怕你太
　　　太才動完手術，受不了，吃醋。」

心揚：「（又驚又喜）這是才上市的款式！如錦，你怎麼知道我
　　　好喜歡它？」

匯鈴：「媽咪對你哪一件事不知道。」

心揚：「（已在如錦照顧下帶好）還是拿下來吧！她這幾年走下
　　　坡，捨不得看見這種奢侈品。」

如錦：「是前妻送的又不是外人，難道她希望又有別的小三
　　　送。」

心揚：「你小聲點，好像我是個吃軟飯的。」

如錦：「哎，也怪我當初太寵你了，別人都還說你命真好，娶個

什麼都能幹的老婆，卻沒想到這些反而是害了你。心揚，其實你很優秀很優秀的，我看出了你潛力，沒能好好跟你合作，反而害了你。」

心揚：「我們一起炒房地產不也賺了不少錢？」

如錦：「那是後來我們離了婚以後的事，我為什麼要急著在當年要你簽離婚證書？怕離婚手續光財產部份就便宜了下一個女人。」

微平：「你們這些在美國的老中什麼都沒學會，盡學了鑽他們的法律門道。這李玫瑰要萬一跟你離了婚，看你到時候怎麼對人交代」

如錦：「各人自有天命。」

心揚：「不談這些，我當初決定要娶她是真正被她吸引。」

匯傑：「可是她現在看起來比媽咪還老。」

心揚：「人總是會老的，今天在醫院看她那樣子……唉！」

●幾個人面面相覷，不知他肚子裏在想什麼。

心揚：「（對如錦）我們出去走走，我有話想對你說。」

●他挽著她往外走，從背影上看，果然是一對叫人稱羨的璧人。

S：四

＊餐廳的外景。有棕櫚泉的熱帶風味。

如錦：「什麼事這麼神祕？」

心揚：「玫瑰生病了，病得不輕。」

如錦：「什麼病？」

心揚：「肺癌，第三期到第四期之間。出來的時候，醫生特別跟我談了一下。」

如錦：「趕快動手術來得及嗎？」

心揚：「未知數，失敗的例子倒不少。」

如錦：「什麼時候開刀？」

心揚：「我已經跟醫生說越快越好，但是她不肯。她下月在賭城還要舉行全美華人模特兒大賽，開了刀就沒體力管那麼多事。」

如錦：「真愛出風頭，忙成這樣，怎麼有時間照顧你？」

心揚：「算了，我不指望她給我增加更多麻煩就好了。」

如錦：「（想了一下）心揚，你上回跟我提到她想離婚的事，有沒有再說過？」

心揚：「沒，我估計她當時也是氣話，看我三不五時老是跟你在一起，心中不是滋味。」

如錦：「她要有本領，要她出資呀！要她發掘你的長處呀！我在夏威夷那麼多的房地產，沒一兩個可靠的貼心人幫忙管管帳，那誰能放心？讓她丈夫平白有一分收入，還不夠好！」

心揚：「她並不領情，她說清菜白飯她喝得舒服，沒雜質。」

如錦：「（冷笑一下）你喜歡這種天天清菜白飯的日子嗎？」

心揚：「別說這些了，我跟她畢竟也是十幾年的夫妻。」

如錦：「十幾年的夫妻又怎麼樣？說要把我送到美國來就送來，我一個人帶兩個孩子，又住在這鳥不生蛋的海邊，這生活

　　　　的滋味你能想像得到嗎？」

心揚：「所以……所以我想……彌補。」

如錦：「（意味深長地看他一眼）享齊人之福？哎，這是什麼世
　　　　道，怎麼會出現你們這些男不男女不女的人呀！（剛好發
　　　　現對方在打量新手錶……）」

（回憶當年她如何帶兩個小孩匆忙上學的狼狽模樣。）

＊淡出。

　　S：五

　　車半天才停妥，心揚好不容易打開車門，又好不容易關上車
門，拿出最高級的煙具。不點煙。無語的望向天空。又將那所費
不貲的煙具向遠處丟去。

　　S：六

　　心揚上了車，再度掉轉車頭，向反方向衝去。

　　S：七

　　＊一棟豪華大公寓，如錦身著最高級的家居服前來開門。

心揚：「這麼晚了，還穿成這樣，要給誰看？」

如錦：「當然是你，我知道你要來。」

心揚：「要來幹什麼？」

如錦：「不是被你殺，就是我殺掉你，但是你不可能殺我，這裏
　　　　有一半的財產是你們的。」
心揚：「為什麼？」
如錦：「你是孩子的監護人，我死了財產就由你自動接受監
　　　　護。」
心揚：「要是我沒死呢？」
如錦：「很難講，意外和明天誰也不知道誰先到。」
心揚：「要是我陳心揚看房子好，搶先一步買呢？」
如錦：「你連房地貸款都快出不起，怎買？」
心揚：「李玫瑰有名氣，銀行會相信她，會給她信用。」

＊如錦一副刮目細相看的樣子。

如錦：「（非常謹慎）肥水不落外人田，你聽過這句話嗎？」
心揚：「看你用在何處。」
如錦：「我們的孩子都姓陳，將來這些資產都也是他們的，孩子
　　　　無辜，何況我們沒鬧離婚時，他還不知道自己在哪個女人
　　　　肚子裏頭呢！哎！說這些也沒多大意義，肺癌第四期的存
　　　　活也是有很多奇蹟，玫瑰不是破壞我家的唯一女人，我從
　　　　沒有恨過她，要恨只能恨自己眼光短小，在那樣五光十色
　　　　氣氛中被她緊緊扣住，硬說成她是咱們之間的小三。」
心揚：「假如由醫生的判斷，她活不到三到六個月，小路總是我
　　　　的骨肉，你能視如己出，善待他嗎？」
如錦：「孩子無辜，我會視如己出。」

＊心揚放心不少，放下對方手，幾乎一個跟蹌地差點摔了一跤。

如錦：「你要緊嗎？要不要送你去醫院？」

心揚：「（不得不扶住她）告訴我，這兩年我們之間的關係為什麼可以改善？為什麼可以如此和諧？」

如錦：「第一，我們已經不是夫妻，我們是朋友，說不下去的話等以後可以慢慢再說。第二，情愛已經變了質，女人的心態早就慢慢改變。從前男人是天，是說一不二的。男人到手呢，要爭家庭主權，出門要爭門面勢力，等到什麼都有了，自己的男人也不比其他可爭的東西有趣（好笑）。有時候一點點小恩惠，已經把男人輕而易舉的勾上（大笑一聲）。」

心揚：「你也把我們男人說得太過分了吧！」

如錦：「是我們女人的咎由自取。有了勢力就開始覺得胳膊旁少了點甚，也老覺得自己身邊人少了點什麼，風度氣質不夠，談吐內容又缺內涵，總而言之，幾個女人聊起男人真是每下愈況，還不如自己找幾個朋友談珠寶開心些。但是如果身上掛的珠寶是塊金雕玉琢的男人，那就更令人羨慕了。」

心揚：「所以，你們就常把我當成茶餘飯後的談話材料了。」

如錦：「有什麼不好，這種富貴雙全的命多少人求還求不到。」

心揚：「有人來跟你求嗎？」

如錦：「多的是，沒看上也不放心。」

心揚：「我怎麼樣？」

如錦：「你是為了我們以前努力的財產？還是真想吃吃軟飯？」

心揚：「夫妻兩人總要有一個在家吃軟飯吧，何況我並不想孩子改了姓。」

如錦：「你想腳踏兩條船？」

心揚：「你也不在乎是不是？這些年你最愛的就是錢錢錢，我們如此合作於情於理，誰也沒吃虧。你拿你的錢，我拿我的情。」

如錦：「你的情就是李玫瑰？」

心揚：「（不懷好意笑笑）那倒是不一定，我也不是個沒良心的人，一切等她事情告一段落再說。」

如錦：「（咬牙切齒）你呀！陳心揚！我真沒想到這世界上真有你們這種卑鄙無恥到極點的男人，我詛咒你不會有好下場的。」

心揚：「我下場好不好對你已經沒什麼關係，頂多就是錢錢錢而已，那些滿嘴仁義的情聖，有幾個死了老婆終生守節的？哼！」

S：八

＊陳心揚的家，心揚開了一輛舊的[奔馳]衝東貫西無理的進來，發現餐桌有雞腿，菜早已涼透。

心揚：「（連吐兩口）什麼時候煮的！像牛皮，妳明知道我今天不會回來吃晚飯，何必還費這番苦心。」

＊玫瑰正狠狠地整理一床一地一枕頭的烏黑亂絲。她散亂的頭髮與床上她美麗的倩影成強烈的對比。披頭散髮，顯然化療已起了作用，滿床像魔鬼法絲，頭上也東禿西禿的幾大片光亮，讓心揚及自己有一大段時間無法適應，也不知如何反應的怔著發愣。

玫瑰：「（發作）夠了吧！你們現在看夠了吧！這才是我的真面
　　　目，你現在後悔還來得及。你去找莊如錦呀！拉了皮，美
　　　了容，割個雙眼皮，再加個微整型，頭上再植幾根金髮
　　　絲，啊哼，走到那別人還以為你陳心揚又有新辦法，連金
　　　絲貓都釣得上手。」

心揚：「（是真的痛心）玫瑰，快不要這麼說。我知道人人都會
　　　老，只不過我沒想到自己一心呵護的玫瑰老了、病了，會
　　　變得我完全不認得的人。」

玫瑰：「看見了真相，你現在打算怎麼辦？」

心揚：「我要好好想一想，為你，為我，也為我倆的將來，我們
　　　一定要想一個兩全其美的辦法。玫瑰，其實我壓力好重
　　　好重的，我幾個月沒收入，地產生意就算夏威夷，還叫
　　　東岸的大陸客搶破了頭，如錦建議我去幫她忙，她負責買
　　　賣，我負責管責管帳。我還沒細想，想先跟你商量才做決
　　　定。」

玫瑰：「我不去，人生地不熟，另起爐灶太累，何況我這身體，
　　　醫生不會允許的。」

心揚：「但如果我一個人去，留下這一棟房子讓你一個人住我也
　　　不放心」

玫瑰：「（火上來）原來你虛情假意了半天，就是為了這一棟還
　　　可以讓我有個安身立命的房子！陳心揚，你這心腸到底是
　　　怎麼長的？莊如錦的主意嗎？這恩惠跟她有什麼關係？我
　　　告訴你，我李玫瑰三個字就算在外國路邊攤畫布料，簽字
　　　還可以有個溫飽，我今天若沒嫁給你，我李玫瑰還怕沒人
　　　要？」

心揚：「（安撫）說到哪兒去了，我不是在為我們的未來想一條你好我也好的路子嗎？你有名氣，莊如錦有手法，對外不說，你們合作弄個項目出來。你先把這房子上的名子讓給我，算是投資，以後你仍然是我太太，終身可以住這房子。」

＊玫瑰順手拿起一個水晶煙灰缸丟去，心揚閃開急奔逃走。口中還不住的罵：「你瘋了，你瘋了！你們女人都是瘋子。」

＊玫瑰還想追出去打，一輛汽車急速開來，跳下了莊如錦，兩個女人同仇敵愾，但一切似乎已經來不及，心揚在逃跑途中撞到巨大的障礙物，影響他越來越不能穩定走路，他頭破血流慢慢倒下地。

＊兩個女人衝過去，本還想踢他打他。但發現心揚忽然慢慢舉起手，舉起手指向高樓大廈中間的天空。

＊他心不甘情不願的吐出最後一口氣。

＊靜悄悄的月光下，李玫瑰無聲的哭著，如錦哈哈慘笑，陪伴著連自己也不明白為什麼慘劇會比明天先來的陳心揚。

——劇終——

漫談

龍年談龍

◆何念丹

中國龍文化

　　龍是傳說中的一種神異動物，被視為至尊至貴的象徵。古人將龍的稱謂分為幾類：有鱗曰「蛟龍」，有翼曰「應龍」，有角曰「虯龍」，無角曰「螭龍」，未升天曰「蟠龍」。還有一種說法是有兩角為「龍」，獨角為「蛟」，無角為「螭」，無足為「蠋」。中國傳統文化中，龍的形象是牛頭、鹿角、蛇身、魚鱗、鳳爪。還有一種說法，龍形有九似：頭似駝，角似鹿，眼似鬼，耳似牛，項似蛇，腹似蜃，鱗似鯉，爪似鷹，掌似虎，背有八十一鱗，具九九陽數。聲如銅盤，口有鬚髯，頷有明珠，喉有逆鱗。頭有博山，又名尺木，龍無尺木不能升天。呵氣成雲，既能變水，又能變火。

　　傳說中國上古時代的女皇女媧「蛇身人首，一日七十變。煉五色石以補蒼天，斷鼇足以立四極，殺黑龍以濟冀州，積蘆灰以止淫水。」中國人始祖伏羲、女媧，皆龍身人首（或蛇身人首），被稱為「龍祖」。華夏民族的先祖炎帝、黃帝，和龍都有密切的關係，「黃帝龍軒轅氏龍圖出河」，炎帝神農氏為其母感

應「神龍首」而生，炎帝死後化為赤龍，因而中國人自稱為「龍的傳人」。《山海經》記載，夏後啟、蓐收、句芒等都「乘兩龍」。另有「顓頊乘龍至四海」，「帝嚳春夏乘龍」等傳說。

《禮記・禮運》中說：「麟、鳳、龜、龍，謂之四靈。」傳說龍能隱能顯，春風時登天，秋風時潛淵，又能興雲致雨。龍也是中國帝制時期的皇帝象徵物，皇帝自稱為真龍天子，皇宮使用器物也以龍為裝飾。唐代詩人李白寫詩：「赤龍登天，白日生光。」赤龍指的就是漢高祖劉邦。清朝皇帝使用五爪的龍作為皇家飾物或黃袍上的刺繡，其他大臣及皇族只能用四爪的龍又稱蟒。龍被中國先民普遍尊崇，作為祖神敬奉。臺灣的許多廟宇皆有四爪龍的雕像或畫像。

佛教與道教中的龍

佛教文化中，龍是佛教的護法神之一。《舍利弗請問經》記載「天龍八部」包括：天神、龍神、飛空鬼神夜叉、音樂神、阿修羅魔神、金翅鳥、歌神、大蟒神。這八部神眾以天、龍為首，故稱作「天龍八部」，也叫作「龍神八部」或「八部眾」。佛經另外有記載「八部鬼眾」，是指四大天王所統領的八種鬼神，其中就有「龍」。不論是「天龍八部」或「八部鬼眾」，龍都是以水族至尊的身分來擔任佛教護法神的。佛經中說龍部有一百八十五個龍王，興雲佈雨為眾生降雨消旱，其中又有「八大龍王」本領特別大。雲岡石窟繪有八條龍，可能就是指「八大龍王」。河南洛陽的龍門石窟，有北魏時期的壁雕乘龍天女遨遊雲端。

道教張天師左有十二青龍，右有二十四白虎，前有三十六朱雀，後有七十二玄武。風水地理將天文星象中的青龍、白虎、朱

雀、玄武相對應，決定風水龍脈好壞。青龍或稱蒼龍，是天文二十八星宿中東方七宿的總稱。

畫龍點睛的傳說

張僧繇，梁武帝蕭衍時期的名畫家，吳中（今江蘇蘇州）人，生卒年不詳。有一年，張僧繇在金陵（南京）安樂寺的牆壁上畫了四條白龍。這些龍畫得維妙維肖，栩栩如生，好像活的一樣。遊人紛紛前來觀看，讚不絕口。但是，大家覺得美中不足的是，這四條龍都沒畫上眼睛。於是，大家請求張僧繇把龍眼睛點上。張僧繇說：「如果畫上眼睛，龍就會飛走的！」人們認為很荒唐，根本不相信，就一再要求他給龍點睛。他推辭不下只好揮舞畫筆，把其中兩條龍的眼睛畫上。剛剛畫完，只見雷鳴電閃，風雨交加，兩條巨龍撞毀牆壁，騰雲駕霧，凌空而起，飛向天空去了。沒有畫上眼睛的那兩條龍，依然留在牆壁上。於是後來「畫龍點睛」這個成語用來比喻講話或寫文章畫畫時，一兩句關鍵的話（畫）會使它們立刻生動起來。

符釘降服龍畫

華南寺壁畫上有龍，隋朝的時候寺院附近壽龍潭飛出兩條真龍來和畫上的龍鬥法，風雨大作，沸沸揚揚。道士丁玄真畫了鐵符，二龍穿山飛去，可是那畫龍還在。丁玄真怒了：「這是誰畫的龍？都畫成仙了。」和尚說：「是張僧繇大人啊！」丁玄真更怒：「畫就畫，點眼睛幹嘛？」拿了兩個鐵釘釘入壁畫龍眼，終於把畫龍收服了。

吳道子畫龍

唐玄宗時代的吳道子畫技傳神。他曾經在宮殿中的大同殿上畫了五條龍,「麟甲飛動,每欲大雨,即生煙霧。」真是生龍活現。《天王送子圖》中也有龍畫。唐代佛教、道教都十分流行,宗教藝術也有長足的發展。吳道子在東、西兩京寺觀作壁畫。西京興唐寺禦注金剛經院、慈恩寺塔前面文殊,普賢及西面降魔盤龍,景公寺地獄帝釋龍神。

葉公好龍

葉公姓沈名諸梁,字子高,是春秋末年孔子時代的楚國人。初為楚國葉城(今河南葉縣南)的縣尹,晚年為令尹兼司馬,集楚國軍政大權於一身。他領兵駐紮河南信陽時曾經解救過孔子的陳蔡之困。葉公很喜歡龍,經常說龍。有一天,天龍出現在他家「窺頭於牖,施尾於堂。葉公見之,棄而還走,失其魂魄,五色無主。」因此成語稱一個人說話言過其實,心口不一是「葉公好龍」。

孔子比喻老子是龍

孔子帶著弟子去洛陽拜訪老子李耳,卻當著弟子的面被老子消遣了一頓。孔子出來之後跟他的弟子說:「鳥,吾知其能飛;魚,吾知其能游;獸,吾知其能走。走者可以為罔,游者可以為綸,飛者可以為矰(音增,箭也)。至於龍,吾不能知其乘風雲而上天。吾今日見老子,其猶龍邪!」孔子說鳥、獸、魚蟲會

飛、會跑、會游，但人們都有辦法逮住它，只有龍「乘風雲而上天」，是不可捕捉之物。龍變幻莫測，所以孔子推崇老子，將他比喻為天上的龍。

《易經》第一卦講「乾為天」，擬象於龍，也就是「乾龍」。乾卦六爻從下頭數起都是陽爻，第五爻「飛龍在天」，位得中正，是最佳的爻，我們稱它叫「九五」，皇帝稱「九五之尊」。但物極必反，到第六爻「亢龍有悔」，就不好了。

龍生九子

山東泗城市西南有座鳳凰山，山下有座孔子廟，廟前平地，人稱曬書場。傳說當年孔子周遊列國，在鳳凰山下遇到湍急的河水無法過河。龍的第六個兒子贔屭及時現身，馱著孔子師生過河，途中不慎書冊落水，弟子們將書冊打撈上岸，攤在此晾曬乾。孔子應弟子要求，跟弟子們述說龍生九子的由來。像烏龜的贔屭喜歡負重，夏代以前它常馱著山嶽到江河湖海裏興風作浪，大禹治水時將他降服，罰它馱碑思過。龍的其他八子按順序是：老大嘲風，喜歡冒險。老二睚眥，生性兇殘。老三螭吻，喜歡遠望。老四趴夏，喜歡玩水。老五蒲牢，喜歡鳴叫。老七囚牛，喜歡音樂。老八狻猊，喜歡煙火。老九椒圖，喜歡閉目養神。也有一說，第九子是饕餮，喜歡貪吃。清朝末年孔子廟和那座贔屭馱碑一起毀於戰火。

鯉躍龍門

　　《尚書‧禹貢》中有大禹治水，導河積石至於龍門的說法。山西省河津縣城西北十二公里的黃河峽谷中的龍門，今稱禹門口。黃河流經此間奔騰飛竄而下，非常壯觀。每年晚春三月時，就有黃色鯉魚自海及各大河川爭著來到龍門。鯉魚只要逆流而躍上龍門，立刻就有雲雨圍繞著，同時天降大火從後面燒掉它的尾巴，馬上就變化成一條神龍了。跳不過的仍為凡魚。因此成語有「一登龍門，身價百倍」的說法。

　　唐代的舉子只要考中進士或入朝昇官時，都要大張筵席慶賀，其中的一道菜是燒鯉魚，而這種宴會就被稱為「燒尾」。後人稱中了進士也叫「燒尾」。李白贈崔侍禦詩：「黃河三尺鯉，本在孟津居，點額不成龍，歸來伴凡魚。」

龍年吉祥

　　二○一二年是壬辰龍年，這幾年經濟蕭條，災害頻傳，有志又有才的人都只能「龍困淺灘」。龍年的到來，正是「龍抬頭」，人們都對龍年抱以無比的歡欣期望。新的一年全家人要「生龍活虎」打起「龍馬精神」，不要再「臥虎藏龍」。出門先對著天公「龍吟虎嘯」舒解過去鬱悶之氣，再邁開「龍行虎步」。生意人在商場上「龍飛鳳舞」。官員公僕「龍飛九霄」連昇三級。夫妻之間「龍鳳呈祥」。父母「望子成龍」，注意別讓孩子與壞朋友「龍蛇雜處」，更希望子女升學都能「鯉躍龍門」，成為「人中龍鳳」。作丈夫的要多體貼妻子，不要「神龍見首不見尾」天天在外面「遊龍戲鳳」。有緣人「攀龍附鳳」找

個「乘龍快婿」結成親家。朋友之間若有誤會，要將事情的「來龍去脈」說清楚，不要為小事傷和氣。美女帥哥作公關要「宛若遊龍」機伶一些，如此一來老闆「龍顏大悅」就會為妳加薪。年輕人拼事業，眼光高遠「龍驤虎視」，身懷「屠龍之技」，立志勇闖「龍潭虎穴」。書畫藝術家「筆走龍蛇」，更加精進。初進社會的人找到「龍眉鳳目」的貴人相助就可以「一登龍門，身價百倍。」在群體中要守紀律，避免「群龍無首」。頤養天年的人要守住「龍蟠虎踞」之氣勢，免得「龍疲虎困」。總之，二〇一二年龍年「飛龍在天」，「祥龍獻瑞」時機大好，關鍵處要能「畫龍點睛」就一定能成就一番功業。

美國歷史上的一日總統

◆周友漁

　　二〇一二年喧騰一時的美國總統選舉，終於在十一月6日午夜落幕。美國總統的趣事很多，但是有人只當過一天總統的事，卻很少人知道。

　　美國社會經常有「一日校長」、「一日議員」、「一日警察局長」等等，這些「校長」或「議員」、「局長」通常都是由學生擔任，是社會教育或議員公關的一部分。但有時也會有議員去擔任「一日校長」的，例如紐約市議員，現任的市主計長劉醇逸（John Liu）就擔任過類似的「職務」。

　　當然，這些「校長」、「議員」或「局長」「在職」時，真正的校長或議員仍在執行職務。

　　但是美國歷史上，卻有真正只擔任過一日總統的，那是一八四九年三月四日的密蘇里州聯邦參議員阿奇生（David Rice Atchison）。

　　美國總統就職的日期是一月二十日，但是當時的背景是，美國總統就職的日期是憲法規定的三月四日正午，但波克（James Polk）總統的任期屆滿的那天適逢禮拜天，繼任的泰勒總統（Zachery Taylor）拒絕在安息日就職。總統當選人不宣誓就職，副總統當選人費爾默（Millard Fillmore）當然也不便和不能就

職，於是就出現了「國不可一日無君」的現象。

　　根據當時的美國憲法，參議院臨時議長（president pro-tem-pore）是在總統不能視事時，僅於副總統順位的繼任人。既然副總統也一時出缺，於是阿奇生順理成章地成了總統。雖然只有一天，但也是歷史的一章。

　　不過阿奇生的一日總統也有爭議，因為他的參議員任期到三月三日就屆滿了，而且他也沒有在當選連任後於禮拜天宣誓就職，因此是不具法律效果的。

　　不僅如此，還有人認為，依照美國當時的憲法，在總統或副總統死亡或任何理由之下出缺時，國會有權任命任何人擔任總統或副總統，而阿奇生當時的情況應該只是代理總統（Acting President），不應是正式的總統。

　　不過無論如何，阿奇生堅持自己是正式的總統。在他的一日總統任期內，沒有交接儀式，沒有發表就職演說，也無任何命令和檔需要他簽署，沒有機會任免任何文武官員，甚至沒有總統辦公室和總統幕僚，當然也是沒有絲毫政績可言的。不過當時也無國內外的大事讓他處理，他的一日總統就在他大部分時間在家裏睡覺，和全國「一片昇平」聲中「圓滿」到期。

　　這和現今的情形完全不同，一九八一年初雷根總統遇刺手術時，副總統布希不在華府，國務卿海格徑自宣佈由他接掌（I am in charge），引起了憲法之爭。直到布希坐飛機趕回華府，才解決這一「憲法危機」。

　　雖然很少人知道他當過一日總統，甚至對他的總統稱謂都還有爭議，美國官方文件中也無此記錄，但他本人一生中最得意的，就是他的「一日總統」。

　　阿奇生自幼聰穎過人，十四歲就進了大學，一八四三年十

月，他三十九歲時，經密蘇里州長指派為聯邦參議員，替補去世的林恩（Lewis F. Linn），由於表現特出，深得民主黨同僚的好感，兩年後（一八四五年十二月）正式當選，並被選為參議院臨時議長，權傾一時。在擔任「一日總統」時，他只有四十一歲半，比美國最年輕的總統老羅斯福，以副總通身分繼任總統時還小幾個月（甘迺迪是最年輕的總統當選人）。

阿奇生於一八八六年一月二十六日去世，墓碑上刻著的是：「President of the United States for One Day, Sunday Mar. 4, 1849.」

美國總統卸任後都有政府認可的總統圖書館，阿奇生卻無此幸運。即使有，也無任何檔和資料可供收藏用作研究。但是在密蘇里州的堪薩斯市，有人於二〇〇六年二月設立了一座紀念他的私人總統圖書館，名稱是Atchison County Historical Museum in Atchison, Kansas。這應該是美國「最小的總統圖書館」。

其實美國總統的就職日期和地點都改變過，第一任總統華盛頓是一七八九年四月三十日在紐約曼哈坦，現在華爾街證券交易所對面的聯邦廳（Federal Hall）舉行，華盛頓第二任和亞當斯就職時，就改到美國當時的首都費城國會舉行了。

聯邦廳現在由國家公園局管理，門前有華盛頓的巨像，又在牽動世界股票市場的證券交易所對面，遊人如織。

早期把總統就職日期定在選舉四個月之後，是因為當年既無電腦計票，又無電訊傳送消息，而且總統當選人組閣和閣員也需要時間到華盛頓集中。

到了一九三七年美國憲法第二十條修正案，才把總統就職日期定為一月二十日正午。雖然憲法先後規定總統就職的日期是三月四日和一月二十日，但也非絕對沒有例外。事實上在「一日總統」之前，門羅總統（James Monroe）是在一八二一年三月五日

宣誓，海斯總統（Rutherford Hayes）先在一八七七年三月三日私下宣誓，然後在三月五日舉行公開儀式，威爾遜總統一九一七年三月五日，艾森豪、雷根都是在一月二十一日舉行公開的就職典禮，不過這些都未造成美國政令的真空。

　　由副總統繼任總統，宣誓的日期和地點則因時空而不同，而且往往沒有任何儀式。例如老羅斯福是一九〇一年九月十四日在紐約州水牛城宣誓，柯立芝一九二三年八月三日在佛蒙特普列矛斯他父親的家裏宣誓。詹森是在甘迺迪遇刺後，於一九六三年十一月二十二日從德州回到華府的飛機上宣誓。

　　歷經多次的修改憲法，美國總統的繼任次序已有明文的規定，參議院臨時議長在總統繼任次序上已無作用，「一日總統」的現象已不可能再現。

誘人的書名

◆古冬

　　無意中看到，十多年前出版的拙著《鮮河豚與松阪牛》仍然保留在天空部落格上。不過這個發現並沒有給我帶來歡欣，反而令我愧疚不已。一位讀者在微博中懊惱的說，他不喜歡這本書，深悔自己失察，一時衝動郵購了它。因為他買書的目的，只為「看看作者如何用文字來品味佳餚」，誰知「作者對此書所定的旨趣本不在於『吃』這件事」，於是大呼「被書名騙了，弄得賠了心情又損了荷包。」萬萬想不到，在讀者心目中，我竟然是個騙子！還多虧先生厚道，先禮而後兵，一開始就美言「內文並不差，作者文筆也不賴」，否則我真要找個窟窿去躲了！

　　但是話說回來，我們究竟有沒有欺騙讀者呢？我想，誤導或有，欺騙就不至。書市不振，特別是文學作品，乏人問津，而出版商也是商，書籍一旦被擺放在書架上，就成了商品，商人為了避免血本無歸，不得不想方設法，對這些「商品」作些必要的處理，以激盪顧客的感官，誘發他們的好奇心和購買慾。或悉心包裝，竭力把書編印得華麗奪目一些，或語不驚人誓不休，務要給新出品起個別出心裁的名字，都是常見的做法。其實，《鮮河豚與松阪牛》這個書名我也不喜歡，但出版社多次勞師動眾，老遠從北加跑到南加，在瀏覽了不少名家大作之後，偏偏相中我這個

小冊子，作為他們創業的產品之一，我高興都來不及，哪裏還敢對書名提出異議呢？

我與吹打堅合著的新書《首位縱橫華爾街的華人核子博士：我在所羅門兄弟的歲月》，也不例外。出版商為突顯主人公是「首位華人核子博士」，結果書名給弄成布疋般長，主賓不分，不知哪一句才是正題，甚至連上網都不容易查到它的蹤跡。彷彿尋找失蹤的孩子似的，導題、副題、全名都找過了，俱不見書影，後來輸入《我在所羅門兄弟的歲月》，才跳出來。

怎樣才算一個好書名呢？原以為，有含義，有概括力、張力和吸引力，不論故弄玄虛也好，一語道破也好，都能起個畫龍點睛或錦上添花作用的，便已不錯。誰知遠遠不夠，你還必須有生意眼，懂得標新立異，會掮情……

除了內容和書名之外，書商同樣重視封面的設計。年前出版的拙著散文集《百味紛陳》，說的是人生百味，此名理無不當，不料封面給繪上一盤誘人的豆腐，和一顆鮮綠的白菜，粗心的人驟眼一看，多以為是本食譜。我理解出版社的苦心，因為當今流行飲食文化，提起吃就令人眉飛色舞，講吃的書籍自然最受歡迎。然而這麼一來，不就有魚目混珠之嫌了嗎？我提出意見，老編的解釋無可辯駁：這個封面曾引起出版社一些同事的好奇，詢問裏面寫些什麼，要是換個文藝性的設計，恐怕他們就沒有這份興致了！

為了救市，盡量在書名和封面上淡化文學色彩甚至去文學，好給人一個較易接近的錯覺，相信也是書商手中最後一帖單方了。

搞出版社，在字裏行間討生活，真難！而被夾在讀者、編輯與出版商之間的小作家，活像包子裏的菜餡，要出人頭地，更難！

作者簡介：古冬，本名張哀平。先後修讀新聞與商管。著
　　　　　有散文集《浪花集》、《迷茫的東瀛》等七
　　　　　種。近著《百味紛陳》獲大陸全國文學藝術大
　　　　　獎賽金獎。洛城作協監事。

立似美人扇之君子蘭

◆小郎

「立似美人扇，散如鳳開屏。」

這是形容君子蘭高潔、風雅的詩句。君子蘭雖然名字中有個「蘭」字，但它並非蘭科植物，實際上屬「石蒜科」，由於它兩邊寬厚長葉挺生，如大鵬展翅，亦如劍狀，所以別名又叫「劍葉石蒜」或「箭葉石蒜」，也有人叫它「達木蘭」。

君子蘭株形端莊，四季常青如謙謙君子，色彩鮮艷秀美，姿容如婀娜少女，深受人們喜愛。

物以稀為貴，記得二十多年前，我還在大陸工廠管理材料時，一位年青的車間主任，也是我們在部隊時戰友的兒子，花了整整一個月工資，在我手上買了一臺小電動機回家。在那電器產品還很少進入家庭的年代，我那愛管閒事的個性，細問買那電動機派啥用場，才知他父親花了很多錢，從遙遠的東北買回了一棵「君子蘭」幼苗。「君子蘭」不耐寒，所以他動腦筋設計建一個小小的溫室，使花苗能在恆溫下茁壯生長，讓父母在自己家裏能欣賞「君子蘭」千姿百態的姿容。

戰友熱愛生活，戰友兒子如此理解孝順父母，使我深受感動。後來，他們父子精心栽培和呵護的「君子蘭」果然不辜負主人的厚愛，年年花團錦簇，真叫人愛不釋手。我常到他們家串

門，自然沾光，飽足了眼福。

我剛到美國那些年，不會開車，也很忙，很少光顧公園、花圃，幾乎沒有見到我也酷愛的「君子蘭」。身居大洋彼岸，常常在夢中浮現出戰友父子買花、種花、護花、我也在其中賞花的情景。

老伴一生大部分時間都打兩份工，但他常擠時間種花養魚、讀書看報調劑生活，由於四十幾年前買房子的時候，主要是解決十幾口人的住所和孩子們就近入學，幾乎沒有前院和後院，他只好發展盆栽。現在家裏各種蘭花好幾十盆。

老伴一生淡薄塵世名利地位，尤其退休之後，沒有了工作的繁忙和壓力，多出來大把的時間，蒔花弄草，親近大自然，已成為他無窮的樂趣。他每天除看書報寫作外，常陶醉在那「花花世界」裏。八十幾歲高齡，仍精神飽滿，身心健康，讓同齡人欽羨不已。

物換星移，現在「君子蘭」已是名花，二○一一年三月在第七屆中國長春「君子蘭」節拍賣會上，被評為十大花魁的君子蘭，現場拍賣出二十萬、三十萬、五十五萬、七十五萬、八十萬幾盆後，一盆命名為「東方明珠君子蘭0號」，以一百萬元一錘定音，榮獲冠軍。按那盆「君子蘭」的買家張天先生的話說，他會將那光彩照人「東方明珠君子蘭0號」的花芽、花籽培養出更多更新的品種，每年光賣花芽就可收回十萬八萬，對他來說「東方明珠0號君子蘭」簡直就是一隻生「金蛋」的雞。

君子蘭現在是長春市市花，已有五個面積超過二十五萬平方米的大型產業園區，二十七個生產基地，五萬多養蘭人，一億五千萬株養植量，年產量達到了三十五億。

人說少年夫妻老來伴，毓超平時不會花言巧語，但他很有

愛心，他知道我對「君子蘭」特別鍾愛，不僅是因花兒美，還聯繫著對大洋彼岸摯友的思念，所以特別用心栽種，年年有兩三盆「君子蘭」奮力向上吐蕾、開花，青翠的盆景世界裏，點綴著如此一球球高貴優雅，色澤艷麗的花朵，真是美極了。有時他還摘下幾支，插入瓶中，放在書桌上，伴我在書海中尋寶。花不僅有生命，也是有語言的，老伴親手培育的「君子蘭」雖不如長春名花那麼值錢，但他那麼重視我，深愛我金子般的心，是無價的。值得終身珍惜。

　　「君子蘭」很美，在洛杉磯不太難生長，文友們如果喜歡，相信一定會栽種成功，為幸福生活「錦上添花」。

　　　作者簡介：小郎，本名郎太碧，曾任洛城作協秘書長，現
　　　　　　　　為理事，海外華文女作家協會、美國德維文學
　　　　　　　　協會永久會員。

心存感激，生活更美

◆何健行

　　當這本作協文集面世之時，想必是適逢十一月末感恩節前後，因而也撩起我想起感恩的話題來。

　　對感恩的看法，當然各有不同，就我個人來說，我想當二百多年前美利堅的開拓者們，乘著五月花帆船到達美洲大陸，在茫茫驚恐之際，得到土著給他們一些耕種種子，以做生計，於是開始耕作為生，漸漸的扎起根來，展開另一個新生活環境，從此他們便訂下這個節日，用以紀念感恩之意，相延至今。

　　今日，我們來到斯土，前人經已為我們制出了平等憲法，保障在法律之前人人平等，可為自己目的而生活，開闢了康莊縱橫的大道，讓我們可以風馳電掣從心所欲；建造了各項生活所需的工程，讓我們享用；設定了老吾老以及人之老，幼吾幼以及人之幼的福利制度，來保障我們的生、育、老、病，使我們不致孤苦無助。以及樹立了優良的學院學校，為年輕人奠下成就美夢的基本知識、技倆，讓大家去發展創造。這些這些試問一句：「夫復何求？」

　　為了要延續和弘揚這種近乎烏托邦的美好環境，我們第一個念頭就是該如何回饋，也就是感恩的回報。

　　心存回饋，可以隨時隨地做起，比如劉先主所說：勿以善

小而不為。例如講究公德，愛護公物，遵守公共秩序等做起，繼而進入大社會裏，服膺公民義務，如選舉投票，參加鄰里守望相助；能力所及，不迴避擔當陪審團，義工義警，而至當然的守法，繳稅。和合左鄰右里，儘量保持街坊和諧整潔的風氣，有道是敬人者人恒敬之，也就是一種合群的感恩之道。

美國有一個長者協會名為AARP，凡五十歲以上的人士都可以加入，協會的守則是「To serve not to be served」，意思是「願為人役，而非役人」這個宗旨近乎甘乃迪的名句：要問你為國家做了些什麼，而不是問政府為你做什麼？AARP現在已有洛杉磯華人分會，不妨去流覽一下。

有人這樣說過：上車祈禱，下車感恩。此中不無富含生活哲理。當然，有人或許整日怨天尤人凡事挑剔，處處不滿，像整個世界欠他什麼似的，例如怪責政府是何等窮奢，去年便耗去一兆億作為扶貧福利！可是有沒有想過目前靠政府支助過活的人口，已占全美百分之五十餘比例，連怪責者的本身也許是受惠者之一，因而雖然面臨全球金融海嘯，也令致美國安然無恙，浴火重生。這種一葉障目，不見泰山的看法，豈是感恩？何不從別個角度去看事物？

常言道：心中有愛，世界更美，凡事感恩，生命更樂！你說對嗎？

作者簡介：何健行，著名政論家，老報人，也是海外忠心愛國的媒體耕耘者，社區活動推行者，現為全美最大退休人協會華人分會秘書長。

享受睡懶覺

◆張五星

在我自小受到的傳統教育中，早起床是與勤奮、上進劃等號的。而睡懶覺則浪費時光，損害身體，空耗生命，是一種頹廢、墮落的生活方式。我沒有睡懶覺的習慣。

偏偏婚後的妻子，卻是一位睡懶覺的「超人」。在她的理念中，睡懶覺才是享受人生的最好方式。能一覺睡到自然醒，有條件再賴到願意起，才是神仙過的日子。

她睡懶覺成癮，業績也讓人瞠目，似乎已可申報吉尼斯記錄：一是資歷長，自小到大，從不間斷；二是功夫深，節假日或沒事時，早上被太陽曬醒後，仍能不吃不喝，躺到「日落西山紅霞飛」！

每天早上睡醒，她都儘量地滯留在床上，醉也似地躺著。有時眼睛半睜半閉，凝視著天花板，像是研究房子的構造；有時似睜似閉，神情專注，像是靜等著聽繡花針落下地的聲音；有時側臥床頭，看著窗外，似乎是不屑鄰居早起的無謂匆忙；有時靠倆枕頭，若有所思，似乎有想不完的心事；有時緊閉的雙眼突然睜開，笑我誤以為她在沉睡；有時伸伸懶腰、蹬蹬腿，就算是被窩裏耍拳，做了運動；有時儘管肚子餓的饑腸碌碌，也一忍再忍，委屈胃一個，幸福全心身；有時儘管有事等著要辦，她也淡然若

定，大敵臨陣心不驚，能多賴一分鐘，不少躺六十秒。

為了尊重她的人格，以下「睡懶覺」一詞，一概以「遲起」代替。

早些年，我曾試圖改造她這遲起的習慣。頭天晚上，先給她講了一通早起鍛煉的好處。清晨連哄帶拽，把她推到門外，沒走幾步，就連呼太辛苦，堅決要重鑽熱被窩，享受那給個省長也不換的「黎明覺」。此後，任憑我把早起的好處說的天花亂墜，她也不為所動。那樣子，就是早上門口有個大元寶，她也要睡到中午才去撿。在我讓她早起，她偏要多躺的較勁中，經過多次反覆，我終於無計可施。「星星還是那個星星」，金平還是那個金平，繼家中大小事拍板權的喪失，我又一次服輸了。

幾十年的磨合，我逐漸習慣了她的遲起，磨煉出了等的耐性。有一年，我們給新房買飾品。早飯後，到了商城還挺高興。平日很難泊車的地面停車場，竟有不少空位。不料，停好車到了入口處，卻被保安攔住，說是下班時間到了，只許出不許進。氣得她連連抱怨，商場五點半關門太早。要向有關部門建議延長營業時間。每年初二去岳父母家，我們一家總是遲到，讓大家久久等待，才能吃他們的午飯、我們的早餐。她也喜歡旅遊，卻嫌隨團遊起得太早。有一年放長假，我們約了幾個朋友來了個自駕遊。因無人約束，總是大家等最晚起的她。她非但不內疚，還自嘲地說，搞那麼緊張幹什麼？不就是玩麼？又不是救火。於是心安理得地換了個睡懶覺的地方。三天遊玩的地方沒有隨團一天多。

偶爾她也早起過。一次我們去機場接朋友，太陽高高升起，已是七、八點鐘了。一路上看著車窗外忙碌的人潮和滾滾車流，她感歎地問，這些人起這麼早幹什麼呢？我隨口答應說，十個人裏大概有七、八個是忙賺錢吧？她很不以為然。認為賺錢是為了

享受，睡懶覺又是享受的最好方式，為賺錢而放棄享受睡懶覺
——不值！

其實，說她遲起就是懶惰也有失公平。憑心而論，結婚三十
年，她裏裏外外「一把手」。

做飯、洗衣、操持家務，樣樣做得無可挑剔。生意上的事，
也是從籌劃到運作，事無巨細承攬在身，幹得心甘情願，幹勁十
足。更可欽佩的是，追求完美的她，還主動肩負起了改造我和教
育兒子的重任。尤其對我的「關心」更是無微不至。只要發現我
的不足之處，決不放過。總是耐心地、細緻地、反覆地、苦口婆
心地勸導，為使我成為「完人」而累的精疲力盡。早上起得遲，
那一定是頭天晚上或處理信件或看連續劇或試穿衣服或整理家，
熬夜睡得太晚。該吃午飯了還「賴」在床上，那一定是運籌被窩
之中，決勝萬里之外，躺在美國的床上，考慮中國的生意。我發
現，她聰明的念頭、偉大的想法，英明的決策，都是早上躺在床
上產生的。睡足躺夠，才頭腦清晰，才心情舒暢，才有真切的見
解，才產生有效的「點子」。

她認為世界上最不會生活的人，就是那些黎明即起，老早把
事情辦完，無事可幹，坐著無聊發呆的人。她就曾譏諷我，起得
雖早，卻什麼也沒幹，只是從床上換到了按摩椅上「亂搖晃」。

有句諺語說：「早起的鳥有蟲吃。」她卻說不見得。上帝似
乎也願意幫她用事實證明她的觀點沒錯——我有幾位愛遲起的朋
友還都事業有成。雖然會有那麼幾天忙的沒日沒夜，但一忙過就
立刻恢復了老習慣，並沒有因為遲起影響到生意。我小時候的一
個鄰居，靠賣小吃為生。每天起得比雞早，睡得比狗晚，十幾年
過去了，仍奮鬥在起跑線上。而這些「懶人們」，一年裏有那麼
幾天，該出手時就出手，看準時機，或開礦請人「挖金」、或買

房出租出售，衣食住行無憂，無須忙碌，也無須早起。

　　仔細一想，早起、遲起與事業是否有成似乎關係不大。有時遲起不但不誤事，還能帶來好運。據說當年美國「九‧一一」那天，有一對老夫婦，本來已安排好早上九點要去世貿大樓遊覽，就是因為老太太起床遲了，沒按時隨團去，才躲過一劫。事後，老頭和老太太發起了「看誰起得晚」活動，立即在全球掀起了睡懶覺熱潮。有的國家為此還取消了早班飛機、早班車。

　　遲起的副作用，是讓她黑白顛倒，晚上不睡。但她認為這沒什麼。毛澤東就是個夜貓子，不照樣成為一代偉人嗎？諸葛亮在隆中時，不也睡到日出三竿才起床接見劉備麼？

　　遲起也有代價，那就是「忙」。許多該辦的、不得不辦的事堆積在一起，就像熟透的麥子等著收割一樣，時不我待。好在她經過一上午的養精蓄銳，產生了極大的活力。要上班或有急事時，挺到最後一刻，五分鐘內穿衣、漱洗、吃飯、出門，猶如百米賽一樣爭分奪秒；根據事情的輕重緩急，一會兒電話指令，一會兒親自動手，別人一上午辦的事，她能壓縮到個把小時辦完。這期間，緊張的工作到了忘我的地步，還自得其樂，像是用工作犒勞自己遲起有功一樣。

　　對我來說，讓她遲起的好處是一天有了個快樂的開始。早晨的靜躺時光，是家中一天高興的先導。過去我不以為然，曾催她早起，沒讓她賴到自認為該起的心理時間。她就像半夜被吵醒的三歲小孩要發脾氣、哭鬧一樣，看什麼都不順眼，這一整天家裏也別想安寧了。相反，只要讓她躺著、躺夠，也只有這時才能領略到她那小鳥依人的溫柔。

　　來到美國生活，猶如到了遲起的天堂。既看不到領導嫌上班遲到的白眼，也聽不到同事鄰居的說長道短。知道家中電話號碼

的親友，都嚴格恪守午飯前不打擾的「潛規則」，登門必事先預約，很少在上午說事，除非她先撥打電話。朋友相聚，偶爾議起她遲起這一優良傳統，她的朋友說是她命好，我的朋友說是我慣的。

　　我也試著品味了幾次遲起的感受，卻一點感覺不到躺著胡思亂想的快感，體會不到那當神仙的滋味。酣睡中被擾醒，確實容易讓人無名火平地竄三尺，可睡到自然醒了還讓被子捂著，真像渴望自由的人被軟禁。時間越久越心急。可見我天生就沒有這享受睡懶覺的命！

　　幸好兒子像媽，也逐漸喜歡上遲起。並呈現出青出於藍而勝於藍的態勢。讓我感慨地不知道說什麼好。唉，魚游水中，鳥棲枝頭，人躺床上，各得其樂，隨她吧！

　　　　作者簡介：張五星，資深媒體人，企業家。東西方雜誌社
　　　　　　　　　社長。愛好國樂，擅長二胡。著作多為隨意小
　　　　　　　　　品，散見於中外報章雜誌，深得讀者共鳴。

真愛家庭營前後中記

◆黃敦柔

　　當朋友大力推薦我們夫婦參加真愛家庭營時，她說這是她所參加過進修營中最好的。同時營後仍有每月一次小組進修為增進夫妻關係。

　　看她夫妻愛主，兩個兒子亦愛主。而且孩子教導的學業事業有成。

　　我心想不是自己常靈修，操練靈，就可有充分的供應，則可盡量活出基督的樣式。而且藉由個人的操練，每日活出神的旨意常常喜樂，不住的告，凡事謝恩。還用參加這夫妻營嗎？

　　朋友說夫妻為了蒸魚、煮魚還是煎魚都會吵架。雖是愛主讀主話，但不知如何行。參加真愛夫妻營後更知道如何相處。

　　我和先生交通，他認為岳母已說他是零缺點，他可不用參加，但認為我有時會找他麻煩，來陪我參加，希望我能進步。我私心的亦覺得母親是誇他，但還有可進步溝通的空間，不可如此自義，兩人就來參加九月勞工節的真愛夫妻營。

　　因我們是住的離受訓的旅舘很近，我問朋友是否可住家裏。她說住旅舘對面的夫婦也都得住。因為一共要上十二堂課，活動多，有舞會、一定要住旅舘，夫妻可重享兩人不問家事，而且三餐飲食豐富，又有零食水果等供應，營後我們夫妻都有同感，真

是身心靈快樂。

　　兩對講員夫婦，顏宏惠、曾淑婉和林奇輝、林曾靜和幾位志工行政在長週末來把他們融會貫通的道理經十二堂課帶領我們。

　　這次共有二十七對夫妻參加，結婚從五十九年到八個月，結婚四十年以上有四對。學員非常敞開胸懷來分享，必竟是來學習。有四對準備離婚或離婚邊緣的夫妻重新考慮再相愛。

　　好幾位先生流淚感動的訴說這些年忙於事業而忽略了對妻子的愛和關心。但亦有先生寫出模範真心的愛太太的情書，當他讀信時，我們非常感動他們的夫妻情深。雖然分別大半年在中國，但是從他的信和有主的生命話語，把夫妻雖因公分隔兩地，但是心是合一旳表現出來。他的太太亦在性福佳偶女生聚集時，分享女性亦可主動來增進夫妻情趣，指導老師更深層分享性愛技巧來給問問題的妻子，她們是無私的、盡心的、真心的分享和指導。

　　我和我的先生重新拾起起初愛的回憶，亦因相對看的要求和化解舊恨，施予饒恕。老師教導如何用句型字句練習，兩人含淚互相訴說溝通，彼此在我愛你，擁抱親嘴中更愛對方，舊事已過，忘記過去，努力向前，往標竿跑去。

　　會後更馬上練習到如何面對新仇，請求原諒的應用。兩人在四十週年婚後，更知如何讓自己的婚姻更上一層樓，我們更有信心和指望在互信、互愛、互相尊重攜手同心過我們享受彼此夫妻相伴、相隨、相扶持的一生。

　　真愛營後，我們分組按居所分成五組，每組六到七對夫婦，每月再聚集看錄影帶進修，有輔導老師來指導，我們夫妻分派在和我們同齡剛退休一年和兩對才結婚八個月和兩年的一組，我們亦能和年輕夫婦一組能知下代夫婦想法，可對我們如何和兒女、媳婦、女婿相處溝通更有助。

　　參加真愛夫妻營學會很多溝通技巧，但在神的話語中更要紮根，因為在話語靈糧的增長，更多裏面生命成長，我們夫婦決定每日禱告，唱一首詩歌，讀一段聖經經節，共勉之。願神祝福，感謝主，亦感謝老師，行政人員的付出。

　　傳福音是裏面生命洋溢所結的果子，老師無私盡心的分享他們的生活實例，如何溝通而得勝內裏的不滿，見證人是不完全的，但靠耶穌的話是讓自己變化，夫妻經歷靠主得勝的生活，又有屬靈的專家熱心輔導，和結交一群志同道合要夫妻感情更好的朋友，我們是何其幸運。

　　再次謝謝真愛家庭的帶領指導老師和行政同工，我們大力推薦這五星級的超好身心靈重新洗滌、滋潤的真愛夫妻營，婚姻是一生的學習，夫妻是一世的珍惜。

語言情趣

◆葉宗貞

　　同事中有些是講廣東話，常聽她們聊的哈哈哈大笑，我在旁邊只有乾笑的份，因聽不懂她們在講什麼，為了想融入她們的圈子我便開始向她們學講廣東話，心想只要放鬆舌頭，再稍微改變一點發音的部位，就可以輕而易舉說出廣東話，而事實不然也。

　　記得二十多年前剛進入這公司時，辦公室只有幾個東方人，只有我一人是講國語的，而那些香港同事幾乎不會講國語，只有一位越南華裔她會三種語言，除了越南話還會廣東話、國語和英文，她便成為我與其他同事的溝通橋梁，每次靠她翻譯日子久了，聽也聽多了猜也可以猜些，偶而她們也會用生硬的國語和我聊天，加上日久情也熟便和她們開始學講廣東話。

　　從最簡單的什麼「多謝」、「唔該」、「返工」、「放工」、「幾悶」、「吃飯」等等，就這麼簡單的字開始學講，然而我的廣東發音，聽起來像外國人講廣東話笑到她們肚子痛，我問，真有那麼好笑嗎？她們說我的音聽起來全走樣了，像吃飯，死飯；找誰，找死；快點吃，快點死；打折，打劫……等，當然學習過程鬧出的笑話不少，也因學習困難而感到疲倦，或因聽不懂而顯得笨拙的常被挫折打敗，常嘆為什麼方言有如此大的差別。

　　自今的辦公室講廣東話的更多，還好她們很多都能講國語，

加上長期練的聽力如今也能聽懂五六成的廣東話也很自毫。不過想來也好笑，常和一位香港同事聊天，她的國語不靈光而我剛好相反。我倆聊天很有意思她講她的語言，我講我的，有點像雞同鴨講，我倆也能猜出對方到講什麼，有時猜錯回答的就是牛嘴不對馬尾的話題，然而我倆還是你來我往聊的不亦樂乎。

　　和其他幾位香港同事，他們聽我的蹩腳廣東話乾脆和我講英文，省得猜來猜去不知所云，也讓我失去多學習的機會，不過多年下來還是足夠讓我得到一點鼓舞。

　　想想學語言還得真有天分才行，我這學習能力差，發音那麼破爛，加上練習機會不多，我的金口始終是打開有限，但心又大總是想學，不過還是很自我安慰多年下來最起碼可以聽懂不少，尤其一對一講話還真能撐握主題呢。當然人多時她們的快言快語我只能望嘴興嘆一邊涼快去。

　　語言真是很奧妙的學問，同樣是中國人因方言的不同距離就遠了，同一語言講起來是有那麼的親切感，尤其在人生地不熟的地方真有他鄉遇故知的情懷。如從小有機會就該學多種語言不但自利也助他人。

「大款」來了

◆賣魚郎

　　「大款」是中國北方市井小民的俗語，是對少數講氣派、有品位、綜合素質高、花錢豪爽的人的稱呼。中國改革開放後有錢人愈來愈多，「大款」已是形容富人的通用新辭彙，二○○五年商務印書館出版的第五版《現代漢語詞典》正式將「大款」一詞歸入新版詞典中。

　　臺商老唐從上海打電話來，說是夫妻倆及十歲的兒子要和同學一家人到北加州遊學，想先在洛杉磯玩幾天再北上。同學兄妹兩人，加上陪讀的姥姥、阿姨、媽媽共五人，這家人第一次來美，所以南加好吃好玩的地方都想去，老唐要我代為安排接住宿、交通。

　　我說：「咱的車小坐不下這麼多人，還是找一部有司機兼導遊的的旅行車吧！但這麼多人加導遊、汽車、門票、餐飲加酒店一天總得花銷個上仟元。七月是旅遊旺季什麼都貴，不如這樣，你們就全住在我家，床不夠就打地舖，不要見外，不需花的錢就別花。」

　　老唐說：「不必，不必，你就安排稍為高規格的酒店及行程吧！我們講好按人頭分攤，錢對她們不是問題，上次同遊歐洲時，看過她們花錢，在時巴黎的時尚、珠寶店血拚時，一刷卡就

好幾十萬歐元，幾個女人為了比誰的名牌包好還鬧翻了臉，連我這老江湖都看呆了。但她們喜歡跟我這呆胞夫妻一起出遊，說不必攀比，沒壓力。」我似懂非懂就掛了電話。

　　當晚在附近的義大利餐廳接風，我與老妻開了兩部車去接遠到的貴客。女主客是年輕的媽媽，沒穿金戴玉，淡妝輕抹、頭上戴了頂白色黑邊的草帽，一身精心設計的夏日旅遊裝及配件，新潮的手錶顯眼極了，好似從時尚雜誌裏走出來的模特兒。

　　姥姥穿著簡樸，臉上帶著一絲風霜，看得出她歷經過文革時代農村的苦楚。阿姨是一般大陸年青婦女的休閑裝，小朋友手上拿著一臺羨煞人的高級單眼像機。女主客送了我們一份伴手禮，紙袋裏還有一本義大利名筆「奧羅拉AURORA」的說明書。老唐覺得面子十足，帶了些嘉許的眼神，我想，「大款」就是「大款」，出手就是有份量。

　　平生第一次與戴草帽的女士在漆黑的餐廳裏用晚餐，不由對她多留意了一些。她向侍者要了酒後，用纖纖玉指拿住杯腳，慢條斯理地幌著圓圈，紫紅色的酒液隨著杯壁轉盪煞是好看，接著她慢慢地把杯舉起，湊在鼻子邊深深地聞了一聞，又把酒杯放回桌上，再也不碰了。菜過幾味，我已經杯底朝天也沒覺得有什麼不對味。小朋友在喧嘩、遊走之際，姥姥、阿姨默默將自己盤裏的好料放在孩子的盤中。

　　第二天一早送大家上旅遊車，看來一切妥當，我就與老唐去打高爾夫球了。還沒打幾個洞，導遊傑夫就來了電話：「楊叔叔，她們要增加好幾個景點，還要去海邊，時間不夠用怎麼辦？」我說：「人家老遠來，興致好，想去哪兒就帶她們去哪唄！這些人基礎實、見識廣，你多費點心，沒錯的」，傑夫高高興興地收線了。

　　深夜，傑夫又來電話了，冷冷地說：「人都安全送返酒店了。」我想他大概累了，說：「辛苦了，明天幾點接車？早點休息吧。」傑夫沒吭聲、也不說再見，僵了幾秒後，說：「楊叔叔，不好意思，我不太舒服，明天你就找別人吧！」

　　半夜三更，重金懇請來的兼職導遊竟與車子一起要離職，這下我急了。我說：「好兄弟，有話好講，千萬不要意氣用事，如果有何不妥，我先向你陪不是。再說，這件差事你已經承諾下來了，價錢也說好了的。就這樣好了，加班費多少我來付，小費我加倍給，但絕對不可以放鴿子，就算你給我一個面子。」我猜想，兩造可能在經濟問題上沒達成共識，我只得曉以大義了。

　　「加班費是小事，這是為五斗米折腰呀！她們沒有一個人守時，又一直在改變主意，到了景點後又不願下車看一眼，下了車又失連了，打電話也不回，急得我半死，差點就報警了。折騰了我一天連聲謝謝也沒有。我只是受不了小孩、阿姨、奶奶（姥姥）、少奶奶頤氣指使的態度，我有名有姓為什麼只叫我師父？不能客氣些嗎？」傑夫說話像機關槍一樣，我趕緊插嘴說：「這是文化差異嘛！在大陸，勞動人民的地位崇高（師父）是尊稱呀！我在上海逛街時人人都叫我老師父呢！明天就再勉強一下吧！」我有點強詞奪理，但也顧不了這許多了。

　　三天一晃就過了，客人吃完中餐後便要去趕飛機了，飯後與她們與傑夫結帳，但「大款」一家五口只付了旅遊費用的一半，唐太太輕聲細氣地說：「不是先前說好按人數分攤嗎？我家只有兩人呀！」但是「大款」一點反應都沒有，唐太只得把另一半的費用付了。在旁的我不由得佩服「大款」選擇性耳聾的工夫的確獨到。

　　回家後突然想到「大款」送我的義大利高級名筆「奧羅拉

AURORA」，趕快叫老妻把禮物袋找出來。說明書印得十分精美，是用中文簡體字的翻譯本，書中說，AURORA公司出品世界上最昂貴的鑽石筆。可惜我多年不用鋼筆了，又不認識每天要批公文的大人物，帶在身上又無處炫耀，擔保兩天就會遺失掉的，還是給女兒當紀念品吧！

當我拆開禮盒時，奇怪份量怎麼會這麼輕，難道這是高科技的電子筆嗎？急急忙忙地把包裝紙撕開，原來，我一直在自作多情，「大款」的伴手禮僅是一個普通的黑色名片夾，裏面還有一張「奧羅拉AURORA」代理商孫姓售貨員的名片。老妻看我傻楞楞的模樣兒，會心地一笑，拍拍我的肩，就去做家事了。

創作《萬柳迎春圖》之前

◆張繼仙

　　天太冷了，令人沮喪。那個隆冬的傍晚，我去探望了正在上海治病的北師大女校長於畊老師。病房裏很溫暖，桌上剛萌出嫩芽的水仙，使人感到了幾許春意，難得的清靜。於畊老師略帶一些長者的口吻和學者風度，她談起她過去一段時期內走過的曲折道路，她學識淵博，對一個畫家來說，聽聽畫外之話，是有所教益的。我喜歡去她病房，聽她回憶，談詩論畫，感到非常充實。

　　她同樣經歷了那個「十年」。也曾受過迫害和摧殘，但她的回憶卻如一篇篇抒情的散文，優美感人。她告訴我她曾被發送到福建莒口的一段生活，春夏秋冬，身不由己，但燕子卻往而復返，自由飛翔，如何在她屋簷下築巢，與她結為睦鄰。她談到，再艱苦的環境總改變不了她的潔癖。她常要到山下的一個小潭邊去梳洗，潭邊的清泉映著野花，野花自生自長，發出沁人的清香。樹林，朝陽、暮靄、溪澗……織成了一幅幅優美的畫面，使她忘記了身處囹圄之中。在與於畊老師平常的交談中，不知不覺地使我在創作上受到了很多的啟發。

　　一九六七年的春天，她也曾被隔離，與幾個老戰友關在一起，徹底失去了自由，連書也不能看。雖然這些老戰友為了他們的信念，曾經歷過槍林彈雨，冒過生命危險，但如今卻又渴念起

自由和春天來。於是他們都憑記憶背誦起許多古今中外描寫春天的詩詞，以此來相互安慰。於畊老師把這些詩詞又重複地背給我聽，除了驚嘆她的記憶力外，給我印象很深的是她背誦的紅樓夢裏的柳絮詞，詞中淋漓盡致地展現出春天裏柳絮的生動形象。不管是黛玉的「粉墮百花州，香殘燕子樓」，還是寶釵的「白玉堂前春解舞，東風卷得均勻」。不管紅學家們批評它是悲涼，辛酸的哀嘆，還是躊躇滿志，野心勃勃的詠物言志，一切都消融在作者筆端的春色之中，真是美不勝收，也為關押他們的陰暗的房間帶來了陽光。

於畊老師的回憶勾起了我曾見到的北京郊外初春的印象，明媚的春光，飄逸的柳枝，自由自在，可象徵了他們這一代風流人物。枝上星星點點的新芽，猶如他們自強不息的生命。柳邊黃燦燦的野薔薇好似是他們的熱血灌注而成。我感覺到他們的激情，有一種美好的意願，想把它們畫下來，這就是我創作《萬柳迎春圖》的初衷。

一張成功的作品應該是具有時代精神，民族特色和個人風格的，而作品真正的價值是在於蘊藏在作品中賴以感人的情感和意境，技法只不過是我們創作的手段。對外來藝術，對傳統，我們汲取的應該是永遠富有生命力的東西，而不是一些概念化的模式。根據《萬柳迎春圖》的主題思想，我覺得它的基調應該是明快而富有生氣，給人以蓬勃向上的進取之感。於是我想在表現柳枝時，讓線條無拘無束地在紙上展開，枝上的新芽及野薔薇用明亮的汁綠和藤黃點撒在線條之間，使畫面的感覺熱烈而飄灑，讓色彩、線條與空間互相交錯，互相映照，產生出陽光閃爍的效果。我憑藉了他們的渴念春天之情，使印象中北京郊外的春色逐漸強烈起來，嫵媚而生機勃勃的柳枝逐漸地舒展而隨風漫舞，黃

色的野薔薇越開越旺盛，在陽光的照耀下，更為鮮豔。我要表現的是他們渴念中的春天，他們如火如荼的渴念。雖然，我所追求的意境不一定能如願以償，但當這幅畫的構思逐趨完整時，冬天裏頹喪的情緒已消失殆盡。

作者簡介：張繼仙，原《上海師範大學》美術系副教授，
　　　　　國畫教研室主任，中國上海美術家協會會員。

〈丟丟銅〉、〈天黑黑〉閩南民謠雙塔 ——謹以本篇文字作為悼念阿母辭 世五週年祭

◆吳懷楚

〈丟丟銅〉、〈天黑黑〉，乃閩南民謠歌曲名字。

由於阿母是福建人，所以自少的我就受到她的閩南方言薰陶。我不單只能聽、能讀、能講，甚至還會寫。至於閩南的鄉土風情與小吃，更是我喜愛，尤其是那悅耳的民謠，更使我神馳，陶醉萬分。

出了名的閩南民謠多不勝舉，其中有兩首就是開頭著筆的〈丟丟銅〉和〈天黑黑〉，是我印象中最為深刻，這兩首民謠被閩南人士譽為閩南雙塔。而究竟這兩首民謠究竟是始自何時？作者何人？還有，姓甚名誰？遺憾的是，至今似乎仍未有人能夠清楚解答。唯就這兩首民謠的背景揣測，再推算其年代，相信應該是很古早的了。

前者的〈丟丟銅〉，還有一個名字叫〈丟丟銅仔〉，它和〈天黑黑〉，是我小時候經常聽到阿母和外祖母唱過。這兩首民謠的歌詞，後者的〈天黑黑〉，從我少時開始直到現在，其歌詞並沒有甚麼差異不同，唯至於〈丟丟銅〉，則其曲詞已經變換了

樣貌。原因是,其曲中的文字與我之前所聽到的,卻是換成了另一個陌生的版本。

今時這首〈丟丟銅〉,在臺灣被稱為「臺灣宜蘭民謠」,推究其根源,應該是在三十年代,又或是更早時候,從閩南渡海傳到臺灣。我尚記得,我外祖母與阿母所唱原來的古早版本,並不是現下在臺灣流行的這個版本,可惜的是,因時日太久,關於其曲詞內容,我已無從記起。現下的這個流行版本,根據資料顯示得悉,它是四十年代日據時期的許丙丁先生所作,是一九四三年的作品。歌詞如下:

> 火車行到伊都,阿末伊都丟,哎唷磅空內。磅空的水伊都,丟丟銅仔伊都,阿末伊都,丟阿伊都滴落來。
> 雙腳踏到伊都,阿末伊都丟,唉唷臺北市。看見電燈伊都,丟丟銅仔伊都,阿末伊都,丟阿伊都寫紅字。
> 人地生疏伊都,阿末伊都丟,哎唷來擱去。險乎烏頭伊都,丟丟銅仔伊都,阿末伊都,丟阿伊都撞半死。
> 借問公園伊都,阿末伊都丟,哎唷對叨去,問著客人伊都,丟丟銅仔伊都,阿末伊都,丟阿伊都捱唔地。
> 拖車走到伊都,阿末伊都丟,唉唷拖我去。去到公園伊都,丟丟銅仔伊都,阿末伊都,丟阿伊都摸無錢。
> 車伕開嘴伊都,阿末伊都丟,唉唷躁甲鄙。腰包無錢伊都,丟丟銅仔伊都,阿末伊都,丟阿伊都坐欲死。
> 車伕大哥伊都,阿末伊都丟,哎唷免受氣。麻年還你伊都,丟丟銅仔伊都,阿末伊都,丟阿伊都母甲利。

　　根據歌詞的大意內容來解釋就是，話說有一名住在臺灣南部某一個小鄉鎮的仁兄，當他離鄉出埠，搭乘火車北上直來到臺北大都會。正所謂：「鄉下人家出城」，他對自身周遭每一樣事物，都感覺到新鮮和好奇。由於人地生疏，就漫無目的來回東奔西跑到處亂闖，遇到一些地痞，蠻不講理的惡霸流氓，差一點就要捱揍。後來，又因問路誤解，滿以為拖車是義務熱心，把他載到了目的地公園。然後車伕向他索取車資，豈料這位仁兄的腰包竟是空無分文，如此一來，也就難怪車伕大發雷霆起來。

　　〈丟丟銅〉，整首民謠曲調簡單，沒有幾個音符。但是，唱起來卻相當愉快，輕鬆和諧趣，令人拍案叫絕。

　　至於後者的〈天黑黑〉，則其鄉土氣息較之〈丟丟銅〉更為濃厚。現在且讓我們看看它的歌詞內容。

> 天黑黑，要落雨。阿公仔舉鋤頭要掘芋。掘呀掘，掘呀掘，掘得一尾旋鰡鼓，依呀夏都，真正趣味。
> 阿公仔要煮鹹，阿嬤要煮淡，兩個相打弄破鼎。依呀夏都，郎當差當鏘，哇哈哈。

　　看！多麼純真，自然一片情懷的文字流露。從這些不需要經過加以修飾的自然文字描繪來讀。它在我們的腦海中，為我們勾勒出一幅十分可愛的農家田園日常生活寫照圖畫。閩南民謠的創作量頗豐，且多膾炙人口。除了上面所述的〈丟丟銅〉和〈天黑黑〉外，還有〈阿嬤的話〉、〈安童哥〉、〈望春風〉、〈燒肉粽〉和〈桃花過渡〉等，都是非常流行和受到凡是懂得閩南語人士的熱愛與歡迎。

　　閩南民謠之所以令我陶醉，情有獨鍾的原因，最主要是，它的曲調簡單，悠揚悅耳，沒有半點激情，唱起來卻是輕鬆逗趣夾帶調皮。且有一份濃得不可開交的田園鄉土氣息。

註：阿母：閩南人稱母親為阿母。
　　阿嬤：祖母。
　　古早：遠古。
　　旋鰡鼓：泥鰍。
　　鼎：鍋子。
　　磅空：隧道。
　　來搁去：又來又去。
　　險乎：差一點就給。
　　撞半死：痛揍一頓。
　　對叨去：往那裏走。
　　客人：客家人。
　　涯晤地：客家語，我不知道。
　　躁甲鄙：暴跳如雷。
　　坐欲死：想找死。
　　蔴年：明年。
　　母甲利：連本帶利。

　　　　作者簡介：吳懷楚，上世紀六十年代至七十年代作品散見
　　　　　　　　　越南西堤華文報章及港臺雜誌。三十年前移居
　　　　　　　　　美國，曾獲得《臺灣橋聯》兩項散文獎、一項
　　　　　　　　　詩歌獎、三項小說獎。著有散文集《此情可待
　　　　　　　　　成追憶》、《夢回堤城》、雜文《寒鴉集》、
　　　　　　　　　詩集《我欲挽春留不住》。

少見多怪與大驚小怪

◆華之鷹

　　近年來，中國發生兩椿新聞，一椿是美國副總統白登先生在中國訪問時，和美國駐華大使駱家輝先生等五人，在北京街頭一家姚記炒菜店裏，吃了一碗炸醬麵，自掏腰包，這件事在民間傳開，使大家聽到後「傻了眼」，一時在網民間廣泛盛議。另一椿是中國將一艘船「瓦良格」廢體，修修補補變成一艘航空母艦了，而且拖出船塢，去海上試練了，使某些國家大呼小叫，熱鬧一團，因而有人講評：對前者稱中國網民是「少見多怪」。對後者則是大驚小怪。

　　經過事實訪得，美國副總統白登和大使駱家輝等五人，確實到過北京姚記炒菜店去進餐，每人吃了一碗炸醬麵，每碗人民幣九元，加上十個大包，每個一元，另要了一盤生拌黃瓜，價六元；一盤拌山藥，價八元；一盤土豆，價六元；又要了兩瓶（玻璃瓶裝）可樂為四元，總計付了七十九元，平均每人消費為十五元八角，折合當時的美元計算，二元半不到一點。真正是普通老百姓能消費的價錢，網民知道後為什麼會天天熱議得十分起勁呢？因為大家知道，一個是政府的二把手，一個是政府的國外代表，都是高官，高官的待遇很高，比照中國的高官是住公房，坐公（家）車、吃喝公款的「三公」人物，真是小巫見大巫了。尤

其是碰上招待客人的宴請，更是花費成千上萬不稀奇，所以老百姓要議論不休。因為他們見過高官有如此節約。真是「少見」，因而產生「多怪」。

對修裝的「瓦良格」航母，經過六七次出海試測，使某些國家的政客「大驚小怪」喧鬧了一陣陣。說什麼「中國建設航母意圖不透明？『必然引起區域憂慮！』」是政治上和軍事上威脅周邊國家啦！「危及別國的利益」啦，「造成周邊國家不安」啦！等等。

說這些話的人，要麼是白癡，要麼是別有用心的人，難道他們沒有一點世界知識嗎？難道他們不知道中國在太平洋東部嗎？海岸線有數千里之長，海岸延伸的島嶼有那麼多，海上經濟作物區域那麼廣闊，沒有一點保護力量行嗎？

而且中國目前只有一艘改裝的練兵航母，與擁有百年航母史的國家相比，豈不是要被人們笑掉牙嗎？真有點神經兮兮，奉勸這些人，去關心一點海上霸道的國家，倒是有些收益，因而不必對中國一艘練習用的航母「大驚小怪」。

憶往

母親的黑腰帶

◆張明玉

　　母親又在曬她的腰帶了。

　　這條腰帶是用黑布做的；不是一層薄薄的黑布，是好幾層不同質料的黑布，重重疊疊的用針線密密縫製而成。腰帶有三寸寬，至於長度我就說不上來了。前些日子母親又把腰帶加長些，說自己年紀大，腰更粗，那腰帶也就不得不跟著變長了。

　　記不清看見母親把這腰帶共加長幾次，也記不得母親把這腰帶曬過幾回。但我卻從沒有看見她洗這腰帶。後來她告訴我，這腰帶不能洗，洗了變形就不好裝了。

　　腰帶被母親縫成許多小隔間，隔間大小不一，大的可包著我一隻手，小的才能伸進兩根指頭。不曬的時候，這腰帶總是被塞在壁櫥內舊棉被的夾層。母親外出個一天以上，腰帶總是沉甸甸的被她綁在腰上，那裏面塞著一些從大陸帶出來的老黃金，塞著兒女們長大成人後陸續孝順她老人家的臺灣首飾；塞著從大陸帶過來的舊鈔票和袁大頭，塞著紅紅的新臺幣；塞著她在民國初年陪嫁過來的一點珍珠翡翠，也塞著在臺灣後期父親送她的一枚小鑽戒。因此，她一出遠門，身形總是格外厚重些。

　　我哥我姊有做官有從商，早先他們還替母親買過首飾盒、保險箱之類的東西。後來發現母親不怎麼愛用，只在他們回家過年

節時抬出來擺擺樣子，放幾件應景首飾，好叫送的哥、姊高興。哥、姊當然不會高興，他們總嫌母親太想不開，都甚麼時代了，不可能反攻大陸的，臺灣經濟起飛，老百姓生活安定，從前在大陸逃難的日子是不可能再出現了。

母親從不真正反駁甚麼，她還是不時把黑腰帶拿出來曬。

我是么女，從小跟母親感情好，愛聽母親說故事。其實她說的故事就是她經歷過的往事，甚麼長毛造反、甚麼散兵游勇、甚麼鬼子進城，無一不是燒殺擄掠，驚心動魄的逃難過程。每一次的逃難，她只需把早已準備好的黑腰帶往肚子上一綁，推著大的、拉著小的、背著不能走的，就這樣爬過一山又一山，渡過一水又一水。從城市到鄉村、從上海到南京、從南京到廣西、從桂林到重慶，抗戰勝利又從成都到南京……。

母親告訴我，本來黑腰帶裏裝的值錢東西可多了，隨便拿出一兩件變賣，就夠一家大小吃上一兩個月。國共內戰，母親隨父親部隊轉進臺灣。命令來得急又快，母親從曬衣竿上解下黑腰帶綁在腰上，奶奶洗著滿是肥皂泡沫的手，阻止母親拿東拿西。她老人家心閒氣定的說：「沒事的，中國人打中國人打一陣就沒事了，帶這麼貴重的東西在路上反而不安全。」

可母親來到臺灣整整四十五年，中國人打中國人從武裝到文鬥也整整四十五年。一九九四年她以八十六的高齡去世，訃聞上書享壽八十有六，可我知道這八十六歲的日子，她談不上享受。前半生總在顛沛流離中驚恐的生活，到了臺灣，世道逐漸太平，可她內心卻從來沒覺得真正太平。早先，那隨時可能要反攻大陸的口號讓她深信不移，後來臺灣民主了，蔣家政權落幕了，可電視上那些叫人膽戰心驚，罵外省人是豬是狗的新聞，著實讓素有憂患意識的她忐忑不安。直到她死，她都深信不移的認為那條黑

腰帶隨時會派上用場。

　　母親在病重時把自己存留一輩子的家當做了妥善的分配。過世後做子女的我們想各自挑選一兩件遺物當紀念。我留下那條已發毛脫線的黑腰帶，卻不想在可以伸進兩根指頭的隔間中，找到一小張發黃的紙條。那是一個地址，有母親年輕時的青澀筆跡『南京柳葉街九十五號』。

　　那是她的生長的地方，她到老死都還叨唸的家鄉。

　　我決定放棄那條黑腰帶，連同那張字條，隨著母親遺物一塊火化給她，我知道她的魂魄想飛回自己的家，有舊時的地址綁在腰上，一路好找些。

　　作者簡介：張明玉，著名劇作家，曾編寫電視劇《仙人掌花》、《春風不問路》等一百餘齣，著有散文集《人生如戲》及劇本《春夏秋冬》，並在洛杉磯創立「風鈴劇舍」。本會前會長，現任監事。

我與白狼二三事

◆營志宏

　　日本作家宮崎學經白狼授權所寫的「白狼傳」，最近出版問世。一時間「刺江南案」究竟是蔣經國或蔣孝武幕後主謀？以及白狼張安樂本人，又成為大家交口議論的話題。

　　這讓我想起我和白狼的一段際遇。二十多年前，我剛考過美國律師考試，在洛杉磯一家律師樓開始上班。一天，忽然接到張安樂的電話。他說讀過我兩年前寫的一篇得到臺灣「時報雜誌」年度評論文獎的文章，印象深刻，想跟我見面聊聊。

　　那一年的評論文獎是以「論中國統一問題」為命題的，而白狼竟然喜歡這樣的文章，要跟我聊這方面的問題？我當時只知道他與某幫派有關，不免很驚訝於他的興趣。

　　見面後才知道，這才是真正的白狼。你若是拿一般幫派人物的框架來看他，那就小看了他。他談起他們家上一代的黨政背景，在淡江學院讀歷史系，卻因為興趣常跑到當時臺灣唯一研究中國大陸問題的政大東亞研究所圖書館，去看「禁書」。我正是政大東亞所的畢業生，聽到這話不禁莞爾；他去看禁書時我大概還沒進東亞所，因此不曾見著。

　　說實在的，剛見面時我是懷著「戒慎」之心的；畢竟我的成長環境單純，從沒有過這方面的朋友。但是這位白狼，與我年紀

相仿，相貌白淨俊朗（雖然身材已有些「中廣」），同樣的有濃厚的民族感情，同樣的對未來的中國具有憧憬，同樣的喜歡縱論天下大勢。雖然兩人的性格和認知仍有差距，卻是很談得來。我隱隱地發現，這位白狼其實「志不在小」，若是給他機會，或者有一天會像黃巢一樣，驅使十萬眾，「橫行於天下」。

白狼好客而喜交遊，我也見過他的一些朋友；其中包括一位曾在電視上很紅外型亮麗的藍姓女星。他帶我參觀過他與朋友所辦的一家雜誌社；這份雜誌是很正常的中文雜誌，並沒有大家想像中會有的黃或黑的東西。白狼並向我邀稿，我寫了篇美國法律介紹的文章給他們。但出刊後一看讓我臉都綠了，原來刊頭下寫的法律顧問是「營志宏法律事務所」，我當時是剛出道的打工律師，哪裏來自己的律師事務所？還好我的老闆不認得中文，否則一定以為我在外面「自立門戶」了。

白狼在他們於蒙特利公園市開的一家餐廳請我吃飯。我看到裏面的工作人員都穿著繪著竹子的制服，覺得有趣。白狼卻皺起眉頭埋怨手下：「怕人家不知道我們的背景？搞什麼」！

三山五嶽的好漢們齊集一桌。大家要我說幾句話，我說：「依我看，竹聯幫是今天中國的第三大幫派」。看到桌上有幾位已變了臉色，才第三大幫派？我佯作不知，繼續說：「今天中國的第一大幫派是中國共產黨，第二大幫派是國民黨，你們竹聯幫是第三大幫派」！忽然間來了個滿堂彩，好漢們轉怒為喜，紛紛舉起酒杯敬我。

白狼有時打電話到我工作的律師事務所。一日，秘書小姐告訴我有位Happy Chang找我，一聽原來是張安樂。我納悶：「怎麼你的first name 會是Happy？」他笑著說：「你們的女秘書是美國人，我跟她講中文名字她也記不下來，乾脆就把安樂直譯成

Happy好了。」

　　我想勸白狼，幫派可以作為做大事的助力，卻不可以當作事業來幹。應該提升層次，在美國完成學業，才能真正做大事。但恐怕交淺言深，我這幾句話並未說出口。

　　我那時還未成家，也在事業的起點，有太多的事情讓我分心，其實並沒有很多時間作交遊。不知什麼時候，白狼就失去聯絡了。

　　接著，在舊金山發生了驚人的「江南命案」。白狼為了營救涉案的朋友，上CBS電視臺「六十分鐘」節目談論此案。我看了後，心想糟了，白狼這一露面，對大局並無助益，對他自己反而是「速招其禍」！果然不久後，白狼就被聯調局羅織販毒之名，而被定罪入獄。

　　「江南案」爆發後，或許是交情不夠深，也或許是他不想給我惹麻煩，白狼始終沒有找我尋求法律協助。我也因為不知他的下落，即使要表示關心也沒辦法。

　　白狼後半生的命運，「江南案」是一個轉折點。如果不是這個事件的牽連，或許他可以有更好的發展。但他急著為朋友「兩肋插刀」，走向不歸之路，以他的性格而言卻是不得不然。

　　之後的十多年，聽說白狼出獄，回到臺灣，又因避禍而遠走大陸。

　　我也忍不住內心的召喚，曾回臺從政數年。十年前，我在立委任內應邀到深圳出席一個研討會。某日，正與一群人在旅館門口講話，忽然有人過來跟我說，那邊有位十多年前我在美國的朋友要跟我打個招呼。我一看，竟然是白狼。從前大家都還年輕，如今俱是鬢角已白的中年人，這其中隔著十多年的滄桑，而見面的地點竟然會是大陸。驟然相見，兩人都感慨得不知說什麼好。

會場內又在催促開會，我們竟然未能聊上幾句，便又匆匆作別。

　　其後我回到美國，重操律師舊業。其間也自媒體新聞上，偶得白狼的片斷消息。說他在大陸，為臺商爭取權益。又說他隔海在臺灣成立了「中華統一黨」，是該黨的「精神領袖」。我對該黨所知甚少，印象裏似乎以街頭運動為主。看到這樣的新聞，我不免微笑。白狼究竟還是白狼，他畢竟還維持著當年的信念，並且在天涯海角，用自己的方式（雖然未必為很多人所接受）去實現那個信念。

　　史記「遊俠列傳」，司馬遷對漢代名重四方的大俠郭解，有這樣的記述：郭解姐姐之子，與人飲宴強灌人酒，而被對方所殺。郭解之姐棄屍於道，想要羞辱郭解而為其子報仇。郭解找到兇手問明真相，說：「是我甥兒不對」，竟釋之而去。

　　白狼也有類似的不幸遭遇。數年前，白狼之子與人酒後衝突，而被對方所殺。對方是四海幫中人，眼見一場驚人的幫派火拼就要發生。白狼查清楚後，卻以對方並無故意，隔海表示無意追究，消弭了一場腥風血雨。出殯之日，四海幫各堂口全都到場拈香致意。

　　俠與一般幫派人物之不同處，在於並不「逞勇好鬥」，不會「五步殺一人」。「俠」其實是建築在一個「理」字和一個「仁」字之上。惟其是「明理守理」及有「仁愛之心」，才能如郭解之所為。二十年滄桑之後，白狼能感悟如此，把自己提升到了郭解的境界，讓我這個老朋友也感到欣慰。

　　「遊俠列傳」人物中，司馬遷著墨最多的就是郭解。其人特立獨行，徒眾願為之赴死，影響力及於朝廷大臣，其存在危及了統治者（本質上是更大的一個幫派），因此必遭翦除。太史公為朱家郭解立傳，並不是認為他們的行為是對的，而是以其作為自

有可以令人驚嘆矜憫之處。

　　白狼又何嘗不是如此呢？我無意評斷其是非功過，也不同意他的某一些主張和做法。我所知道的是，白狼對中華民族始終有愛，而一生謹守他的信念；如今之世，又有幾個道貌岸然的學者或身居大位的政治人物做得到呢？看盡這些人的今是昨非，倒是那個曾經與我對坐熱情地縱談天下事的年輕白狼，在我的記憶裏始終鮮明不褪！

　　　　　作者簡介：營志宏，臺大畢業，政大碩士，美國法律博
　　　　　　　　　　士。曾任立法委員，國民大會代表。現為美國
　　　　　　　　　　聯邦及加州律師，本會理事及法律顧問。著
　　　　　　　　　　有：《美國移民法》、《護國軍》、《立法院
　　　　　　　　　　風雲》、《營志宏評論》等書。曾獲時報雜誌
　　　　　　　　　　第三屆評論文獎。

紫泥裏的鐵疙瘩

◆楊強

　　記得小時候年年盼著過春節，因為過年能穿上新衣服、新鞋。能吃上大魚、大肉，還有白麵饅頭；還能放炮仗，給長輩拜年，能得到壓歲錢。幾十個春節，一眨眼就過去了。現在是年年怕過，年年過。過一年，老一截，少牙齒，多白髮。

　　在記憶中，給我留下印象最深刻、最難忘的還是在河北老家渡過的春節。

　　我家是在冀中平原上，抗日時期老百姓用地道戰、地雷戰，在青紗帳裏把日本鬼子打的屁滾尿流，著名的長篇小說「銅牆鐵壁」和很多電影都是描寫我們家鄉抗日的故事。

　　那年跟媽媽回到老家，很快我就和村裏的孩子玩成了夥伴。老家有個比我大兩歲的堂哥，他便是我們這一群的小頭頭，他總是想出很多鬼點子，帶領我們大夥上樹偷棗、爬進瓜地裏偷瓜、搭梯子在房簷掏鳥蛋、捉到蛇開膛破肚、洗麵筋沾知了、藏在青紗帳裏烤玉米棒子、在田間地頭烤紅薯、捉到刺蝟在打麥場上當皮球踢。如果誰要不聽他的指揮，就被擰耳朵、踢屁股，踢疼了也不許哭叫，就這樣大夥還是願意跟他幹這些淘氣搗蛋，又挨大人罵的壞事。最有趣的還是到大水坑裏摸魚抓泥鰍，他的水性最好，捉起魚來他最快，他比我們都聰明靈活，又能說會道，我們

大夥不能不佩服他。

有一天，堂哥潛到水底，從紫泥裏挖出一個鐵疙瘩，上面還有一個鐵環，問遍了村裏的大人，誰也不認識這是個什麼東西。當時我們的好奇心特別重，非要打開看看裏面是什麼，就跟著堂哥用釘子敲，石頭砸，折騰了半天怎麼也打不開，後來肚子餓了，大夥都回家吃飯去了。堂哥仍不死心，把繩子栓在鐵環上，在門道裏轉的「呼呼」的作響，突然傳來「轟」的一聲巨響，連窗戶上的玻璃和紙都震破了，等我跑到門道，只見濃煙還未散盡，堂哥渾身是血趴在地上「哎喲！哎喲！」的慘叫。這下震驚了全村的人都來看他，村裏的老人說：「這該是當年日本鬼子往水坑裏投的炸彈，為的是炸魚…」

沒想到該死的日本鬼子留下那沒有爆炸的炸彈，卻把我堂哥炸成了蝦米。他腰腿上的骨頭全被炸斷了，雖然肚子是好好的，但是永遠也站不直了，他躺在炕上整天流血流膿，我們大夥天天來看他，他仍然不忘出鬼點子，教我們怎麼給他弄好吃的。

春節快到了，大人忙著殺豬宰雞，蒸花捲、棗饃、豆沙包，放涼存放在大缸裏，記得從年前吃到正月十五都吃不完。堂哥讓我們各自把爐灶裏燒黑的木炭用小刀刮下來，壓成粉末，再把潮濕牆基磚上長的白硝刮下來，黑白兩種粉末混在一起，裝入紙筒內搗實，曬乾點著，便是煙花了。我們怕火星燒壞新衣褲和棉鞋，便把土製的煙花夾在高粱桿上。天一黑，我們就成群結隊高舉著煙花邊跑邊叫，堂哥也不甘寂寞，他坐在小木車裏，讓我們拉著他一起狂歡。

我用大楷本糊成屁股簾風箏，把媽納鞋底的棉繩偷出來，在大水坑的冰上，一邊放風箏，一邊蹓冰，堂哥糊的風箏最漂亮，是一條五彩長龍，風箏升到天空，他還要給天上的龍送飯送水，

眼看著他糊的飯籃子、水罐子順著繩子也能升上去，他真是心靈手巧，只可惜要窩在小木車裏一輩子。我們大夥前拉後推著他的車子，他在車內揮著手，吆喝著我們這群小牲口，他很洋洋得意，他在我心目中仍然是小頭領。

大年三十的晚上，各家大門口掛著紅燈籠，把一梱梱玉米桿舖蓋在院子裏，我感到非常奇怪，平時每天早上都要把院子打掃的乾乾淨淨，連一根柴活都不能有，明天就要來人拜年了，卻把院子舖的不好走路。媽媽說：「這是為了迎接瑞雪兆豐年，圖個吉利，把財氣聚留在庭院內，祈求來年風調雨順，人畜興旺平安。」

我瞪著眼守夜，認真等待瑞雪降下來，但是，不一會就進入了夢鄉，無論媽媽怎麼叫我起來，吃守歲的餃子，我也睜不開眼。在熱炕的暖被窩裏，我還在夢裏和堂哥放風箏、蹓冰呢。

第二天大年初一，推開門，果然是一片銀色世界，我相信這場大雪真是院內的玉米桿迎來的。過了年，媽又要帶我回北京去了，堂哥拉著我的手深情地說：「強弟，你命好，到京城去上學，長大娶個好媳婦，哥這輩子算完了，將來連個女人都討不上了。」

當時，我並不能完全理解他的話，直到我長大談戀愛時，才懂得堂哥話的真正含意，那顆炸彈斷送了他的一生！

難忘我河北老家的春節，難忘我的堂哥哥！

作者簡介：楊強，中央戲劇學院畢業。省話劇院任編、導、演。美國好萊塢演員工會會員，本會理事。著有：《罌粟花開》（行政院新聞局優良電影劇本獎）、《天葬阿媽》（僑聯總會詩歌

第一名）、《墓耗子》（小說第一名）、《天水的白娃娃》（散文第三名）、《青藏高原是我家》（全球李白詩歌大賽第二名）。共榮獲22項文學獎。

饑荒歲月中的母親

◆劉秋果

　　西元一九六一年的仲夏，中國遼闊的原野上空，彌漫著一股被曠日持久的太陽烤灸了的淡淡的焦味。比這焦味更恐怖的是，因兩年連續大旱，糧食歉收帶給人們饑餓恐懼感在廣袤的大地上迅速漫延開來。以至於我所處的這個湘西貧困的小縣城鎮居民，還沒進入次年的春耕農忙時節，政府就開始核減城鎮居民口糧供應指標：十六歲以上的每人每月二十四市斤，十六歲以下每人每月十八市斤。這個時候的糧食並不是如後面那樣，核放在以家庭為單位的糧薄上，再憑糧薄到指定糧店去買，而是發放到所在單位，單位職工及其家屬統一到單位開辦的公共食堂統一就餐。

　　因為缺油水和副食品，每餐二兩米對於七歲適逢吃長身體飯的我來說，也可謂是杯水車薪。好不容易盼到開餐的時候，大家蜂擁而上，我也像所有的食客一樣，顧不得燙手噂的端起那屬於自己那一份的缽子飯，囫圇吞棗，風捲殘雲般的迅速解決了戰鬥。母親每每看到我這副沒吃飽的餓相，總要從她那本來飯就不多的缽子裏，分給我一坨飯來。我知道母親每天都要幹重活，欲將飯退還給母親，但每次都被母親用執筷的手使力的壓在我手上，阻止我。

　　在那個「人有多大膽，地有多大產」，「畝產糧食過萬斤，

一年等於二十年」，「十年趕英超美」的所謂放衛星的年代，流行說大話、說假話、弄虛作假、自欺欺人的做法，竟然滲透到生活中的各個細節：在那個饑餓的年代，中國廣袤的大地竟然流行煮飯時把米裏放一粒蘇打藥片，以化學膨脹增大米飯的物理體積來達到當時吃進肚子時的飽脹感。一天早晨，母親從一個小紙包裏小心翼翼的拿出一粒白色藥片對我說：「秋兒啊，你吃飯時把這個蘇打片交給食堂的炊事員。要他蒸飯時放到你的蒸缽裏，我跟他說好了。」母親接著又說：「聽別人說蘇打片放到米裏蒸，能使飯變多。能吃飽。」母親說話時似乎流露出一絲不易覺察的寬慰。

懷著期待與憧憬的心情，迎來了下午開餐的時間，當食堂炊事員揭開飯鍋蓋時，我的心情就像被蘇打片催開的缽子裏的米飯一樣——心花怒放。飯果然多了許多了，可令人失望的是，當時是吃飽了，但不到兩小時仍饑腸轆轆。

這年的中秋節到了，我與姐去縣城東碼頭揀卵石賣，想換點錢到街上一家叫「和平食堂」買碗稀飯打打牙祭。但人家不收卵石了，姐只好帶我悻悻的回家，走到「和平食堂」門口時，只見裏面吃稀飯的人熙熙攘攘。我不由地駐足觀望。以至於姐叫我幾聲走都沒聽到。待母親從山上採摘一種名叫「金櫻子」野果回來時，姐跟媽說：「媽，弟今天在『和平食堂』門口看人家吃稀飯不肯走。」我剛想跟母親申辯，只見母親倏地頭一偏背過身去，雙手不停使勁地擦拭眼睛。我倍感詫異的問：「媽，你咋的啦？」「沒什麼，媽剛才在外面眼睛被風吹到沙子了。」我分明看到母親眼裏噙含著淚水。感覺她是為自己的親人因饑餓。而自己又不能使親人的饑餓得到改善而極度傷心而啜泣的。

由於白天沒掙到錢打牙祭。晚上，就著中秋的月光，我與

姐吃著母親從山上採摘回來的一種學名叫「金櫻子」野果。這是湘西山區生長的一種喬木果實，渾身長有刺，呈大紅顏色，宛如一簇簇紅色佛珠，含有一定的糖份和澱粉，可做成粑粑食用，且口感還不錯，就是該野果的籽小且多，不消化，又不易去掉，吃多了會拉不出屎。拉不出屎時用手去摳至流血而發出慘叫。有當時流行的一句俗語為證：「吃了金珠粑，入廁喊冤家。」當地人稱它為「金珠飯」，三年旱災又叫它做「救命糧」。我與姐正吃著「金櫻子」，母親去醫院看因營養不良而罹患水腫病住院治療的父親回來了。她一聲：「秋兒，你來。」我走過去，只見母親從一個黃草紙包裹取出幾個如鵪鶉蛋大小般的黃燦燦的丸子來。「這是政府中秋節犒勞患水腫病住院病人的糠丸子。你爸他捨不得吃，要我帶給你吃。」我好奇的接過一看。雖說是糠丸子，但見糠末裏面夾裹著不少碎米。用鼻子一聞，還真香噴噴的。姐這時湊過來問道：「什麼東西啊？」母親拿起幾顆糠丸子欲遞給姐，姐一看說：「我才不要咧，那是餵豬的。」我知道她是故意那麼說的，她何嘗不想吃。長期的營養不良，她的臉色晦澀發黃。作為姐姐，她知道父母中年得子，更擔憂我的健康與營養。

　　中秋過了，山上的野果已熟透。母親所在單位為了抗擊災荒，組織全廠職工上山採摘一種叫「梨木籽」的喬木種子。這種「梨木籽」裏含有澱粉，經過加工，可食用充饑。這天，只記得住在我家附近，我母親單位一個叫陳貴生的年輕夫妻同事，像往常一樣，來到我家邀我母親一起去單位集合上山採摘「梨木籽」。陳姓的年輕夫婦都來自農村。我母親問他夫婦：「你倆都上山去，那孩子咋辦？」年輕的母親說：「就放在站桶裏。」這種站桶是湘西山區農村為了年輕母親幹活方便，為孩子特意設計的；此桶用杉木板做成，圓形，上小下大，適合一至二歲的小孩

站到裏面，桶的上沿齊胸高，小孩子不會掉出來。母親交待了我兩姊妹幾句，就與陳姓夫婦一起走出了家門。

由於臨近國慶節，學校開展清潔衛生大掃除。搞完了提前放學。我背著書包回到家裏，門虛掩著。只見母親坐在椅子上發楞，目光呆滯。眼眶發紅，一看到我，眼淚倏地淌了下來。我連忙問母親怎麼回事。母親說陳貴生夫婦的孩子餓死了。並喃喃的說：「造孽啊！造孽啊！」原來，陳貴生夫婦一大早上山採摘「梨木籽」，回來時見兩歲的女兒已餓死在站桶裏。陳貴生的妻子在清理孩子的遺體時，從孩子的褲襠裏滾出來幾坨全是棉花的大便。原來，孩子的母親怕站桶和上沿碰破孩子的脖頸和胸部，把一件破棉襖剪開圍在站桶的上沿。誰知孩子饑餓難忍，竟抓棉襖破口處的棉絮充饑。晚上，睡在母親身旁的我，感覺到母親在床上輾轉反側了一夜。

次日下午，我做完老師佈置的家庭作業，天已完全黑了，卻不見母親下班回來，往常母親早就回來了。我正納悶間，母親扛著一把鋤頭回來了，一臉的汗漬與疲憊，一臉的神秘與憧憬。我問母親上哪兒去了，她神秘兮兮地小聲對我說：「小聲點，我去城後面山上做地種蕎麥去了，再過一餉，咱們就可吃香噴噴的蕎麥粑了。」在那時，個人是禁止開荒種地的，即使是饑荒歲月，也是不允許的。若被發現，會被冠以搞私有制而被批判鬥爭的，怪不得那夜母親徹夜難眠，可以想像母親是頂著多麼大的壓力與風險做出這個開荒種糧的大膽決定的。經過我與姐的軟纏，母親終於答應星期天我們做完作業後帶我們去蕎麥地。

星期天很快就到了，我們一行三人來到縣城北面一個叫「水井坳」的山坳口。在一個約四十五度的斜坡上，有一狹長的約五十英呎的新開坡地。地裏的蕎麥秧苗已有一英寸多高，呈一溜蜿

蜒排列。只見母親來到地跟前，挽起袖子，操起鋤頭熟練的鋤草、培土，那架勢儼然一個老農。我問母親，幹農活怎麼這麼熟練？母親笑著說，她就是農民的女兒，地道的農民。我問為什麼不種穀子？母親很老道的告訴我們，種穀子要水要得多，蕎麥耐旱，少有病蟲害。自生能力強。我與姐一邊向母親請教一邊與母親一起給蕎麥澆水。經過母親兩個多月的悉心照料，蕎麥終於謝花結籽了。

　　記得是快要放寒假了的一天，放學剛走到家門口，就聞到一股令人垂涎的香味，打開房門，屋裏放著滿滿一麻袋蕎麥，香味是從我家廚房飄出來的。我叫了一聲母親，母親在廚房應道：「秋兒，蕎粑蒸熟了，快來吃。」說著，母親從蒸籠裏起出一大碗用桐樹葉包裹著的香氣四溢的蕎粑，饞得我連手也顧不得洗，拿起一個打開桐葉就往嘴裏塞，燙得我的嘴直吸氣抖嗦。母親說：「秋兒，慢點吃，還有很多。」我看著母親舒心的笑靨。眼眶裏依然閃爍著晶瑩。我慶幸，因為有個農民出身的母親，我們一家才躲過一劫。有了這一麻袋蕎麥，父親的水腫在一月內消退；有了這一麻袋蕎麥，姐的臉色逐漸紅潤；有了這一麻袋蕎麥，我也不再會去企望人家碗裏的稀飯。但只因有了這一麻袋蕎麥，母親卻憔悴了許多。這就是五十年前饑荒歲月中的母親留給我的印象。久久抹之不去。

　　為紀念中國大陸三年自然災害五十周年，和我母親九十六歲誕辰，特撰寫此文。

大魚跑了！游到夢中嘲笑我！

◆象外客

　　從幼稚園到三年級，我是董家大家庭中爸媽的獨生子，父親的四位弟弟，都還沒有孩子，二叔振德公、四叔明德公又一直都沒有兒子，父親和二叔四叔三人的生日同是大年初二！這一天就成了董家人回家相聚，人最多，也是最歡樂的一天！那時五叔樹德公還在念高中，後來也考上了空軍官校十四期，四叔是二期。那時，我可是爺爺奶奶特別交代，誰都不准打罵的寶貝孫子。奶奶喜歡花，很孝順的爸爸就帶著各家的傭人把沒花的李家花園種滿了花，大莊院內住有十幾戶空軍家眷，一時間好像已顯現出眷村雛型的情景。還叫向他學書畫的空軍眷屬們移花到空小去種，藉各種機會帶動了軍眷守望相助的風氣，她們畫畫時常要我做模特兒，說我長的漂亮可愛，像奶奶和四嬸！誇奶奶的心肝寶貝，奶奶可樂了，就要媽媽給她們做點心吃。奶奶還和媽媽教家中和鄰居的婦女及大女生們繡花，她們的衣服鞋子和家中的枕頭、被子、窗簾都繡了美麗的花朵。阿姨手腳動作快，竟把歲寒三友松、竹、梅繡在我的衣服和鞋上。奶奶又很愛乾淨，因而全家大大小小也就自然而然的養成了很注重衛生的好習慣囉！

　　不過我從幼稚園到一年級放學回家還沒換衣服、也沒洗臉、洗腳，脫了鞋就上奶奶的床，當飛機場和奶奶玩飛機打仗，我

飛的是四叔明德公志航大隊IV-1號大隊長座機美式Hawk-3或俄
式E-15、E-16，模型小飛機。奶奶手中就是拿了性能更好的零式
「日機」，也不敢贏我，因我手中飛的是奶奶兒子飛的飛機，
有次奶奶拿虎頭鯊「P-40」來咬我的飛機尾巴（空軍戰術：咬到
敵機尾巴就一定能把它擊落）。剛考上空軍官校的五叔笑說：
「媽，那是老美來幫忙打日本鬼子的飛機！是性能更好的飛機，
機頭畫有虎頭鯊的P-40！」奶奶反應還挺快，左手隨即起飛一架
日本九六式轟炸機，立刻被右手的P-40打掉，大家好像跑警報的
老百姓從防空洞裏跑出來冒死觀看空戰，要給中華民國空軍加
油！看到打下日本鬼子飛機就高興的拍起手來叫好！「空戰」結
束就在「機場」吃點心，開飯可不行，因為爺爺奶奶沒就座，還
沒吩咐輪流祝禱感恩謝飯，就連空戰英雄四叔明德公也不敢先動
筷子。在奶奶床上邊吃邊玩場面弄大了，好像武漢和重慶四叔明
德公帶四大隊保衛領空那樣的大空戰，奶奶就得換床單了。平日
一出門家人就會對我說：「小少爺別把衣服鞋子弄髒了！」真
煩人！

　　女生看到我，就跑過來圍著我，妳一手、她一把伸手過來毫
不客氣的摸我身上的花，大女生還乘機吃我的豆腐，不只抓癢還
好像恨不得要把我身上的花連肉一起拔下來，佔為己有。嚇得我
趕快逃跑，男生看到就紛紛取笑我，並且當眾大聲宣佈我已經不
再是他們那國的啦！我又不願意向女生靠攏，只好獨自一人孤孤
單單的在河邊徘徊，只好撿石子薄片拿來打水漂，圍石子就打樹
幹，氣還沒出完，突然一條一尺多長的大魚，被水沖到淺水灘，
一直在彈跳，等我脫完了鞋襪，卻眼睜睜地看牠彈跳到深水中游
向下游逃跑了，大概受了傷游得很慢，不時還左右兩邊翻擺，好
像人跛了腳走不動似的，如果會游泳一定能抓到。要是我不脫鞋

就跑過去，不必用手抓，用腳就可以把牠踢到岸邊了，當下是又生氣又後悔。此後人雖漸漸長大，也捉到過不少魚，好像都沒有那條大？那天是我第一次打赤腳跑回家，一進門就把鞋子向傭人丟去，真是人之初性本惡！大哭大鬧，誰哄都不行，直吵到漂亮的杭州浙大校花四嬸出馬才靜下來，奶奶笑著走進客廳得意的對大家說：「還是我派的大將管用！這小子還真會挑三揀『四』！不過『也』很有眼光！將來『也』給他娶個漂亮媳婦！」大家的笑聲帶著奶奶這美好的祝福應許！那邱比特的箭卻乘機深深地射進了我那顆糊裏糊塗的小小心房。從那天起我就下定了決心長大後非娶個漂亮媳婦不可！其實那時還是啥都不懂，雖然那些天都沒夢到過漂亮的媳婦，可有好幾次那條跑掉的大魚游到我的夢中，得意洋洋地朝我張開大嘴巴，還唱著歌嘲笑我！我沒牠游得快，又沒能捉到牠。有一次牠還飛了起來！我又一直沒牠飛的高，還差點被人捉到腳跟。因而天天都悶悶不樂，連好吃的點心零嘴都不想吃了，奶奶看到寶貝孫子可憐的樣子也沒了胃口，拿了不少錢叫五叔帶我去看看中醫，五叔約了好友費叔叔，他是名音樂家費曼爾阿姨的弟弟（後來費阿姨在歐洲成了張大千大師結拜的么妹），帶我進城（成都市），沒進醫院卻進了電影院，看西片「人猿泰山」，又帶我去南虹藝專教我游泳，看吳作人叔叔教畫畫、聽費阿姨教音樂，還找位曾到歐洲表演國術的體育老師教我打拳，就是打架啦！有一次在田邊遇到個小乞丐，叫我和他打，竟然被我打倒在水田裏，信心大增回到學校打敗了那欺負我的男生，光榮的重回男生國度！後來爺爺教我打拳時告訴我：「那驕傲那小乞丐是你費叔叔收買的。男生打敗了不可以哭，打贏了更不可以得意忘形！只要別人來告狀，有理沒理都要挨揍，你可要小心啦！」我變了！爺爺也變了？

　　一天爸爸下班回家，手裏提著一條好大的鯰魚，比我沒捉到的那條還大，說是看到那條大鯰魚從小溪沖到了灌田水溝，立刻就近跑向農夫借了大釘扒抓到的。在媽媽煮魚前，爸爸先把魚沾了墨汁用宣紙拓了好幾張，像畫一樣！大家都說好美！爸爸在左下方拿毛筆用棣書落了款，在右上方的標題是「年年有魚」，還蓋上他篆刻的吉語閑章「有餘」！我和奶奶一樣最喜歡吃媽媽做的魚，可是那天奶奶笑時我卻哭了，大家莫名其妙地看看奶奶又看看我？五叔得意揚揚挾塊薑片指著他大哥：「薑是老的辣！兒子輸給爸！」平日不愛言笑的爺爺也笑了，一直想把我偷偷地變成女生的阿姨失望地說：「連生變了！越來越像男孩子啦！」大家這才明白她一直用心在我的服裝打扮上下功夫動手腳的目的。現在輪到她失望而知錯地哭了，我可樂了，大口大口像野孩子似的吃起魚來，也不怕刺扎，因為奶奶和四嬸常替我挑出魚刺，心裏大聲喊叫：「我要變了！我要從溫室女人堆裏跑向大自然！」想到那大魚的嘲笑便下定決心先要練好游泳。喝了不少水，也曬結實了，多次差點淹死在河裏，只是沒讓老師和家人知道。在空小二、三年級時，終於好幾次拿到了空軍通信學校水上運動大會，和縣市鎮的游泳比賽兒童組冠亞軍。一直沒忘第一次冠軍被中視總經理張勤搶了去，原因只好另文分曉啦！

沒有問題

◆王育梅

　　一九八三年在美國紐約流浪歲月，愁雲像是天上流動的雲彩，偶爾像張密不透氣的網籠罩著我。流浪是辛酸的，但溫馨友情卻將所有愁苦化為浪漫。

　　當年因藝術家蔡爾平與莊惠芳的鼓勵，我到曼哈頓街頭一間「Studio Jewelers Ltd.」報名參加珠寶設計班。

　　由於在臺灣未曾學過與此有關的課程，加上外國語言障礙，因此首日上課時，心情緊張得連拿個小小鋸子，手心都直冒汗。

　　當年那位金黃參差灰髮的男老師，耐心地說：「Relax, relax, must pay attention.」但我仍無法抓住要領。我覺得那工具一點都不聽使喚，而且像是千斤重般的擔子在我肩上。後來老師問我會不會開車，我說：「會。」接著，他說：「開車時，要保持直線，若遇轉彎，得握緊方向盤，且不能急速轉彎，眼睛還要看準方向，對不對？好！現在開始將心情放輕鬆，就當作在聽一首柔和的樂曲。」

　　當時，一位灰髮碧眼的西方女士，一直站在我的左前方，像是配合音樂的拍子，不時頷首微笑，並以手勢不斷地暗示我，且輕聲地說：「Go ahead! No problem, Honey!」

　　那一天下來，手是酸了，但最後終於抓住要領，完成一件

小小作品。那位稱我「Honey」的西方女士，比我還興奮。她親著我的面頰說：「You can do it, I know you can. Honey, No problem.」當我們要離開教室前，她留下她的電話及名字給我：「Lorraine」。

當再見到Lorraine時，隔了一個多星期。我發現她清瘦了許多，後來才知她病了。當我問她病好了沒？只見她又是一句：「No problem！」

當她獲悉我來自臺灣，高興地拉著我手說：「我沒去過臺灣，但我知道臺灣。我的父母是蘇俄人，我和妳一樣，不喜歡共產主義。Honey，我喜歡自然，我愛人、我喜歡朋友。但是，妳知道嗎？這兒的紐約人，很多人的鼻子都是往上翹的；我非常不喜歡這種人。」然後，我看見她以那有些乾枯且佈滿皺紋的手，捏著自己的鼻子，快速的動作，「咻」了一下，並吹起口哨。我被那有趣的畫面逗笑了，她也笑了。

雖然我們年齡有段差距，但兩人都有共同的理想──希望獻出最純真的感情。我們這一老一小，有時像極了西方人喜歡掛在嘴上說的「Crazy」。Lorraine知道我一個月的課程已將結束，就問我可有再繼續選課的計畫，我搖搖頭。她又問：「需不需要我的幫助？Honey！」我仍搖頭。接著她說：「Honey，我喜歡妳，因妳是位Sweet Girl，妳可以感受我的心靈。喔！我是位老女人，但妳並沒有像別人那樣嫌棄我。我相信，獨自在紐約的妳一定有困難，聽著，Honey，……」我用手鳴著她的嘴唇，笑著說：「No problem！」她同樣用手鳴著我的嘴說：「我知道，妳一定是這樣回答我。」

有一天，Lorraine對我說：「我很不舒服，想請妳陪我喝杯咖啡？」我說：「今天下午四點我要應徵一個工作，所以我可

以陪妳到三點。但我希望妳不要再喝咖啡。」她說：「No prob-
lem！Honey，我瞭解妳對我的關心，但我除了咖啡，什麼也不喜
歡。」

　　我們一塊離開工作室，她大包小包的提了好多東西。那些包
包內，除了書籍外，全是工具和材料。Lorraine是位熱愛藝術的女
人，六十歲出頭的她，仍不斷地在吸收、學習。當我搶著幫她提
一個袋子，她嘴唇那麼一撇地說：「No problem！」並指著我的
大背包說：「I am crazy, you too.」這時，一位年輕日本男孩看我
們，妳一句我一句爭執不休，笑著說：「交給我吧！」Lorraine瀟
灑地兩手一揮，她說：「No problem！」

　　喝完咖啡那天，她緊握我的手說：「希望妳今天一切順利，
我會為妳禱告。」我說：「也希望妳忘掉今日所提的不愉快。回
到家後，不要再工作，早點睡覺。答應我，真的不要再喝那麼多
咖啡。」

　　她說：「Oh，no problem，Honey，記住，給我一個電話，
告訴我妳今天面談的結果。我等妳的電話，任何時間都可以。」
我說：「回到家可能有點晚了，打電話方便嗎？」她又說：「No
problem，Honey，妳呢？」我點點頭說：「No problem too！」

　　後來，她邀我去她家。那是位於布魯克林區的老式兩層建築
物，屋內陳設不少歐洲中世紀的藝術品。從聊天中也才知道，與
她恩愛廝守四十年的丈夫，前不久才過世。對膝下無子女，又與
丈夫相知相愛大半輩子的她，是個很大的打擊。

　　紐約流浪了半年後，是與她說再見的時候，當我依依不捨
向她話別時，彼此雙手握得很緊，兩人不斷地重複，我們的口頭
禪：「No problem！」直到兩人發現相互笑出淚水。

　　返臺後，我們仍偶爾通電話或通信。當她獲知我依然被不幸

的婚姻困擾，常在電話安慰我，甚至誠懇地說：「來紐約吧！孩子，不要擔心在此生活，有我在，不要怕。」

最後一次通電話時，只聽到她以極微弱的聲音說：「孩子，我怕見不到妳了，妳何時會到美國？」。雖然我牽掛著遠在紐約的她，也真的很想再到紐約見她，但紛擾的婚姻問題將我搞得身心疲憊，又被許多現實問題牽絆，不得不面對現實。雖然我在電話中應允她，定會在紐約再見，但這樣諾言卻是三年後移民美國才實現，而有機會到紐約那日，卻再也聽不到她的聲音。

她送給我的粉紅色皮夾與珠寶盒，雖已隨著時光歲月汎黃甚至小點破損，但我依舊保留使用。二十七年後的我，依然習慣背著大包小包、大街小巷行走。雖仍保留著當年流浪的心，但卻再也聽不到一種少有的特別爽朗腔調聲；「No problem！」。

康乃馨

◆毓超

　　七十年前，抗戰軍興，沿海省份到處烽煙，先父送余至當時有孤島天堂之香港，入讀廣州培英中學，校中有同學會之設，收費頗高，由高中同學主持，辦理非常完善。每逢佳節，定必舉行全校聯歡會慶祝，分派食品飲料，皆大歡喜。母親節則各佩康乃馨花一對，雙親健在者佩紅色康乃馨花一雙；只單親健在者，則佩紅、白色花各一；雙親亡故者佩全白色。余因慈母已亡故三年，則佩紅白色花各一，細觀全班同學三十人，每人均戴雙紅花，而余年雖最稚，卻佩紅白色花，同學以為余誤取，細加解釋，喪母之痛仍在，同學詢問，不禁觸動悲懷，不覺聲淚俱下，感念之深，今尤歷歷在目，正是樹欲靜而風不息。

　　先父出身清貧，幼年為人放牛，稍長為農家做長工，但生性聰敏，人窮志不窮，十六歲賣身為勞工，遠赴美洲尋出路，工作之餘苦學英文，後故能融入美國人社會發展，年剛過知命之年，大有收穫而還故里優悠歲月。余出生於其還鄉後，雖上有兄姊，均年長很多，但父母因晚年得子，珍若拱璧，深恐掉失一根汗毛。家雖有女婢數人工作，因先母過於溺愛，至小之事對余定必親為，早餐定必飲以美國出品之雀巢奶粉，香港出品之高級餅乾，正餐不離豬牛肉，在窮鄉僻壤，此種生活，既不易也罕見。

年已五歲，母仍不忍為余斷奶，鄉人視作奇聞。每週日步往八里外市鎮教堂聽道，風雨寒暑不改，母親背負前往，不假手他人，先母從未入學受教育，但相夫教子鄉人都佩服不已。只是余生不逢辰，十一歲慈母見背，彌留時唯一遺願，乃善視余及先父需人照顧，必須續娶。先父以余年幼誠恐受後母虐待，不肯續娶，父子相依為命。待余稍長，後母方入門。

政局改變，父與繼母慘受刑死，家破人亡。余早婚已生下兒女四名，逃亡前臨危受命，冒生命危險到香港，然後歷經艱難方抵美，將妻兒從苦難中救出，申請來美團敘，賴其聰敏能幹，勤儉吃苦，方從無到有，教養後輩成人，惜退休未幾，竟遭鼓盆之痛，往者已矣，生者何堪？正是子欲養而親不在。母親節之際，憶養我痛我之先母，助我伴我愛我，為兒女們全身心付出之亡妻，感慨萬千盼父母俱健在者，對長輩生前多加孝敬，以報養育之恩，否則縱有財富，時不我與，一滴何曾到九泉！

作者簡介：毓超，原名倉毓超，北美洛杉磯華文作家協會理事，廣東開平孔雀花報榮譽社長，恩平江洲僑刊顧問。作品散見各華文報刊。

還鄉，還鄉

◆劉戎

　　新化縣城邊的銅鑼井村是外祖家，外祖父和曾祖母亦葬在那裏。

　　墳地在村邊一塊隆起的土坡上，四周俱是水田，也有幾畦菜園，園裏有葉片肥厚的牛皮菜，母親特意指給我看，彷彿是故鄉的專屬，要我記住。外祖的墳與曾祖母的墳緊鄰，碑刻正對村莊，若真是地下有應，不知他們會是怎樣的心情面對這半個世紀以來的滄桑與變遷。

　　外祖的房產早已易主，土改時分了一半與人，新主人是尋他再嫁的母親來到銅鑼井的，他兩手空空而來，所以他有資格享受村裏的上等住房，這是均貧富的原始真理。據說房子的正堂兩側掛有黑底金漆的牌匾，樓上欄杆的扶手還車有葫蘆花飾。外祖母帶著年幼的幾個孩子偏居在另一半房中，後不堪受欺遷居常德西湖，僅作價五百元賣掉了余房。前些年新主人拆掉舊樓翻建了水泥房子，房門前的那眼井也砌上了水泥，唯有井水依舊清冽甘甜。總會有些東西是人力無法改變的，所謂天不可逆。

　　舊居西側還餘有幾間舊屋，是外祖母名下的老宅，現在家母的三嬸（我得叫她三奶奶）孀居在此。我們才到井邊，她就遠遠地迎了上來，這老太太八十二歲高齡竟然一頭烏髮，戴深邊眼

鏡，不知是近視還是老花，背略弓，手提拐杖，拐杖由一截大拇指粗的鋼筋製成，杖頭彎曲以布條纏繞。我沒看清這拐杖也罷，待看清了以後立刻將她的段位由「老神仙」升級為「老妖精」，我保證，絕無貶義。她見到家父後立刻道出這是他們之間的第二次會面，時間跨度越四十餘年，毫不錯亂。幾間舊屋已經破敗不堪，屋內雜亂地堆放著圓木、板木及竹和樹枝等，蛛網繞樑，積塵豐厚。正屋迎面的牆中間一方白壁，這裏應該是供放祖像或神仙牌位的地方，壁下或許有過八仙桌和兩把方方正正的雕花木椅，兩邊各有一側門，一邊通往臥房，另一邊通向廚間，廚間的灶臺和碗櫃還在。再往後是天井，母親還記得那幾株懷抱粗的楸樹，樹下有她的童年，可惜大煉鋼鐵的年代被砍掉送進了高爐。母親雖生在多子女的家庭，但在她前後連續夭折了三位兄弟，她又是外祖的第一個女兒，極得寵愛，與同族的男孩子們一起讀書啟蒙，書間在正堂西面。

　　母親的出生地據說就在三奶奶現居的那間屋內，屋外是間小廳，當間一張方桌，桌面是密實的木板，桌的下部卻是水泥而且與地面砌成一體，正中有一爐口，冬天桌面下覆以棉被，一家圍坐，其樂融融，放幾隻地瓜在泥臺上慢慢地煨熟，滿室生香。桌邊的地上有兩塊活動的木板，掀起來用以清除爐灰。

　　外祖家在鄉下並無多少田地，租與鄉人耕種收成對半，連家人的口糧都不夠，要到城裏去買。收穫時節，舅舅們被派到田裏監收，但那時還只是中學生的舅舅們惦記著要去打籃球，根本顧不上細數收進了幾石糧食，欠年時，鄉人拎幾隻土雞來抵一年的收穫，外祖母也不在意。時外祖父在縣城裏經營一家商號，將新化的煤炭運到漢口等地，彼時水路行船頗有險阻，十船中有兩船能衝過激流便可保本，而外祖勤勉常常能使十之有八。他拿的

是薪俸與股東分紅，雖非豪門富戶，但年俸一千五百石糧食足以供養全家。他曾舉家遷居城裏，但外祖母聽說那城裏的房子曾歿過一個孩子，不肯再住，於是外祖父就在鄉間老宅建了兩層的住所，如今這一切只存在記憶之中，五十年煙雲過眼。

只有土地永遠都會讓人踏實，曾祖母的幾塊田地與水塘都在老宅的屋前，稻秧碧青，蒲草婀娜，蝴蝶停棲在野菊的花心，七裏村和南臺山在路的那頭和更遠處。物是人非。舅舅與母親邊走邊指點某處某處是奶奶的田地，某處某處是我家，這種心情是歷經五十年磨礪後的平靜與無奈。

俱往矣，還看今朝！

作者簡介：劉戎，洛杉磯華文作家協會會員。祖籍湖南，
　　　　　二〇一一年自中國江蘇連雲港移居洛杉磯。

球兒

◆柳夢若

　　我認識球兒的時候,她還只是個水裏漂來的小孩兒,兩歲左右吧!講起話來,咦咦唔唔,走起路來,東倒西歪。修女們疼她,憐惜她,我們喜歡她,逗她,整她,也討厭她。

　　村裏面的人們,都說她聰明可愛,是天上掉下來的小精靈。大人們爭著疼愛她,小孩兒們搶著和她玩,也打她。

　　她就是在如此矛盾的環境裏,成長了七、八年。

　　她原該是大城市裏富貴人家的嬌嬌女,卻流落到荒山野谷的育嬰堂中,苦挨了八年她的童年!

　　是命苦?還是運慘?總之,是際遇捉弄傷害了她。

　　她叫法國來的老神父爺爺,叫那遠在美國來收養她的主教爹爹。她把憐惜疼愛她的年輕神父視若大哥哥好朋友。她不敢哭,不會笑,默默地,靜靜地學著忍著,做個乖女孩。

　　就在那樣美好的人間天堂,她成長到十歲。到了該去另一個孤兒院讀書的時候,她必須要有一個完整的名字,修女說:「你父母親的姓不能用,在此戰亂時期太敏感,你祖母的姓名中有個蘭字,而你本名叫麟兒,今後你的名字就叫藍麟吧。」

　　所以在我的記憶中,她的名字叫藍麟。可是抗戰勝利後的狂歡裏,她得知了些許自己的身世,有人說她是貴族身分,是格

格；有人說她是愛國英雄的女兒。結果她被送進了抗戰遺族學校，那是一所專為收養培植英雄兒女的搖籃，而她必須用她那英雄母親的姓氏，得與那藍麟的一切劃清界線。

可嘆她做了英雄的女兒後，卻依然既伶仃還孤苦，也依然是舉目無親，受盡欺凌！

戰亂之後，依然有亂戰，而她也依然還是孤兒，所幸她受了海外筆友的啟示，放棄了等待新中國的命運！而決心自創生機，跟隨同學哥哥的軍艦去臺灣。

哇！臺灣！臺灣是啥地方呀？咳！管它呢！管它是那兒，對孤兒來說，豈不都是一樣嗎？就那樣，球兒上了大軍艦，懷著莫名的興奮與期待，到了寶島。

在臺灣，她由抗戰遺校的初二上跳進花蓮女中的高一下，哇！荒唐吧！是老師啦！她說你國文、史地、英文都這麼好，讀初二太可惜。拚拚啦，拚拚數學而已。

好老師為她弄來一張轉學證書，可是才十二歲，這個年紀讀高一下太玄不？老師說：「那就填上十五歲吧。」結果是，傻不隆咚的小豬妹，一轉眼，就變成了精靈古怪的猴兒精。像嗎？成嗎？咳！管它吧！

她既不能英雄造時勢，就試著讓時勢來成就她吧！

嗨！也不過是跳了兩年半的班，憑空多活了三年而已。亂世嘛，亂中求變，也該是存活之道吧！

她一個小孩兒，球兒似地，隨著境遇，滾來蕩去的，總是在夾縫中求生存，牽牛花似地，總能自創生機。

球兒一直是時有時無地受著教會的眷顧，她對她敬愛的宗教，有著根深蒂固的崇敬。而那些照顧過她的宗教中人，多對她有著「小修女」的誤會與認同。而在她自己的內心深處，卻有個

可愛的筆友盤踞著，她不敢向愛護她的神父修女們說她不想做修女的話。

有個好心的伯母告訴她，女孩兒嫁了人，就做不成修女了。她知道那伯母的兒子很喜歡她，可是她卻很怕那伯母的一家人。

因此，她向那筆友的好朋友求助，那是一群可愛熱情的好男孩，他們協力同心地勸那筆友：「娑麟兒，先辦結婚手續，之後送她去讀可以住讀的學校，如護士、師範什麼的。將來畢業後，再申請正式結婚。」

就那樣，稀裏糊塗地，他們在她十八歲之前，為她辦了個結婚手續，而她也考進了護士學校。在他倆結婚二年之後的一次重逢之夜，他們忘了那結婚只是形式的諾言，而偷吃了禁果。更不幸的是，造成了沛兒的來臨。

那是球兒的終生憾恨，更害苦了兩個從不知父愛的小孩兒，理由很可笑，也很殘酷。

其一是始終申報不準、做不成軍眷；其二是她可能不是貴族身分，而只是一個奶娘的女兒。

誠然，她的皖省朋友很多，因為她是成長在皖省善良人氏的仁慈裏，她是在皖省的土地上存活成長的，她在那裏獲得愛和扶持。十年的悠長歲月不算短。

球兒是我的好朋友，我瞭解她的悲哀和她的苦，所以我叫她球兒。她的這一生，就如同一個無根的球兒，總是被環境和際遇弄得滾來蕩去的，有時連她自己都迷糊了，是誰？她到底是誰嘞？

別難過，好球兒，想想看，多美呀，管它哪，你就是你呀，天涯海角的，要緊嗎？你何不？

乘著那心湖中的夢之舟，

到那天之涯，海之角，

踏遍山之巔，洋之濱，
為幸福的日子謳歌，
為燦爛的人生吟詠，
海闊天空，怡然自得，
快快樂樂地生活著。
不美嗎？你不是身逢亂世，劫後餘生嗎？

抒情

愛蘭，寫蘭，詠蘭

◆文驪

　　我對蘭花的喜愛，是受母親的影響，她對蘭花的偏愛、呵護，有如自己的孩子，她專心研究，用花粉交配及接種，配出各種不同的美麗花瓣及亮麗的顏色，無論是玉蘭、芷蘭、木蘭、素心蘭等，在我家花園的蘭花小徑上，總是散發著陣陣清香，讓人倍覺心曠神怡，親朋好友讚不絕口，其樂無窮在心中。

　　曾經記得一位長輩，也是父親的好友，對我們講過一段很動聽關於「蘭」的故事，他說：「蘭在國史左傳上，首先出現是一個非常富傳奇性的故事，記載著鄭文公、穆公父子倆人的事。」

　　鄭文公有一位嬌豔如花的如夫人──燕姞，她自己說（也可能是小策略、小陰謀也說不定），有一個夜晚，得到一個夢，很清晰的夢，有一位長髯飄飄的老人，親手賜給她一棵芝蘭，並且作這般的交代：「我叫伯鯈，是你的祖先，為了你的子嗣──蘭，有國香，人人喜愛，因之，這些給了你吧！」

　　翌日，鄭文公於會見她時，也給她一盤蘭。日間夜夢均與蘭有關，真是巧合之至。當晚文公便留宿於燕姞的寢宮，燕姞把夢中的情形，細說了一遍，並強調著，如得子，將以蘭為徵信。

　　果然，生了子男，命名為蘭（即為穆公）。

　　鄭文公為了想讓公子蘭能繼承大統，將「群公子」驅逐出

境，而公子蘭呢，也不安於其位，在危疑震撼中，懷著憂懼的心情出奔到晉國去，後來，終於借重了晉文公的強大兵力，才回到故土。

公子蘭之所以能得到晉文公的大力幫助，實得力于一位大臣石癸的多方提攜，石氏對文公的說詞是：「臣聽說，現在流落在外公子蘭，是後稷之妃的後裔，天將啟之，必將為君，其後裔必蕃，如先使其保位，於與國土，又多得了一個附庸的盟邦。」

晉文公認為石癸的話說得合理，即命孔將鉏、侯室多兩員使將，率兵使公子蘭回國。

公子蘭（鄭穆公）是在如此這般的情況下，復位兼復國的，倘使他的母氏－燕姞不「夢蘭而生蘭」，則鄭國也不可能會生出「公子蘭復國」的趣劇。

魯宜公三年（公元前六〇六年），公子蘭鄭穆公病倒了，自己喟歎著：「蘭花，吾其死乎？」逐割蘭而卒。

鄭國的「夢蘭」故事就是這樣被流傳著。

還有一則也關蘭事——「肥水之戰」。打垮了符堅的前鋒指揮官謝玄，少年時代最為智慧，深得乃叔謝安——東晉的首相——的特別器重。

一回，謝安對著環列於堂前的子侄們道：「子弟們要怎樣參與人事，才能顯得自己才幹？」

謝玄不暇思索地應道：「這個很簡單，好譬芝蘭玉樹，讓它生長於庭道吧了！」

芝蘭玉樹，當作「人才」解，自以謝玄將軍為嚆矢。

又一則，那是描寫一位畫家，輟耕錄上，記鄭所南先生，工于畫墨蘭，只有他所畫的「墨蘭」，絕不贈人。

該縣的太守得悉他是畫蘭的專家後，多方托人懇求，始終

未能如願，後來思出一卑鄙的計倆，擬厚徵鄭先生的三十畝水田的賦稅，作為威脅，先生知道底蘊後，怒不可遏的嚷道：「頭可斷，蘭不可得！」

鄭所南珍惜其「墨蘭」竟達到這種物我不分、愛之如命的程度，的確難能可貴，他曾自畫一副一丈餘的巨幅，天真爛漫，意出物表，酣墨淋漓地自題詞云：

> 純是君子，絕無小人
> 深山之中，以天為春

蘭稱君子，君子稱蘭，自古迄今，莫不如是；縱天地不存，蘭仍如此，蘭乎蘭乎！

今恭錄名作幾首與同好共賞，並以赤誠之心，希望讀者提供詠蘭詩及詞，無限感激。

〈詠蘭〉

> 折莖聊可佩，入室自成芳
> 開花不競節，含秀委微霜
>
> ——梁宣帝
>
> 清風搖翠環，涼露滴蒼玉
> 美人胡不紉，幽香藹空谷
>
> ——唐彥謙

幽花耿耿意羞春，紉佩何人香滿身
一顆芳心須自保，長松百尺有為薪

——蘇軾

健碧繽繽葉，斑紅淺淺芳
幽香空自祕，風肯祕幽香

——楊萬里

〈買蘭〉

幾人曾識離騷面，說與蘭花枉自開
卻是樵夫生鼻孔，擔頭帶得入城來

——方岳

〈浣溪紗〉

綠玉叢中紫玉條，幽花疏淡更香饒，
不將紅粉污高標。空谷佳人宜作伴，
貴游公子不能招，小窗相對誦離騷。

——宋向子諲

作者簡介：文驪，本名張驪雯，廣東潮州人，撰寫過歷史
小說賽金花，賈后與甄后，中國第一位留美學
生容閎，另作散文及遊記。一九八○年由臺移
居洛杉磯，現任家庭企業海外分公司負責人，
並歷任國際同濟婦女會理事及北美洛杉磯華文
作家協會會長。

楓葉情懷

◆莊維敏

　　英文課本裏夾著一張印滿楓葉的書籤，那是我的最愛，每當為大學聯招「烤」得昏天暗地、焦頭爛額的時候，總會為那張滿山紅葉的美景，觸動起許多美麗遐思，想到了「一年好景君須記，最是橙黃橘綠時」，想到了「停車坐愛楓林晚，霜葉紅於二月花」的幽邈詩句，不止一次的，有一股衝動，想要丟下滿桌凌亂的各類應考書籍，離家出走，好去尋山拜訪圖片中的林園，讓自己跳出作為「考生」的桎梏，讓大自然的新鮮氣流，把為聯考揪心的恐懼徹底洗滌，好教屬於慘綠年華的青春，沾潤絲絲的詩情畫意，而不再把自己的心緒壓縮於一方永無止境的升學愁城中載沉載浮，以至於幾乎到無法自拔的憂苦地步。

　　然而，住在臺南的我，要到那兒才能找到我夢中的楓葉林呢？引發人們回想一段永不褪色的光彩記憶的紅葉少棒，起源於滿山遍野皆是楓樹圍擁的臺東縣的紅葉村，是我當時腦袋中唯一知道的地方，可是臺東太遠了，我這個生活範圍只在方圓幾公里之內打轉的鄉下人，又曷可企及呢？

　　這個夢，多少年來，我也只有一遍遍在蕭孃珠的歌聲裏去尋覓了：

深秋楓紅層層　楓紅裏有我的夢

就像我的感情　多過那楓紅層層

楓葉隨風飄零　落葉打醒了我的夢

楓紅楓紅不再有我的夢　一層層一層層

像我的感情　隨風任意吹送

希望在明年此時　編織幅美麗的夢

多麼淒美的歌詞？混合著蕭孋珠渾圓寬厚的歌聲，就一直伴著我在「為賦新詞強說愁」的歲月裏成長。

多少年矣，我早已脫離了那「少年不識愁滋味」的年輕時光許久了，驟然在每天清晨去買世界日報的路途中，看到一排排黃色的、紅色的或者是夾雜了綠色、黃色、紅色於一身的楓樹，正生意盎然的在我面前展露風華，說不出心中有多少的訝異和悸動，「眾裏尋他千百度，驀然回首，那『樹』卻在，燈火闌珊處」，不正是我初遇楓葉時的傳神寫照嗎？於是半個多小時的散步時刻，看各色的楓葉迎著秋風而婆娑起舞，在蕭瑟的秋景中，另有一番美麗在眼前延伸，我得以貪婪地盡情瀏覽大自然無盡的奧妙，彷彿把以前求之不得的企盼加倍索回，一大早，心中就因此漲滿了豐盈的感恩之情。

來美已匆匆二十五年了，年少時節那滿腔迷戀楓葉的濃鬱情懷，在漂泊流浪異國的客居生涯中，緣於偶然的邂逅，成就了我每年秋天眼睛最忙碌、又最充實的際遇；那多變的季節風光，像變魔術般，不斷地在我眼前展現丰姿，我也恣意地享受這個一年難得的雲淡風輕，想想人生際遇是多麼奇妙？真有「有心栽花花不成，無心插柳柳成蔭」的感慨！看來莫非諸事隨緣，那麼自然就歡喜無限呢！

作者簡介：莊維敏寫作三十多年，在海內外報刊及雜誌發
　　　　　表許多作品。作品〈飛夢天涯〉、〈今天星期
　　　　　幾？〉、〈依舊深情〉榮獲僑聯總會華文著
　　　　　述佳作獎，並獲世界日報徵文比賽佳作，矽
　　　　　谷母親節徵文第三名。出版有《兩代情，一生
　　　　　愛》、《依舊深情》兩本書。

憶萊茵河畔

◆丹霞

　　那一年七月初，正值夏日炎炎，我和外子到英國去探親度假。我們陪同我的洋公公去德國看望他的兄弟及親人。我們三人同行由英國出發，乘坐著著名的連接英、德兩國的海底隧道國際列車，列車內有酒吧間，所有座位寬敞舒適，國際列車高速又平穩，安靜無噪音。好奇心令我揣測，怎麼能在海底開通隧道呢？我興奮地望著窗外，期待發現什麼奇蹟。窗外，令人失望地一團漆黑，什麼也看不見。大約二十多分鐘列車穿出海底隧道，沒有多久便到達德國的火車站。德國的火車站蠻方便，幾經周折乘坐轟隆隆的火車到達德國之旅的第一站。阿爾卑斯最大度假村——加米許帕坦科辛，我們在一家私人別墅式的旅館（Garmischchparten-kirchen）住下時已是凌晨。夜深人靜，店主人睡眼朦朧地打開門，幸虧洋公公能講德語，洋公公的腿腳不太好住在樓下。我和外子就躡手躡腳地住在樓上一間套房，有趣的是室內雙人床上擺著兩張單人床墊，躺在床墊上不敢翻身，只要翻身床墊吱吱亂響，四周寂靜，作為晚歸的宿客，也要保持安靜。旅途的辛勞令人倒頭就睡，一覺到天明。

　　次日清晨，熱情好客的旅館女主人已經在樓下餐廳擺上豐盛美味的早餐。窗外，陽光明媚，窗臺上擺放著姿態可愛的陶瓷白

鵝，真有賓至如歸的溫暖感覺。用餐之後，外子拉著我回到二樓
房間，走到陽臺，外子一邊喝啤酒一邊介紹，斜對面是冬運村，
有許多項冬季運動設施盡收眼底。原來我們住在譽有最佳滑雪勝
地美名的加米許帕坦科辛。屬於阿爾卑斯山最佳度假村。自一
九三六年承辦冬季奧運會後，聲名大噪。眼前的美景固然令人陶
醉，但是，更誘人的是我們匆匆忙忙地趕著去參加BMW摩托車
展覽。於是，我們驅車趕到了阿爾卑斯山腳下，現場氣氛熱鬧非
凡，歡樂的人群中簇擁著三位身材高大健壯的男子，他們穿著傳
統的服飾藝人打扮，每個人手舉著大約三米長煙斗型的號角，吹
起「長號角」，悠揚歡快圓潤的號角聲在阿爾卑斯山腳下回蕩。
我們在人群中擠來擠去，剛巧擠到目睹三位吹號手的風采的位
置，我也深深地被藝人們熱情的目光，鼓著腮幫子執著地吹響號
角的神態迷惑了。我搶先一步站在一位高大的留著大鬍子的吹號
手旁，誰知那大漢用他的大手摟住我的肩膀，我急忙大叫，暗示
外子快拍照，合影照片上留下我逗人誇張的笑容。然後，向另一
邊瞧去，只見一位英俊瀟灑的男子站在一張四方桌上，右手揮舞
著皮鞭，在空中抽響抑揚頓挫的快樂音樂。音樂是不分國籍的，
無論你是從哪裏來，歐洲人、美洲人美好的音樂的感染力是能夠
引起不同民族的共鳴。音樂是共同的音符，像傳遞世界大同和平
友好的使者撥動著每個人的心弦。人群中笑聲，鞭抽音樂聲及長
號角圓潤的聲音，編織成美妙動聽的交響樂，令人們沉浸在幸福
喜悅的生活氛圍中。人們站著、坐著、不分男女，爭先恐後地品
嘗著香醇的德國啤酒，真是酒不醉人人自醉。一望四周，金髮碧
眼，我是人群中唯一的黑頭髮的中國人。曾幾何時自己竟然在歐
洲的冬運村成為一位「外國人」，宇宙之無際，地球村之廣大，
凡是有人跡的地方都不乏有中國人的身影，一種自豪感油然而

生。BMW摩托車展，最吸引人眼光的是一位著名的法國選手。曾在「○○七電影」中做過特技替身表演，在小小地表演場地這位特技大師竟雙腳站在摩托車座位上行駛。驚險程度令許多女孩不由自主地大聲尖叫，男人們興奮地打著口哨。表演結束後，為了請法國選手簽名，合拍照片留念，人們排著長長的隊伍，快樂無窮。

　　BMW摩托車展覽吸引了來自世界各地的摩托車迷，歡樂之餘，人們爭先恐後地品味德國香腸。中午時分，更令人難忘的口齒留香的德國著名的燒烤豬蹄膀，外焦裏嫩，滿口噴香令人一想就流口水的美味佳餚。配上一點酸酸的涼菜。大口大口喝著冰涼的啤酒。外子看我盡興喝啤酒的樣子，一直問我喝得了這一升的啤酒嗎？我狠狠地瞪他一眼，意思是告誡他不要惦記我的啤酒。外子心領神會地急忙解釋：「甜心，我只是擔心你喝醉了，你要不喝了，我替你喝。」我很清醒地告訴他：「你喝你的啤酒，我喝我的啤酒。OK？我若喝醉了，我可以寫詩。」哈哈！我們彼此心照不宣地笑起來。美景、美食加上美酒，豈有不喝之理呢？一大升紮啤一飲為快，興奮快樂了一天。天高山青，人人熱情洋溢，令人流連忘返。阿爾卑斯山腳下，空氣新鮮的讓人忍不住深深地多吸幾口，彷彿可以驅趕旅程的疲勞，繼續旅程。仰望晴空，忽然想起：「天空圓如蓋，陸地似棋局。」人類要愛護大自然的綠化風光，擁抱美好的和平世界。

　　到達德國的第二站去看望洋公公的兄弟。於是，我們又乘上轟隆隆的火車來到萊茵河畔一個美麗的小城市。我們在洋公公的弟弟家住下，第一次見面每個人都互相擁抱，按照歐式見面禮節互相輕輕地親吻臉頰。第一次與細腰肥臀的洋嬸嬸見面，洋嬸嬸格外熱情宛如久別重逢的親人一樣。洋嬸嬸興高采烈的拉著我

的手，給我們介紹她的豪宅。其實我和外子都不懂德語，我們僅
會說「謝謝」來應酬著。這是一幢坐落在半山腰的三層豪宅，樓
下有兩套客人房，我們便住在樓下。洋嬸嬸首先帶我和外子參觀
他們一樓的廚房，與其說是廚房，看上去更像餐館。裝潢別出心
裁，陳列許多稀奇古怪的古董。令人感覺置身於一家新穎別致的
餐館。像座小倉庫儲藏型儲藏室幾個大冰櫃，存放了許多食品。
印象最深刻的是二樓廚房，餐廳擺著大酒櫃，擺滿各式各樣的酒
具。餐廳通向封閉式大陽臺，擺著一張大約可容納十二人的圓
桌，圓桌右側擺著一張躺椅式的沙發。從廚房通向陽臺的落地玻
璃門兩側在陽臺的位置上，擺滿了袖珍收藏品，獨具風格的大陽
臺。我非常喜歡的是陽臺有一百八十度美景，在陽臺上可以看到
另一個兄弟家的屋頂，兄弟倆家的後院有一個小門，穿過草坪可
以到洋公公的哥哥家裏做客。洋嬸嬸熱情地招待我們在大陽臺坐
下，一邊喝香檳，一邊敍家常，我在悄悄地欣賞美麗景觀，猶如
坐在空中餐廳，仙境一般，放眼望去是碧綠漣漪的萊茵河非常具
有詩情畫意。

　　德國人是傳統的民族，兄弟之間手足情深，熱情無比。微胖
的洋嬸嬸，每天早晨把陽臺上的圓餐桌佈置的像西餐宴會一樣隆
重，啤酒香檳，各式飲料，草莓甜點更是一絕，每天我們大家聚
集在大陽臺的圓桌邊，一邊喝一邊聊天。從早喝到晚，晚上十點
多鐘如同白晝。洋公公的幾個兄弟齊聚在一塊高興地敍著家常，
我和外子聽不懂德語，外子的表弟操著生硬的英語做翻譯。短暫
的萊茵河之旅，深感到這是一個傳統的熱情民族，兄弟之間重視
彼此的情誼，互相關心彼此的生活。當然也難免有分歧爭吵，從
他們豐富的面部表情，大概看出他們談論甚歡或是不太愉悅。外
子靜靜地聽他們講，洋公公的兄弟們在責怪洋公公「為什麼不教

你的兒子學習德語呢？」洋公公的臉色漸漸地消失了笑容，彷彿沉思著什麼事情。我聽外子講洋公公在第二次世界大戰時，才十七歲硬被抓去充軍。派送到英國打仗。這一去，便是一生留在英國的命運。隔天，年輕的表弟開車接我們出門遊覽德國最早的步行街之一，請我們到一家百年老店用餐。享用一些西式美食和德國的白香腸加黑麵包。午飯後，開車來到萊茵河畔的德國魅力名城科隆。我們參觀了世界著名歌德式建築景觀──科隆大教堂。教堂裏保存著西元一二〇〇年製成的三聖王的金棺，超越了西方可以相提並論的所有金質豪華棺材。此外還有許多價值連城的藝術瑰寶。大教堂是科隆的象徵。我們在萊茵河畔的拱橋邊留下合影。

　　第三天，洋公公的弟弟帶我們參觀第二次世界大戰的紀念博物館，博物館是利用第二次世界大戰萊茵河的橋頭堡築成。我們走進幾乎僅容一人前行的碉堡樓梯，彎彎曲曲地來到展覽廳。許多第二次世界大戰時期保存下來的軍人頭盔、武器、戰跡留存物的見證，令人驚心動魄的是目睹二戰時炸斷的橋樑，僅剩下一半橋樑，架在半空中的斷橋，警示著人們不要忘記過去戰爭帶來的創傷。看著洋公公與其弟弟的激動表情，我揣測他們在為戰爭帶來的骨肉分離而懊惱，為戰爭使洋公公失去一隻眼，一條腿留存著戰爭的子彈，觸動著他們內心的傷痕。使我不由而思，我們在和平年代活著就好，平安就是一種幸福，平凡也是一種快樂。我們與洋公公的兄弟及家人暫短的相聚，臨別時大家都依依不捨，互相交換禮物合影留念，洋公公的弟弟和弟媳親自開車送我們到火車站，火車就要開了，我們與洋嬸嬸擁抱告別。洋嬸嬸的大眼睛閃著淚花，我也感動的視線模糊了。不禁聯想：親人們之間的互相關心，互相愛護，互相幫助，就是人間最值得珍惜的情誼。萊茵河畔美好的時光，如今留下永久美好的回憶。

小黑

◆菊子

　　小黑是隻小小的北美流浪貓，是不久前才到我家造訪的。

　　那是這個夏季裏大約一個月前的事，每每傍晚黃昏時分，夕陽西下，我和下班歸來的夫君一起，為坐落在美國西部南加州的宅邸前後院子裏栽種的花花樹樹澆水培土，不知不覺中，身前影后，突然多了一隻不知從哪裏鑽出來的小黑貓，跟在我們的腳前腿後，不畏生人的樣子，彷彿伺機要尋一口食物。

　　小黑模樣長得像只柴火妞，瘦瘦的身形，全身黝黑黝黑的毛色間夾雜些許黃白色細毛，四肢中的三隻腿腳是黑色，後右腿卻是黃白色，後背掛一些雜草屑，兩隻透亮的黃綠色眼珠圓睜睜帶著憂鬱的眼神，小小瘦弱的體型還顯得很稚嫩，可胸下兩排乳房卻是鬆拉拉的，才知是隻「小女貓」，卻彷彿失過身的樣子。一副飽經風霜的神態，令人憐惜，我們就順口叫牠小黑。特別是小黑那喜歡接近人、渴望與人親近的模樣，感覺又不像是隻拒人千里的野貓，那牠到底是從哪裏來的呢？牠的身後隱藏著一個怎樣的身世和背景呢？牠也會有自己的故事嗎？不得而知。

　　小黑剛來的時候，我家對貓有著極強憐憫心的夫君，在家宅前院的大柳樹下，為小黑精心準備了貓糧和水碗兒，供牠飲食。而牠不知有多久沒吃到足夠的食物了，竟一頭栽在裝有食物的白

色小塑膠碗裏，如狼似虎地「暴飲暴食」起來，完全不顧身邊的安危「隱情」了，肆無忌憚地「飽餐」起來。

其實，潛伏在牠身邊的「隱情」已危機四伏。一是在我家後院原本的泳池旁，如今已廢棄的三間小更衣裏堆積的雜物邊，經常流落借宿著一隻棕灰黑毛色、面目神態蒼狼的「大野貓」，隨時會有突襲小黑的隱患；還有我家兩隻也是從像小黑這樣大開始收養的流浪貓出身的肥大「狸花貓」姐妹花花、妞妞，牠們來家兩年來，一貫過著吃飽了睡、睡醒了吃、飽食終日、無憂無慮、嬌生慣養的日子，當然不喜歡有外來「入侵同類」爭寵、侵佔地盤的，自然對小黑充滿著敵意，隨時準備突襲、趕跑小黑，以讓自己永保絕對優勢，「獨佔鰲頭」，唯我獨尊的境地。因此，小黑早已是「腹背受敵」，牠還全然不知，一頭栽在貓食碗裏大吃大喝著，不知自己身後的安危卻「危在旦夕」。

終於未等小黑的飽餐完畢，險情便突顯了起來。先是大野貓嗅到了外來者小黑的訊息、尋蹤而至，躲在一方遠遠地窺視攻擊時機；後是也正好被主人放到院子裏出來玩耍的花花、妞妞，牠們也早已以各自本能的靈敏嗅覺，覺察到情況的異常，也豎起全身毛髮、輕手輕腳躲在一邊「觀敵料陣」，伺機偷襲小黑。形成一種「三國鼎立」之勢，箭在弦上，一觸即發。

終於有一刻，花花突然以迅雷不及掩耳之勢一個箭步竄出，欲突襲小黑。可不料，還沒等衝到小黑近前，牠卻又突然一個「回馬槍」，掉頭往回躍，朝後院鐵藝小白門衝去，迅即藏身到樹叢綠葉後，俯臥下去，一動不動了。

「牠怎麼啦？」我正為牠此一反常之舉感到納悶，才發現原來是大野貓擋在路邊也正準備出擊呢，才把花花怒衝衝的「英雄氣概」瞬間嚇退，變成狗熊樣躲到樹叢裏藏身去了。呵呵，真是

「螳螂捕蟬，麻雀在後」啊！

而一場風波過後，轉眼間，小黑吃飽喝足，卻轉身一個箭步，身手矯捷地竄到停放在院子旁路邊的白色「太陽椅」上，伸展四肢，倒頭大睡了起來，彷彿一切困苦、一切險情都不曾發生過，一副全然不管、怡然自得的神態。大無畏的境界啊，令人折服！

這樣的時日持續了一段時間以後，身邊有動物保護協會的朋友得知此資訊，建議去給小黑做結紮手術，免得日後牠繁衍出後代，再像牠一樣流落街頭，遭此厄運，不好收拾。理性上可以同意此說，但感情上總難以接受，覺得人家也來世一場，做一回女性，竟人為過早地被剝奪做母親的權利，想來未免太殘忍了些吧？不知這是不是小黑的本意呢？望著小黑兩隻無聲的黃綠色眼睛，無從考證。

日子就這樣一天天拖了下去，直到有一天發生了驚人的一幕，才又讓我們看到了小黑的另一面。

在美國西部南加州夏季的這個傍晚，陽光還依然燦爛。家夫下班回家，一進門，在我迎接到門前的瞬間，他拉開自家白色鐵藝防盜門，驚奇地對我回頭說：「你看，又來了這麼多隻小貓，怎麼辦？」我順勢而望，天哪，在家門前道路邊，我平時停車的地方，像往常一樣前來造訪的小黑，身後竟然跟著四五隻毛茸茸小花貓幼崽，個個生龍活虎、乖巧可愛，長得一副天生麗質的樣子。

「是小黑的孩子吧？」我見狀，不由地這樣猜測說。

「不會吧，牠才多大？自己還沒長成呢。」先生搖頭說。

「外面的流浪貓還管誰大小？都是小畜生唄。」我答。

先生經我這一講，也遲疑地又回頭望了望小黑和牠身後那些小花貓，無從解答。

「你看小黑的乳房不是鬆垮垮的嗎？像餵過奶的樣子，牠已

經不像是個處女了呀。」我進一步猜測著講。

先生對我這一說更是無言，便彎腰一把將已經繞到他膝前的小黑抱過來，翻開牠腹部一看，沒話好說了——因為我們看到了小黑垂在胸下兩排紅腫的乳頭，再看看牠瘦瘦瘦的腰身，知道牠已是位正在哺乳期的母親了。這一刻，我不知是該為牠高興，還是為牠悲哀。

再看看小黑的幾個孩子，有一隻黑白相間的，一隻灰白雜色的、一隻黃白相間的、另兩只是黃白雜色的，像是一對雙胞胎姐妹，共五隻，個個都像巴掌那麼大，睜著一雙雙圓圓的藍眼睛，天真活潑。從中可以看出，牠們的父親一定是位帥哥，一位純歐美混血的風流小強盜，讓我們的小黑生出這麼不可思議的漂亮小Baby，不知是對牠生命的一種昇華，還是泄耗？

而此刻的小黑，儼然一位偉大的母親，牠昂首挺胸地站在自己一群孩子的前面，盡力露出兇狠的眼神，呲牙咧嘴，對著體積比牠肥碩幾乎一倍、正從對面緩步而來的花花妞妞哈著粗氣，像是警告牠們：「請不要靠近我的孩子，不然，別怪我不客氣！」不可一世！

少頃，周邊的環境稍稍平靜下來些時，小黑居然側臥在我停在家門前藍色臥車的前保險杠下，微眯起雙眼，為牠的小寶貝們餵起奶來了，一群小傢伙在牠胸前擠來拱去的，盡享天倫之樂，好不愜意！

但這也不是長久之事呀，因我家早已養的兩隻狸花貓，容不下小黑這一家子，無法共處在一個屋簷下。而院外還有一隻長期候在那裏的「大野貓」，時刻在威脅著我家養的兩隻花狸貓和小黑一家子的安危，怎麼辦呢？

第二天，當我在電話裏把這一奇觀講給當地動物保護協會的朋

友聽時，他們很快就找到了願意領養小黑一家的主人，令人欣慰。

可當領養小黑一家的主人來臨時，我望著這群歡蹦亂跳的小精靈們，心存不捨。可仔細看來，發現昨晚在這裏玩耍的小黑一家小Baby中，竟少了一位。那只灰白雜色的小貓不見了蹤影，左右東西都沒找到，我們才感到了事態的嚴重性！這隻貓媽媽，儘管使出渾身解數，也未能保護好自己的孩子，一夜之間，竟弄丟了一隻，很是可惜，又可歎！

無奈之下，我幫來者姐姐把小黑的孩子一隻隻抱到對方帶來的鐵籠子裏，關好小鐵門，再去抱起小黑。當我剛伸出雙手，小黑以為那是一雙愛撫的手，便迫不及待地迎了過來，還未等我把牠瘦弱輕盈的小身體舉到胸前，牠就急切地一頭栽進我懷裏，帶著滿身的草屑，沾滿我橘黃色花裙，依在我胸前，彷彿終於尋到了世間溫暖的港灣……

可殊不知，當我把小黑也往另一隻鐵籠子裏塞的時候，牠彷彿認得那東西，死活墜著屁股往後退，不往裏進，我硬是把牠往裏塞進去。牠回過頭來再看到我時，一雙黃綠色圓眼睛裏，眼神是充滿了驚懼與絕望，渾身顫抖，彷彿在告訴我：「我是那麼地信任你、依賴你，你卻把我裝進了鐵籠裏，這世間還有什麼是值得信賴的嗎？」

看到這樣的眼神，我的心都要碎了！好在我把牠塞進鐵籠不是為了害牠，而是為了拯救牠和牠的孩子們，避免再像「小灰」那樣地遭此不測，無端犧牲，保全牠全家的性命和快樂的生活，希望小黑有一天真的能理解我們的初衷……

祝小黑一家快樂常伴！

又是到一個北美南加州的傍晚，夕陽西下，又到該澆花弄樹的時候了，可小黑一家的蹤影，卻不出現，心中也空落無限……

鴨子舞步

◆龔剴

　　話說南加州中正理工學院校友會，每年歲末都有一次年會，用意是互相聯絡前後期同學的友誼，除吃一頓自助餐、跳舞及抽獎品之外，也有幾個由同學自動提供的餘興節目，達到自娛娛人的效果。多半有歌唱、民族舞蹈、相聲、團體遊戲等。七年前由舞林高手桂大任同學，以獨樂樂不如眾樂樂的原則下，成立國際標準舞蹈班，號召我們這些年過半百，進入甲子及七十才開始的「老」同學，一步一腳，一招一式，從三步、四步開始。

　　舞蹈班每週六上午十時，在校友會元老邵教授家前院，百年橡木樹陰下的水泥地，操練一個小時。將我們這些學工程的老人，調教出能上場表演的地步，的確需要流相當多的汗水及口舌，桂老師熱心且不收費，還自願貼時間及汽油費。他的名言是「什麼都沒有，就是有時間」，一年學一個舞，到年底同學會中出場亮相。

　　我們從左右腳不分，正反轉混淆開始，認真的學習，然而人老之後記憶不足，一個招式，反反覆覆要學好幾周。一個舞曲至少要好幾招才能跳完，老師以特定的口訣，為每一招式命名，以便易於記憶。今年學的是倫巴舞（Rumba），使用音樂舞曲稱Rhythm of the rain（雨中的旋律），曲長三分鐘。我們這些老同

學，每次練舞過程非常愉快，都在談笑風生中結束。也許是軍人工程師的天性，優美舞步到我們腳下，變成行軍出操；應有的柔軟手勢，我們確好似在操縱機械的硬邦邦動作。

便於記憶，有人用相機錄下來，e-mail傳給各位做參考。我使用Microsoft word，花掉一周時間，寫出三千八百字舞林祕笈，e-mail給舞友參考。什麼under arm turn、hockey stick turn、sliding door，扇形，雙飛燕……，要配合口訣、移動腳步、手勢、眼神、擺頭等，一舉手一投足，與老師姿態相差太遠。

舉例在「擦玻璃」這招，筆者寫成：

第一節：基本步直行前進式。

第二節：基本步直行後退式，雙手掌合貼於胸前，由下往上，向外畫圓圈，好似擦玻璃。

第三節：男左腳向左側一小步，左手向外畫圓，右手合貼右胸前。

第四節：男右腳向右一小步，右手向外畫圓，左手合貼左胸前。

第五節：男左腳後退一步，右腳原地踏一步，左腳回復併攏，右手掌保持合貼在胸前，男左手（女右手）向外平伸。

第六節……

年終大會到來之前，大夥商量出場的服裝，男士容易，黑長褲，黑襯衫及黑太陽鏡，特稱為MIB（Men in Black）。女士們則複雜十倍，面部、眼、臉、唇、頰、睫毛、頭髮、首飾等真真假假，長裙、短裙、絲襪、上衣等花式材料，令人眼花繚亂。要讓十幾位女士取得共識，必須開好幾個高峰會。

出場時間來到，我們這些老舞友，在眾多校友面前，一對對魚貫而行，站在預先排好的位置上，抬頭挺胸，音樂響起，三

分鐘很快的過去，舞友鞠躬如也，校友鼓掌如雷，跳的好壞不重要，鼓勵成分較多。臺上三分鐘，臺下一年功，這可是花掉我們一整年，好幾百個三分鐘的成果呢！

艾爾蒙蒂公園

◆何戎

我住在加利福尼亞的洛杉磯的艾爾蒙蒂市。

我家西北邊有一個公園，艾爾蒙蒂公園。

她面臨街道和房屋，背靠蓄水湖和遠山，形狀像一隻姿態優雅的仙鶴，那悠長的自行車小道就是她的脖子，伸向阿蘇薩。

加利福尼亞的充沛的陽光總是慷慨地瀉漫著大地，揮灑出明媚動人的水彩畫。

今天，像每一個假日一樣，我一早就向著公園水彩畫的深色內部躑躅漫步，那兒有三十幾顆大樹掩護了一塊塊草地，濃重的綠蔭之下有一些隨意的綠色的桌椅點綴，可以坐下來，靜靜地觀望那開闊的湖面。

微風徐徐吹來，水波粼粼，柔曼著輕紗。我於是悠然地凝視著艾爾蒙蒂清澈的湖面。

湖面有幾隻婉嫚長腿的水鳥在徘徊，我不知她們名字，於是假定或者希望她們是野鶴；我不知她們在做什麼，於是假定或者希望她們是在敘述公主和王子的羅曼史，而沒有議論目前的金融危機。

渴了的我，從包裹拿出可樂，「噗哧」，易開罐的聲響驚動了水鳥們，她們飛起來，飄往遠山。我歎息，想起一句詩：「家

雀搵食籠裏呆，野鶴無糧天外飛。」

　　中午了，一對看起來不太富裕也不太年輕的男女攜手走來，他倆在附近的草地上鋪了一塊小毯子，坐了下來，拿出兩份便當盒並且擺出兩種飲料，這是十分簡單的午餐，這頓如此簡單的午餐卻似乎很正式，似乎很隆重。他倆沒有說什麼，互相凝視著，深情著，時而十指緊扣。十指緊扣，這種格調很時尚。我打量著，我似乎失禮了，他倆卻似乎沒有在意或者並不在意，他倆只是在意於他倆，始終只是相互深情地凝視著。我微笑，繼續打量著，似乎實在是失禮，看出他倆實在是不闊綽或者簡直就是貧瘠的，然而，溫馨在，至少在於此時。

　　遠處傳來三個人笑聲，年輕的父母在護著孩子蕩秋千，看不清是男孩還是女孩，孩子笑得歡快。

　　我於是想起我自己的似乎遙遠的兒童時代，我跟著婆婆住在南京，媽媽爸爸在上海做事。有一回，大約是我四歲時，大約是在冬季，媽媽來看我們，她把我緊緊抱在溫暖的懷抱裏。媽媽的溫暖幫助我度過了曾經的晦暗。

　　四五位自行車騎士，好像朝阿蘇薩方向馳去，軲轆咕嚕。

　　又有六七個年輕人拍著排球，嬉笑而來，他們在兩棵大樹之間拉起網，要比賽草地排球。

　　我於是回想著在高中時扣球的滋味，當我的手臂掠過球網的一剎那，一縷陽光照亮我那年輕的清純的始終渴望著真誠人生的臉龐。

　　曾經，我在麗娃河畔；現在，我在西半球的艾爾蒙蒂公園。太陽已經從東半球運轉到我們的上空，我於是仰望著，太陽，你才是劃破黑暗的劍，養育萬物的源。

　　我依戀著，暢想著，惆悵著並且回味著。

　　身為他鄉移民客，如今若思凝且翔。

　　我回家，離開了她，艾爾蒙蒂公園；內心如蕩漾著，海闊天高任飛翔，絲絲歌聲。

再見！漂亮寶貝！

◆黃慈雲

就在昨天，妳，我們乖巧的、善解人意的、人見人愛的漂亮寶貝，離開了深深愛著妳的我們，回到天上永遠的家。

數月前，曾以妳為題，發表了一篇文章---我家漂亮寶貝。孰料，事隔數月，再次寫妳，卻是心情如此沉痛！

此刻，我就坐在我喜愛的，也是妳在世，最後兩天滯留的地方—我們家後庭的一方小院。滿腦海，盡是對妳無限的思念與不捨。妳與我們在一起，十四年以來的點點滴滴，有如幻燈片般，一一重現在眼前。

我時常言道，妳是我的開心果。每當我心情鬱悶、不愉快時，是妳！讓我展顏歡笑！也曾在我心痛苦不堪時，找妳哭訴！也因我們家裏沒女孩，所以，一直就將妳當作女兒一般疼著、愛著、寵著。而妳，也確實給我與妳老爸，帶來歡樂無限！

妳的兩位哥哥，大哥因工作關係，小哥因婚後，另組小家庭，都不住附近。是妳，替代了他們，承歡於妳老爸與我。有時，我們倆老，說話聲調高了些，妳會緊張地坐到兩人中間，左邊看看，右邊看看，權充和事佬，不禁讓人莞爾！頓時，煙消霧散。兩位哥哥若是久未返家，待他們回來時，妳的聲調竟會不同，彷彿斥責哥哥們，為什麼這麼久才回來？

　　妳老爸與我，皆喜戶外活動。在離我們家市內車程不遠有一處，居高臨下，面向大海，是一健行好去處。一個天清氣爽的日子，再也在家呆不住，於是，山上踏青去也。下山時，路有些坡度，不慎，滑了一跤，跌坐在地，疼得我大叫。寶貝妳原本走在前頭，聞聲，馬上折返，蹲坐在我面前，以妳的臉偎著我，又以關愛、焦慮、溫柔的眼神望著我。就這一望，讓我覺得沒白疼了妳。自然也原諒了妳偶而的調皮、搗蛋。

　　說到妳的調皮、搗蛋，我可又有話要說了。在妳還小時，有些時候、有些地方，實在無法帶妳同行，只好非常歉疚地留妳在家。回來可不得了！只見床舖被抓得一塌糊塗，床頭上的許多玩具，被拖下地，甚至拖到客廳。若要責罵妳，看妳滿臉無辜相，讓人哭也不是，笑也不是。

　　不由得又想起妳小時的一樁鮮事。在妳幾個月大時，一天和妳老爸外出，坐在駕駛座旁位置。妳老爸一個急轉彎，寶貝妳跌到座位下，起來後，大罵不已。彷彿罵道：到底會不會開車，害本姑娘摔下座位！當然，也僅這一次，以後妳就都是坐後座。

　　偶而，我會與朋友們誇口道，我家有隻天才狗狗。因為妳懂得四種語言；兩位哥哥和妳說英語，隔壁鄰居與妳說日語，我們與妳說華語，有時妳老爸會和妳說臺語。也真難為了妳，需懂得這些語言！

　　自小，妳就喜聽佛經。有時，因為出門，而將佛經關掉。竟然遭妳白眼，彷彿提出抗議：本姑娘佛經正聽得起勁，為何關掉？日後，即使我與妳老爸外出，再也不敢關掉佛經，而讓祂繼續唱唸。

　　而妳的佛緣也特深厚。十餘年來，每週六晚，我與妳老爸去佛堂時，由於不忍將妳自己留家數小時，因此，總是帶妳前往。

在佛堂晚餐後，上課時，會將妳留在小教室。多年來許多叔叔、伯伯、阿姨們竟然不知有妳在佛堂。大家都一致讚嘆妳的乖巧、懂事。

兩個星期前，氣溫特高，燠熱非常。到了晚間，溫度稍降，妳老爸剛把電扇關掉，卻迎來妳的一聲低吼，像似抗議：姑娘我還熱得很呢！為何關掉電扇？嚇得老爸二話不說，馬上又將電扇開開。誰讓妳是我們家的小公主？

時常喜歡戲稱，妳是我們家的好吃狗狗。因為每當我與妳老爸吃東西時，不論妳在哪兒，妳都會不聲不響的出現在我們身邊。以至於，有時我們吃東西，還得偷偷摸摸地。尤其是剝糖果紙時，更得小心翼翼，否則，即使妳在睡覺，也難逃妳的「法耳」。

只是，週一中午用餐時，卻未見妳過來。還與妳老爸玩笑道，Do Do小姐又生氣了。到了晚餐時，妳就一口食物都不肯進了。後面兩腿無力，無法站起，更無法帶妳傍晚散步，追逐滿天彩霞。隔日，情況未見改善。至週三晨起，見妳吐了滿地，整個胸前、腹部以及腿部，沾滿了妳吐出的汁液。趕緊為妳清洗一番。（因知妳喜好乾淨，平日裏，即都是為妳打理得乾乾淨淨、清清爽爽。）趕緊帶妳到醫院。

醫師診斷後，告知妳年事已高，即使動手術醫治，治癒機率也不很大。更有可能在治療當中，妳即會歸天。醫師建議打針，讓妳無痛苦、安祥地離去。我與妳老爸，內心無限矛盾，掙扎又掙扎，思量再三，實在不願讓妳受苦，長痛不如短痛，強忍心中萬般不捨，接受了醫師的建議，讓妳安祥地離去。

　　在醫院時，妳無力又無奈地躺在醫療檯上，幾度抬起頭來，似乎想與我們一起回家，又似乎在感謝我與妳老爸，十四年來對妳的疼愛、照顧。我們二老，即在妳面前為妳唸唱佛號，妳方才安心地躺下。也似乎在暗示我們二老，就安心地回家吧！妳就是那麼的乖巧，那麼的體貼人，叫人怎能不疼妳！

　　在醫院時，醫師也曾問及我與妳老爸，是否要在旁等待，至妳睡去？心中又是一番掙扎，想在你身邊多待些時，又恐無法克制自己，哭泣不已。讓妳也不得心無罣礙地，跟隨佛菩薩回到天上永遠的家。只有萬分不捨的離開妳。

　　一進家門，念及坐車帶妳一同出去，卻無法將妳一起帶回來，心中之痛，錐心刺骨。不聽話的眼淚，再也忍不住地狂瀉不已。哭罷，只有自我安慰：「過幾日，將妳骨灰帶回家，我們就又可日日夜夜在一起，再也不分離！」

牡丹情

◆凌詠

　　爸，還記得嗎？五年以前您走之後，我在鄰近的市場裏，訝然地發現到各色各樣的牡丹。於是我挑選了一束帶回家，插入花瓶中，擺在我給您和媽精心設計的供壇上。那是我首次驚嘆於牡丹花的富貴堂皇、氣勢奪人。是的，您一向喜歡「富貴堂皇」，您高大英挺的身材也一直蘊藏著儡人的力量。即若我是您最寵愛的么女，只因為您說四個兒女中我最像您，我的靈魂仍自幼被鎮壓於您的權威下，直到我認識到強大（mightiness）並不代表力量（strength）、相信真理終能凌駕一切時，我的內心方能與您同起同坐。

　　接著幾年，每逢四、五月清明時節，我都會到同一個市場去尋找令我懷念的牡丹；但總是空手而返。好在我存下了那已乾枯的、為您買的頭一束牡丹，讓她們留置在同一個花瓶內、同一座供壇上，紀念著您和媽媽。直到兩年前搬至新宅，那些已支撐數年的、脆弱不堪的花瓣便再也經不住搬動的挑戰，而紛紛掉落，與我永訣。

　　說到新家，我知道您是歡喜聽我講它的故事的。慈善的老哥將您們留下的遺產分給了大家，我就把我的一份投入了這一棟住屋。這一間已度過二十多年春華的房子，雖座落在猶太區，但好

似特地為我這一位華人而準備的。您瞧瞧！那意味鴻運的大門，漆著炫目的紅色，就讓訪客想到房子的主人可能是個中國人；院子的松柏，是我們中國人向來崇仰的長青樹；五棵參天的松樹，是社區裏稀罕的景緻；而那修剪有致的眾棵柏樹，也展示您生前所煥發的生命力，更不用說，滿園的玫瑰即象徵著女主人對房產的擁有權。夫婿所加種的茉莉不僅讓其幽香飄進屋內，又好似在說：「這是莉玫的房子！」爸，每當中外人士聽完我介紹我的名字：「茉莉的『莉』，玫瑰的『玫』。」均讚賞這代表兩朵花的名字。是的，您的確給我取了個美麗的名字。故此，我放棄了我身後海葬的想法，因我不捨我的名字隨著海風飄逝！

另外，我曉得您樂意知道有關園子的其他幾件事：一是我於建國百年，捐贈百元，響應栽植梅花運動，在院子的一角落裏種下了我們的國花。您一生從戎，我血液裏也流著您傳承的愛國情操。我答應您，我會像梅花一樣，堅忍地度過我人生中的寒冬，勇敢地迎向春夏，並期盼在秋季裏豐收果實。同時在人生的旅程中，我不會忘記去欣賞各有千秋的四季美景，和體察它們所蘊含的深意。

去年初夏，在全家遊德返美的當天，我居然在另一市場看到了牡丹。整整四年之後，我有幸地再次買到牡丹！雀躍之餘，我選了一束帶回家中，把餐桌妝點起來，並如先前一般，攝影無數，以珍藏牡丹的婀娜多姿，和對您的思慕之情。很快地，我意識到那天是您的忌日，不禁想到：「您是否回來看我了？」今春，我便在花園裏種下了數株牡丹，您可要隨時回來看我喔！

哥哥實現了他對我的諾言，趁我與小誼在去年年底回臺參與北一女四十重聚之便，伴我們去上海探親，再至寧波返鄉。自您走後，我就起了去上海看望夢祝的念頭，只因您曾提過她是您幼

時最親密的玩伴。並且，當您隨部隊撤退早期遷臺後，是她和其夫婿幫媽弄到船票，媽方能帶著大姊順利來臺與您團聚。況且她已年近九十，因患骨質疏鬆症，大半時日臥床，我若不趁早拜訪她，尚待何時？

當飛機抵達上海時，已近黃昏時分。為避開下班路上塞車的困擾，我們從旅館搭計程車再轉換地鐵，直赴終點士光站。下了地鐵，夢祝的長女秋瀅與三子開敏已在出口處等著我們。很快地打過招呼，他倆就領著我們走向他們住的村子。上了樓，進了屋，立即見到熙來攘往的親戚擠滿了整個屋子。我們被帶至夢祝身邊，她握著我的手，雙眼緊密地打量著我的臉，呼出「沒看過！」三個字。的確，不僅是她，所有來迎接我們的十二位竹房親戚，我和女兒均是頭一次見著。

稍後，四黑前來相認，說到：「我之前訪美並在那兒待過一陣子，是因受到妳爸爸的鼓勵，我才這樣做的。」接著，在他們大夥宴請的正宗上海酒席上，我得知四黑現在的生意做得不錯，想來那是得益於他在美生活的歷練。爸，您的「男兒志在四方」的訓令竟也恩澤海峽彼岸的晚輩！他盛情回報，除了送給我們包裝精美的三罐高檔鐵觀音外，還主動提出在我們離開上海的那天，將至我們下榻的旅館接我們去動車站。隔天，我與小誼這兩個「新上海」在逛完「新天地」後，單槍匹馬，坐地鐵摸索到夢祝家。在那兒，秋瀅與開敏陪在他們母親的床邊，對我訴說一些凌家過往以及老家的事。夢祝看來像是閉眼睡覺，而每當我們到關鍵時，她總會插進來加上幾句。她的行動雖受限於身體上的病魔，但她看來平靜愉悅，顯然與您一樣，具有開朗的性格。那兩天聽了眾親戚娓娓道來各自的人生經驗，縱然沒有太多的怨聲載道，我卻可以感覺到在臺灣長大的我們是比較幸福的。我得因此

感念爸爸年輕時誓志從軍報國，沒有報錯了國！

　　第三天，我們坐動車南下，經紹興到達寧波。來自老家的永安已在車站等著我們，他尚年輕，稱我姑姑，操著滿嘴寧波口音的普通話與我寒暄。聽他講話，雖非常費勁，我們並沒有因溝通上的困難而把距離拉遠；反之，因他的滿腔熱情，我倆很快就熱絡起來。到達南苑飯店後，他拿出取自於天一閣的凌氏家譜與我們分享，原來我們凌家是在明朝從福建遷至浙江的！

　　翌日，永安開車來接我們。當快至老家從公路轉入小路時，他指著周圍的原野和遠處的村落，告訴我們這就是「凌家村」。哇！這可是一片偌大的地產呢！走進了圍著高牆內您曾住過的三合院，憧憬著您快樂的童年時光，我綻開了如似牡丹的微笑。

　　作者簡介：凌詠，任職於范度拉縣政府社會福利局財政
　　　　　　　處，擁有美國會計師職照。喜愛文藝、音樂、
　　　　　　　舞蹈、登山及旅遊。曾任Orient Express健言社
　　　　　　　社長，臺大校友會理事。參與編輯工作，為
　　　　　　　2010南加州臺大校友會年刊主編。

春之花（外一章）

◆潘天良

　　我家院子裏有株桃樹，寒冬過去以後，光禿禿的樹枝上便綻出了嫩嫩的葉芽兒，不久，又在葉芽間爆出朵朵桃花，這粉紅色的花朵愈開愈茂密，以至於遮蓋了幼嫩的葉子，變成滿樹紅花嫩葉伴的一幅美景。

　　看見這一樹桃紅，我就知道春天已經來到了。「桃之夭夭，灼灼其華」，「紅入桃花嫩，青歸柳葉新」，「桃花亂落如紅雨」，連串讚美的詩句便不期然湧出，「桃花源」的奇異境界也若隱若現。

　　古往今來人們都在稱頌桃花之艷麗，間中即使有貶，諸如「桃色事件」，「桃花劫」，也與其美色分不開。

　　院子裏還有一株梨樹，初春開出一樹白花，也由嫩嫩的葉芽兒伴著，與火紅的桃花交相輝映，這邊是「梨花千樹雪」（岑參），那邊是「深紅映淺紅」（杜甫），無怪乎有人說「桃李無言，下自成蹊」。

　　在院子的一角，另一株果樹也在默默地發枝抽芽。人們看不見花的妖艷，也沒有色的誘惑，卻會發現一顆顆的幼果連接在枝頭──這是無花果。據說並非真的沒有花，只是花兒太小，羞答答地躲在肥大的花托裏面罷了，然而我每次看到的只是枝頭上大

大小小的果實掩映在綠葉間。

　　新鮮無花果味甘甜，粵人說吃了可以去火助消化，製成乾果可煮湯入藥，《滇南本草》謂它「主清利咽喉，開胸膈，清痰化滯」。

　　美艷，自然人人愛之，爭相近之，無花果沒有花的艷麗，也許不會那樣受寵受讚，然而她結出的果實並不亞於桃李，只是各具特色罷了。

　　我想，天下大多數人也像無花果，默默地在盡自己的本分，能如桃李爭艷者實屬少數。如此想來，安心於自身這平凡的角色也不無意義。

黃山（三首）

◆潘天良

山

億年風化
萬代年變遷
誰劈出
這等怪石巉岩！

遙望山嶺
白雲圈圈
好一座飛來石
危立山巔

勁松作霓裳
雲霧巧打扮
才見雲海鎖千山
忽又晴空萬裏一片藍

這邊艷陽高照
那邊細雨點點
看眼前——
一道彩虹掛山間！

松

盤根挫折
攀住這懸崖峭壁
一株株，一片片
莽莽蒼蒼
歸然屹立

寒風冽——腰更挺
霜雪壓——更艷麗
閱盡千年春色
不食人間煙火
只把清香盈天地

雲

虛虛實實
輕輕飄飄
晴空裏
恰似白錦纏山腰

濃濃密密
瑟瑟蕭蕭
雨天下
烏雲壓頂山欲倒

眼前一座高峰
霎時雲封霧鎖全吞掉
魔術大師說聲——變！
轉眼之間又見青山嬌

觀黃山雲海
嘆人世飄渺
何苦作繭自縛
且讓浮生如雲飄……

作者簡介：潘天良現為北美華文作家協會拉斯維加斯分會
　　　　　執行會長，作品發表於美國各大報刊，曾為報
　　　　　刊寫專欄。著作有《居美隨筆》、《奇幻之
　　　　　都——拉斯維加斯深度遊》、《天涯海角行旅
　　　　　心》、《美國萬花筒》、《天良詩抄》、《回
　　　　　聲——潘天良詩文集》等，多次獲海外華文著
　　　　　述獎。

與榴槤有約

◆張棠

　　那天我們去沙巴雨林看長鼻猴，在一個水果攤前休息，這個水果攤不大，但水果種類繁多，其中有很多是我以前沒見過的，我看得新奇，就拿著照相機去拍照。

　　水果攤突然靜了下來，剛才還跟我一樣走來走去、四處閒逛的同學，一下子全不見了，附近只有一兩個本地人在優閒地挑選水果，老闆娘神色自若的在水果堆後面忙來忙去，我既沒看到我的老公，也沒看到他的同學，他們會到那裏去了呢？

　　其實他們並沒有失蹤，他們正在一個角落，神祕兮兮的竊竊私語，還沒等我會意過來，管財務的小宋就走了過來，小心翼翼地問我：「要不要吃榴槤？」

　　榴槤（榴蓮，Durian）有水果之王的美譽，以極強烈的「臭氣」著名。許多人一提起榴槤就會掩鼻叫臭，說有貓屎臭，但也有人嗜之如命，愛之若狂，我老公就告訴過我：有些沙巴土人「當了褲子（沙籠）也要吃榴槤」。

　　我對榴槤確有一點點的好奇，但還沒有好奇到要「買回來吃」的程度。現在看到老公同學們的小心謹慎，我不禁莞爾，他們一定以為我這個「臺灣媳婦」不敢吃榴槤吧！當然不能叫他們失望，我決定接受挑戰，爽快的回應：「要！」小宋一聽，馬上

眉開眼笑，回過頭去，對著正以熱切眼光望著我的同學們大聲地宣佈：「她要！」

榴槤個子大，皮厚，表皮上還有一大粒一大粒突出來的尖錐硬刺，好像很難剖開的樣子。老闆娘顯然是解剖高手，她熟練的拿出一把大菜刀，俐落地從蒂頭處劃下四道長刀口，再順著刀口，用力的往下一掰，立刻，「香」氣四溢，一瓣瓣黃色的榴槤果肉就出現了。

我從中拿出一瓣咬了下去，頓時覺得黏糊糊的果肉肥美「香」甜，口感極佳，「異常」的好吃。這獨一無二、天下無雙的味道，還真不好形容，對喜歡的人來說，它是「香醇如蜜，軟滑如膏」。在我看來，它是一種cream（奶油），黏稠黏稠的黃，像芒果霜淇淋。至於氣味，它跟我熟知的任何「香」或「臭」都對不上號，只能說是「別有滋味」吧。

果肉一吃完，我也隨著榴槤饕客，把吃剩的褐色大果核，瀟灑的往野地裏一扔…就在這份瀟灑的後面，我突然看到了榴槤的神奇和果王的創意。

榴槤的個子高大雄武，外面包裹了一層如「銅牆鐵壁」似的尖錐粒，確有一副刀槍不入、萬夫莫敵的王者之風。但在果實成熟之後，榴槤就「完完全全的變了一個人」。它自動的從蒂頭處裂開，先以精心調配的「迷香」引君入甕，再用惹人憐愛的蛋黃顏色誘你嘗試，最後「香甜濃稠」的果肉一擁而上，把我們的味蕾團團圍住。一向嬌貴挑剔的味蕾自此陷入迷魂陣中無以自拔，還在我們為榴槤的香或臭爭論不休的時候，被我們扔掉的果核，早已經靜悄悄的，在陽光與雨水的滋潤下，落地生根了。

有人說「榴槤」就是「留戀」，愛吃榴槤的人一定會流連忘返。我的老公就是因為少年時隨父母到北婆羅洲居住，在沙巴有

過一段快樂的中學時光，所以至今仍念念不忘，時時回顧。現在他的同學，見我吃榴槤吃得津津有味，都鬆了一口氣，我想他們一定知道，果核一扔，我就與榴槤有了約定，不久的將來，一顆顆碩大無比的榴槤果，就會在沙巴的大地之上，用迷人的香氣頻頻呼喚我。

看霞

◆慈林

醒來，已是黃昏。

肚餓，該是準備晚飯的時候，我再賴了一會，終於爬了起來。突然想起沒有食油好多天，沒正經吃過飯也好幾天，這次可不能再拖了。

於是我披衣出門，買油去。

路經雜貨店，買了些諸如手紙、洗潔精之類的雜物，又開車上路。

出停車場，拐彎，猛然迎面而來的是滿天的晚霞，這霞彩在天幕上姿意地塗抹著，童心勃發，意境奇特。很久沒有看見如此動人心弦的霞景了，何不乘興上山看霞去？心隨意轉，方向盤已不自覺地轉向了朝山的方向。

沿路林蔭，路邊宅居寬大的庭園花木蔥寵，遮擋了夕陽的餘暉，更顯鬱靜幽暗了。

看來有些遲，上山的路靠著山背，要看到霞光，就要盤山而上，轉過山背，達到山腰的觀景臺才能看到。

這是一輛古舊的凌志跑車，全身烏黑發亮，雖徐娘半老，卻風韻猶存。想當年，肯定是一個風姿綽約，妙曼迷人的美少女，萬千寵愛集一身，至今仍保養很好，可見前主人對她的惜愛。但

歲月無情，美人遲暮，始終逃脫不了被拋棄的命運。

他人的棄婦卻是我的新寵，且寵愛有加，愛不釋手，這多少一些平復了她'飛入尋常百姓家的寂落。

現我緊擁著她，帶她上山看霞。

左衝右突，上旋下轉，她發出低低的喘息；前搖後擺，東騰西挪，她呼出輕輕的呻吟，隨著我加快，最後，她一聲高叫，我嘎然而止。

我們已到了山腰的觀景臺。

下車西望，霞已散去，只剩天邊的一抹暗紅，在輝煌的高潮後，無力地低垂著。

而我的眼睛卻發出光亮：暗紅的天色下，是一片金光浮動璀璨奪目的燈海，起伏不斷，燃至天邊。這是洛杉磯有名的景色。

我想，是天上那片霞光跌落到了人間上。

看不到那片霞，卻看到這如此壯麗的燈海，也算是補償吧。

入黑，山風冷削，有些寒意，也盡了興，於是便上車，調頭下山。

山色暝暝，四野昏昏，我獨自盤山而下，一派輕鬆。

突然她驚叫起來，一下子伏在我身上。

嘿！好傢伙，一輛高大的越野車驀地在拐角竄出，擦身而過，好險！

「叫你不要開得太快，你老不聽！」她臉色發白，聲音發抖，嬌嗔著，看來這次她真是被嚇著了。

這已是十多年前的事了，當時我們愛得忘我，愛得癡纏，總是尋找一切機會見面。上夜班前，她可擠出約一小時的空暇，剛好夠上山轉一趟，於是上山便成了我們偷會的經常節目。

當時是否有看霞，無什麼印象，那片燈海倒是深刻難忘。

想著，已不知不覺已回到家門，天已完全黑。

開門入屋，恍然想起：「油還沒有買。」

老伴

◆劉志華

　　昨夜的一場藍色的夢，夢中的一切多迷濛，真實的只有我倆情深意濃，唱機裏揚起了蔡琴的歌聲，老伴一邊吃早餐，一邊享受這優美的旋律。但是，說真格的，這音樂也是為我放的，因為我喜歡蔡琴唱的這首歌。從小就在教會裏認識他，當年的青年團契、唱詩班，都少不了我們的影子，如今半個世紀過去了，時間過得真快！

　　從一九六八年到現在，漫長的婚姻路已走過四十五年了。風風雨雨，有歡笑有眼淚，有艱難有舒坦，有爭執有妥協，有憤怒有諒解。再怎麼不高興，再怎麼生氣，老伴就是從未動手摔東西，打架動粗更是未曾有過：這個從不把「我愛你」掛在嘴邊的人，卻把「我愛你」這三個字融入生活中——處處表現他的關心體貼，天天捍衛他的家，日日呵護他的妻小。十七歲時進入中船公司，從工友做起，從高中到大學一直是半工半讀，工作考績年年甲等，很受主管的器重，一步一腳印，工作上得到主管的肯定，就常有升遷的機會。所以年紀輕輕就登上了「長」字號的位置，為人誠懇，做事認真也就是他頗得人緣的原因。英雄出少年，越是貧窮艱難，越能磨練人的鬥志。進了中船工作後，就挑起了家庭生活重擔，照顧全家。

　　他的父親曾經是一個地方父母官（大陸淪陷前做過山東萊陽代縣長），也擔任過財政課長，卻讓妻小居無定所，搬了十七次家，清廉謙恭也會遺傳的，老伴縱然當了總務課長，也仍然是兩袖清風啊！當年站教會神壇牧師面前的誓言從不敢忘記：「不管貧窮或富貴，不管疾病或健康，都要永遠關愛，永遠體諒。」聖經上哥林多前書第十三章上說：「愛是恆久忍耐，又有恩慈，愛是不嫉妒、不自誇、不做害羞的事，不求自己的益處，愛是永不止息。」我們都是凡人，做不到的，也只有祈求神的幫助。

　　一九八八年的八月，移民局批準了老伴申請的技術移民，可憐天下父母心，為了那有耳障的兒子，全家一起移民來美國。從巔峰跌至谷底，不是每個人都能挺得住的，退休前（提前），他在中船公司擔任總務課長兼工程師，頂著省機聯會會長的大名，在中美斷交的初期與趙少康（名嘴）同去在臺協會擲雞蛋洩恨。離開中船的前夕，同事們的不捨（甚至送了金牌做記念），很令老伴感動，但是天下無不散的筵席，曲終人散後，還是要各自東西，人生本來就無常呀！

　　精誠所至，金石為開，當年決定做他的終身伴侶，攜手共邁人生路，那是下了很大的決心。他本身是個吃苦耐勞，勤奮努力的人，當然值得托付終生，但是吃不消的是他身上那些沉重的擔子，身為長子，上有老母，下有弟妹四人，最小的妹妹上小學四年級，也幾乎是上無片瓦，下無立錐之地的狀況，就是那種赤誠的愛讓我願意為愛相隨，願意與他同甘共苦，願意為他分擔家計。仗著年輕氣盛，毫無所懼，無怨無悔。投入他的大家庭後，若干年過去了，弟弟妹妹也相繼畢業就業成婚，婆婆因肺癌入醫院動手術，也是靠先向友人借貸，然後標會還錢的。不覺得苦，也不覺得累，年輕真好，當初我在臺灣的那份國中教職幫忙了生

活，也給了我一個發展的空間（教數學，補數學），為了隨父婿移民來美，丟下了粉筆，提早退休。

來到美國，本來想去阿肯色，跟朋友一起開餐舘，但是一念之差，我還是選擇了花花世界的大城市——洛杉磯，我又回到本行，上了同一列車，應徵教職，創辦中文學校。老伴找不到合適的工作，他曾經與朋友合夥做成衣廠，辛苦了好幾年，也沒什麼成就，鬱悶寡歡，樣樣不順心，不得志，我想也是導致心臟病開刀的原因吧！異地他鄉，謀生不易，遭人欺騙，不但損失金錢，心靈也受折磨，急躁易怒也走進了生活中。感謝老伴的包容體諒，用他真誠的愛撫慰了受傷的心靈，凡事包容，凡事相信，感謝他的大度和諒解。

除了一般男人在家中所擔任的體力重活，烹飪與插花藝術也是他的專長，孫女曾說：「除了上帝，爺爺煮的飯最好吃！」我問她為什麼？她說：「爺爺是用心用愛在做飯，當然好吃！」這下子我可慘了，本來做飯手藝就不怎麼地，這下更被他比下去，太鴉鴉烏啦！

老伴的另一絕活是針灸，他是我們全家的家庭醫生，誰不舒服都第一個找他。他的醫學知識豐富，針灸技術也不差，小痛小病，完全OK。歲月不饒人，我的腰腿脹痛，胃腸不適，他拿出看家本領，針到病除。至於他有了病痛，全家沒人幫得了忙，只得去醫院找大夫。

他的個性剛直，不急不躁，做事仔細完善，正好彌補了我的粗心大意。我那遠在山東威海的老弟曾說：「看我姐夫辦事多穩，你呀！你是毛張飛！」半土半洋，半中半西，老伴這個人思想前衛，但是行為保守，崇尚西方文明，但卻極力實踐中國的傳統文化，十八樣武藝樣樣通，但也樣樣鬆，上至天文，下至地

理，無所不通，無所不知，為人幽默有趣，甚得朋友愛戴。

　　一九九九年十月，他動了心臟大手術，安靜堅強，不怨天尤人，事事聽從醫護人員指示，渡過了危險期、調養期。手術後大傷元氣，但他學會了放慢腳步，去做些運動和輕鬆的家務。有一次竟偷偷爬上屋頂修漏水，簡直嚇壞了我們，從此以後，全家人都小心地叮著他，不讓他再做那些危險的動作。

　　而今老伴心情淡定，與世無爭，事事想得開。中文學校的背後，他是一雙贊助推動的手；含飴弄孫，每天送接他們上學、放學，巧做羹湯為兒孫；週末又陪孫子學攝影，把時間分配得恰到好處，忙忙碌碌，歡歡喜喜，也是一種幸福吧！執子之手，與子偕老，是心境，也是感恩！

　　　　作者簡介：劉志華移民美國前（一九八八年八月），曾在
　　　　　　　　　臺灣基隆市立南榮國中任教近二十年，因隨夫
　　　　　　　　　婿移民，全家來美。打過工，因緣際會又上了
　　　　　　　　　從前的列車，曾在哈崗中文學校教了十年的週
　　　　　　　　　六班中文，曾在蒙市中文學校教過十年（其中
　　　　　　　　　五年擔任校長）。二〇〇二年自創中文學校迄
　　　　　　　　　今，曾經參加了五年的星談計畫，戰戰競競，
　　　　　　　　　至今仍在這一塊園地上努力。

抒感

展讀一個碧血春天

◆蓬丹

讀史

二〇一一年四月二十七日是個典型的晴春好日，我在輝映著陽光的長案前秉筆直書，腔中澎湃著的赤誠心聲，依稀是百年前同一日那劃破春天碧空的槍聲。

多年前，我曾是一名充滿理想的文藝青年。一個風簷展書讀的午後，猶是大學生的我，因翻閱中國近代史而覺五內如沸。

「……滿清所經歷的挫敗，舉其大者包括：俄國佔領伊犁、帕米爾並且進窺南疆；日本侵略臺灣並且進佔琉球；英國入侵西藏、緬甸並且進窺雲南以及法國入侵安南並且進窺廣西。……，日本在傳統中國眼中不過一個東鄰小國，但甲午戰爭卻一舉擊敗了滿清帝國。……跨越一九〇四年與一九〇五年的日俄戰爭，其目標竟是中國東北，滿清不但無力保衛領土，反而宣告中立並劃遼河以東為戰場，眼睜睜看著日俄兩強在中國土地上作戰，然後由勝利者攫取中國利益。……」

百年前，一批也不過二、三十歲的青壯士子，是否也曾在多風的軒窗下，因讀到這樣的敘述而雙拳緊握、雙眸濡濕？

他們不止如我一般只在史書殘頁上閱覽大清國內憂外患，而是親身活在風雨飄搖的年代，親歷邦國屈辱，年輕無畏的靈魂遂潮湧著家國大愛，矢志在危急存亡之秋，將自己燃成一隻隻擎天火炬，照亮整個國族黑暗的前途，從而締造了辛亥革命這樣一段偉大的歷史！

讀事

革命，遠不止於清談理想、呼喊口號，而必須將血肉之軀投入戰火與硝煙！在武昌起義成功之前，在滿清的最後七年當中，那一批胸懷救國救民大志的青年人在潮州黃岡、惠州、欽州、鎮南關、雲南河口及廣州等地發動過九次起義，他們以身軀為筆、以滾燙的鮮血為墨，書寫了一頁悲壯磅礴的近代史，其中第二次廣州之役就是黃花崗革命。

民國前一年（宣統三年）三月二十九日，也就是陽曆四月二十七日，革命黨人黃興率領革命志士數百人進攻廣州總督府，但此次行動再度失敗。指揮行動的黃興負傷但倖免於難，然而卻有五十餘人戰死、二十餘人被捕後就義，共八十六人死難，這八十六名烈士原是「同盟會」重要骨幹，每位都是仁勇情義兼備的青年才俊，卻前仆後繼的壯烈犧牲。

同盟會員潘達微挺身而出，冒險收斂了七十二具遺骸埋葬在廣州白雲山南麓的紅花崗，並取傲霜菊花之意將紅花崗改名為黃花崗，史稱黃花崗七十二烈士，當然前後犧牲人數遠不止此。

烈士的忠肝義膽、鐵血豪情終於喚醒了麻木的人心。此前數次未竟的革命已對當時冷漠的社會產生衝擊，黃花崗之役更是震驚全國，同情聲浪高漲，終至全面激盪！此役後，同盟會菁英可

謂消失殆盡，但是一種同仇敵愾的精神卻使半年後發生的武昌起義一舉成功，瓦解了兩千多年封建帝制，開啟了民主共和的新紀元。

　　辛亥革命的成功，在很大程度上是人民受到青年烈士捨己救國而慷慨赴死的精神感召。恰如國父孫中山先生回顧黃花崗之役時所說：「是役也，碧血橫飛，浩氣四塞，草木為之含悲，風雲因而變色，全國久蟄之人心，乃大興奮。怨憤所積，如怒濤排壑，不可遏抑，不半載而武昌之大革命以成。……」

讀人

　　烈士們悲劇英雄的色彩特別令人震撼而又感傷之處，在於他們非但不是血氣方剛的武夫或亡命之徒，更非久經沙場的戰士，甚至有許多都是學有專精、前途似錦的士子。這些穿著儒雅長衫的青青子衿，如何拋開羽扇綸巾，用他們執筆的手拿起了槍、拿起了炸彈，絲毫無懼於那年羊城三月的死亡氣息？

　　歷史學者羅家倫統計過，烈士中有九個留學生，二十八個海外僑胞，三個記者，二個教師等。其中林覺民曾是福建《建言日報》主筆，一九〇六年留學日本，精通英、德等國語言。林文曾任東京《民報》社經理，李文甫是香港《中國日報》總理，而喻培倫曾以優異成績考入了日本名校準備習醫，方聲洞曾兩次東渡日本學醫。

　　百年之後，展閱烈士起義前一封封以性命相見的絕筆書，依然如此令人不忍卒讀！相信千秋萬世，這些墨色縱已退淡、浩氣長存千古的紙簡仍將擲地有聲！一個個年輕且入世未深的書生，竟能忍刻骨之痛捨離親人、告別盟友，表現出如此堅定不移的大

勇，如此直往不悔的情操；他們不是文學家，卻以至誠與大愛，寫出如此氣勢萬鈞令人詠嘆不已的文字，每一顆字粒都典藏著一個崇高的靈魂。

林覺民〈與妻訣別書〉，愛妻愛子之至情與憂國憂民之正氣，淋漓墨痕，字字血淚，後來收錄在中學教科書中，感動了多少莘莘學子，至今誦讀，猶自令人惻然欲泣！

林覺民廣州起義被捕後，在水師提督衙門公堂上仍然侃侃而談，宣揚革命救國理論，主審官兩廣總督張鳴岐見他毫不屈服，對幕僚說：「惜哉，林覺民！面貌如玉，肝腸如鐵，心地光明如雪，真算得奇男子。」

〈與妻訣別書〉早已廣為傳誦，其他眾多奇男子的遺言絕筆同樣感天動地，句句來自肺腑，直抒胸臆！

方聲洞寫給父親：「此為兒最後親筆之稟，此稟果到家，則兒已不在人世者久矣。」並勸老父珍重，勿為他的死過度悲傷：「兒今日極力驅滿，盡國家之責任者，亦即所以保衛身家也。他日革命成功，我家之人，皆為中華新國民，而子孫萬世，亦可以長保無虞，則兒雖死，亦瞑目於地下矣！」

牟鴻勛被捕後慷慨陳辭：「大者為國計民生，小者報揚州三日之仇，雪嘉定十日之恨。」要他交出同黨，他了無懼色說：「革命者頭可斷，志不可奪，豈可低頭折節而生！」

讀心

在烈士殉難一周年紀念會上，黃興悲慟地寫下〈蝶戀花哭黃花崗諸烈士〉一詞和「七十二健兒，酣戰春雲湛碧血；四萬萬國子，愁看春雲濕黃花」的輓聯。事隔十年，孫中山先生仍然因為

「吾黨菁華,付之一炬」,而長久陷於傷痛惋惜之悲情中。

百年後的今天,緬懷英烈之情不曾稍減,中港臺及海外各地展開了熱烈的紀念活動。起義地點的懷舊觀光,文物展覽,戲劇與音樂表演,著作評論,修建革命史館等等,一股正義凜然的浩氣劃過時空,而那斑斑血淚在歷史中益加鮮明,辛亥年那一批青年人追求理想的熱忱,光明純正的襟懷,無私無畏的捨身,留給後人寶貴的精神典範!

是的,作為一個二十一世紀的華夏子孫,我們一定要再去溫習辛亥,追憶那個碧血橫飛的春天;重新仰望黃花崗,懷想身影已遠的仁人志士,細讀他們的絕筆遺書,讓沛然流轉的血性重回我們的筋脈。

作者簡介:蓬丹,畢業於臺灣師範大學,後赴加拿大留學,歷任採購經理,出版公司總編輯,英語教學主任等職。蓬丹積極從事文化教育工作及寫作事業。至今共有十二部文學著作,曾獲海外華文著述首獎,臺灣省優良作品獎,中國文藝獎章,世界海外華文散文獎等。本文榮獲中領館紀念辛亥散文優等獎。

一瓶滷蛋

◆張德匡

　　早上起來發現冰箱旁有一小盒子，內有幾塊前晚吃剩下來的臭豆腐，外面放了一晚上，不知壞了沒有，聞一下還是那個味，倒引起了點餓意，於是三兩口便把它們全吞下去了，又有點擔心，等了三四個鐘頭，肚子好像沒什麼不適，這才放下了心。但這事倒令我想起五十年前那瓶滷蛋了。

　　那年十七歲剛到臺中去上大學，由於學校伙食很差，吃飯便成了個大問題，找些機會打個牙祭便成了最重要的事了。我這一輩子都很好吃，而那個大胃也很幫忙，從來沒出過大毛病，身體還總是很健康，於是膽子更大了，什麼都敢吃，常常把些放久了的剩菜照吞下去，還老自我安慰，吃些不太厲害的細菌下去，可增加些抵抗力哩。

　　有天一位家住臺中的父執輩從北部回來，帶來了一大瓶母親托帶的滷蛋給我。由於已經隔了兩天一夜，天氣又熱，打開瓶蓋，發現那十多個久悶的蛋全都變得粘稀稀的了。那時宿舍沒有冰箱，又捨不得全給擲了，於是我便一口氣把它們都吞了下去，事後好像身體也並沒有不適。但這件事卻成了我永難忘懷，常常思念母親的笑劇。

　　說少有是因為和母親的關係實在是一個很慘瘍的悲劇。我是

她八個孩子的老麼，她對我的愛真是無以言喻的寬廣。出生在抗戰時的末期，物質極端匱乏又體弱多病，好幾次都已死去了，是她的不捨久抱在溫暖的懷中，才讓我慢慢甦醒回過來；每到冬天洗澡，內衣她都總要烘熱了才讓我穿。

但由於母親出生在舊式的官宦家庭，只有姊妹，少有兄弟，故她對現代男孩的成長和思路完全陌生，個性又極好強，喜歡操弄我的生活，剝奪了我的自我訓練和思考。獲得德高望重白手起家的父親之尊敬，一直是我最大的願望，但母親的各種捨本逐末的「幫助」，卻總把我一切努力完全地摧毀。

記得在我好不容易考上了較好的高中時，三姐去給父親報喜時，父親卻說：「我以為又是他媽把他弄進去的！」

在我成長的過程，母子價值觀念發生了嚴重的衝突，最後幾乎變成了陌路。

但現在回望過去，那些全是文化和社會驟變產生的震盪和影響，但親情的裂傷，卻成了永恆的痛悔。

媽媽！我好想再吃您的滷蛋，請您願諒我所有的不孝好嗎？

新書發表會瑣憶

◆王世清

　　近年來，我們作協出書頻繁，五年前和我一起出書開新書發表會的洛杉磯作家協會的七位作家，大多在這一兩年間再度出書，唯有我仍在原地踏步，沒有絲毫進展。有時想想不免有些沮喪及黯然。好在自己也算是個豁達之人，書雖然沒再出，回憶一下二〇〇七年的那次新書發表，對自己也何嘗不是一種慰藉，至少可使低落的情緒得以好轉。這也算是一種「阿Q」精神吧？

　　猶記得那是二〇〇七年的八月五日，我們作家協會和聖穀及拉斯維加斯作協的十四位作家借洛杉磯世界日報的大廳聯合舉辦新書發表會。這個由加州及內華達州三個作協合辦的盛會是史前無例的，是在美華人有史以來用自己的語言發表新書最大規模的一次發表展示會。我是十四位成員中的一員，因此翹首以盼，期待著這一天的早日到來。

　　那天中午十二點，聽到一陣汽車喇叭響，我朝窗外一望，一部白色的「寶馬」車停在下面，知是好友萍萍來接我們了。我趕快奔下去，見車門已開，好友莉莉率先捧著一大瓶鮮花，從前座出來。我驚愕了，莉莉原本早二天要去拉斯維加斯照顧她即將臨盆的媳婦的，怎麼突然改變主意不去了？沒等我發問，莉莉已從那束鮮花叢中找出賀卡遞給我，只見上面寫著「世清：辛勤耕

耘，喜見碩果，恭喜您在奔向理想之路上闊步前進。」署名是萍萍和莉莉。我頓覺心中一熱，一股暖流劃過心田，我明白了，莉莉是為了幫我捧場助興才像萍萍那樣改變原來的安排的。萍萍原來要和她當工程師的洋夫婿出外旅遊的，為了參加我的新書發表會，毅然決然推遲出遊日期，世上還有什麼比朋友間的真誠情誼更可貴呢？這二位十多年的好友，為了和我共用出書的喜悅，都對自己的行程作了改變，我只有銘感於心了。

當我們到達世界日報大樓時，會場大廳裏已擺放了三十多個各界人士贈送的花籃，上面寫著「祝新書發表會成功舉辦」的賀詞。會場二旁則分列著十四套桌椅，是我們十四人的專位，桌上擺著我們一疊疊的新書。

那天出席新書發表會的貴賓，文友及親友有二百多人，大廳裏一排排的座位上坐滿了人。世界日報報社的所在城市—蒙特利公園市的市議員黃維剛先生代表了蒙市市政府出席了新書發表會。

黃維剛議員首先致詞，然後給我們每人頒發了獎狀。當我們上臺領獎時，臺下響起了雷鳴般的掌聲。領獎後，十四人分坐二排，大家雙手捧著這張由蒙市市長，副市長及三位市議員簽名的蒙市政府頒發的獎狀，向臺下的兩百多名來賓亮相，此時臺下的閃光燈此起彼落，閃個不停，二、三十臺照相機的電視臺記者，更多的攝影者則是十四作者的家人及朋友，大家你擠我擁，站在中間走道，爭相為臺上的領獎者照相，前面的人為了顧及後面的，只能半蹲半站著，最後面的只好隔著人群將數碼相機高高舉過頭，大家都在尋找最佳角度攝下這歷史性的一刻。

我坐在臺下這一熱鬧而激動人心的場面，心中思潮起伏，此生從未見過這麼多的相機對著我們照相，也許此刻是我人生中最精彩最難忘的一刻。這麼想著思緒不由得跑起了野馬，三天前

的情景不覺浮現眼前，那天十四人在蒙市的「又一村」餐館召開記者會，洛杉磯的各大華文媒體紛紛派出記者來採訪拍照，第二天，除了「天下衛視」播放外，各大報紙均刊登著「十四位作家聯合新書發表會」的報導及十四人的合照。再看現在，眼前的熱鬧及風光不正來自平時不畏孤獨，不懈筆耕的結果嗎？而自己恰是個惰性之人，做事常是有始無終，今後應當牢記今天這個場面，在寫作上—沒容我野馬跑下去，拍照結束了，各人回到臺下自己的書攤前，我仍沉浸在剛才的興奮激動中，直到我們每人上臺五分鐘介紹自己的新書及發表感言，心情才算平復。

　　輪到我上講臺時，望著臺下二百多雙專注的眼睛，想到這是我在異國他鄉第一次上臺當著這麼多的人發言，且又要在五分鐘內言簡意賅，既要概括出書的主要內容，又要表達出發表新書的所思所想，心情忽然有些緊張，幸虧我帶了講稿，偶爾瞟一眼講稿也就對付過去了。走下臺時，發表感言的激情仍充溢著我的胸臆。在二百多人面前發言，這個機會不是人人都有的，也許這輩子就這麼一次「作秀」的機會了，不知不覺間一縷自豪浮上腦際，溢滿心田。

　　新書發表會的最後一環是讀者，作者交流及簽名售書。我忽然看到了我在一篇文章中提到的那個與癌症作殊死鬥爭的China-town的鐵人扶著她的老母親朝著我的攤位走來了，還特地叫她母親也來買書及索簽名，內心不覺又起波瀾，想想自己寫了人家幾筆，人家卻專程趕來參加我的新書發表會，今後真該踏踏實實地多花點心思寫作，才對得起讀者，不辜負人家的一片心意呀。正這麼想著時，一眼瞥見黃維剛議員也來到了我的攤位，當我簽名後將書給他時，他翻看了一下書的內容說：「這個題材華人社會很需要，希望今後能更多地反映出Chinatown中國人的風貌，讓美

國社會對華人有更深層的瞭解。」我連連點頭稱是，心想，回去之後，一定要以市議員的這番話為動力，多多寫出中國城的風情。

可是一晃眼五年過去了，我卻始終沒有再提筆寫Chinatown中國人的風貌，是我的惰性主宰了我。現在當我回憶起五年前的情景，依然清晰如昨，其中的細節不會因為時間的久遠而模糊，更不會隨著歲月的流逝而遺忘。點點滴滴的瑣憶仍會在我原本平靜的心湖激起層層漣漪，大概我還沒到麻木不仁的地步吧。

作者簡介：王世清，出生於上海，初、高中都在上海第三女中讀書，高中時恰逢「文化大革命」，畢業後被分配到工廠，後調任上海天山中學語文教師，同時在教師進修學院進修，再就讀區業餘大學，文科專業畢業。八十年代初調任長寧區業餘大學教務處教務員。一九八九年去比利時留學。在安特衛普大學念管專業。一九九二年離開比利時來美國。曾在星島日報副刊「陽光地帶」寫過專欄「中國城風情」。二〇〇三年加入北美洛杉磯華文作家協會。二〇〇八年加入海外華文女作家協會。

夢醒時分
——獻給爸媽的花束

◆段金平

那是一個秋天，爸走了。像秋風撕落片片秋葉，我的心也被撕碎，散落在空空的腹中。

爸沒有跟誰告別，連個招呼也沒有打，不是爸不負責任。爸一生愛妻如眼，疼兒如命，是上帝安排爸去另外一個世界做更重要的事情。

爸極聰明，《水滸》講得繪聲繪色，《三國》讀得倒背如流。在爸工作的單位有這麼一句話：「李×的腿，段新才的嘴」，李×健步如飛，爸的出口成章，由此可見。

上帝將降大任於爸！

但我還是捨不得爸走。我匍匐在地，哀求上帝：「讓爸回來吧，爸還不老，才六十一歲，我們還年輕，也不能沒有爸！」

上帝拍拍我的右肩，對我說：「孩子，顧全大局！」

上帝是我在天上的父，我不能違背上帝的意願，我只好放開拽著爸衣角的手，任心顫抖，任淚橫流！

一家人給爸選了地址，給爸蓋了不太寬大的「房子」，我用鑿子、用刀、用筆蘸著心裏流出的血，親手為爸篆刻了碑。

逢節必去看爸，痛楚一再襲心！那年的春節，我呆坐在爸的碑前，許久許久，直到日暮！爸在那邊過年嗎？爸想家嗎？爸

能感受到我們的思念嗎？……也給爸寫幅對聯吧，我撿一顆小土塊，在爸的「門」上留下：「第一次過年無父陪伴心悲切，頭一回春節沒爸疼愛淚沾襟」，橫批：「想念父親」！

不完整的日子一天天挨著。爸走後的第一個清明節，我體會了「清明時節雨紛紛，路上行人欲斷魂」的淒涼心境！

也是在那天，一個奇蹟出現了！我發現爸的「房子」有人動過！

一定是某人、某盜墓團夥懷疑爸的「房子」裏有財寶，打開過爸的房門，恰巧爸甦醒了！爸完成上帝交給的任務重新回到了原來的世界！

但由於在另一個世界裏太久，爸失憶了！爸找不到回家的路，也不認識以前的親人和朋友，爸開始了四處流浪的生活！

爸很愛沿著鐵路線走，因為爸從前是列車長。爸給人打點短工，掙點小錢，漫無目的的走著。從山西走到山東，從河南走到河北，步履蹣跚，風餐露宿……

爸努力的尋找記憶，隱約覺得自己見過這個世界，可是怎麼也想不起來。

感謝神！有一天我的同學居然認出了爸！這個同學從小和我一起長大，我們曾一起上學，一起玩耍，一起乘坐爸的列車旅遊，一起吃爸炸的油條麻花……她太熟悉爸的面容了！因為在外地工作，很少回家鄉，所以她不曾知道爸到過「天國」。

同學一再問爸是否認識她？爸搖頭說不認識。同學問爸：「你女兒叫什麼名字？」爸擺手說沒有女兒。朋友茫然了：「世上難道有兩個人這麼相像的嗎？」

是神的安排！我的同學很富有！她帶爸回家，把爸安排在她和先生的公司裏幹些力所能及的工作。

　　因為害怕太唐突，同學沒有直接打電話給我。她跟我們共同的朋友談及此事，朋友告知她，認錯人啦，金平的爸已經「走了」！還囑咐她：「不要跟金平提這事，提爸必哭」！

　　莫名的驅使，同學還是留下了爸！

　　爸勤勞善良，開明豁達，所以爸很招人尊敬，同學也很善待爸！

　　我的世界再次完整！我的眼前、我的心裏常常會出現一個笑呵呵的老頭兒，那是我爸！

　　我相信這事兒是真的，但我不敢向同學求證。我想看看爸，但我害怕這個奇蹟消失！就這樣日復一日、年復一年，我心酸的高興著，因為我爸還在！

　　直到有一天媽也走了。媽被爸寵愛了大半輩子，終於受不了思念的煎熬，找爸去了！萬箭穿心！除了媽的離世，之前爸的奇蹟將面臨真實！

　　這次的「房子」建在一塊新開發的地方。按照風俗，爸媽要一起住在這裏，所以，給爸遷址是必然的。

　　隨著爸的「房門」漸漸打開，我的心被揪到喉嚨！

　　霎那間，思緒一片空白，世界停止轉動！爸的靈柩完好無損！那個奇蹟，那個痛並快樂的奇蹟，原來只是幻想、只是渴望、只是黃粱美夢！

　　夢，瞬間支離破碎，椎心泣血，我如同跌入萬丈深淵！

　　我真的沒有爸了，連媽也沒有了！我再也休想有牽著佝僂身軀的雙親逛街散步的那一日了！生活的意義變窄了，無論我取得多大成績、獲得多少成功，都缺少雙親的分享了！喉哽咽，心痙攣，掩面哭泣，淚如湧泉！

　　親愛爸媽，等來世吧，來世我還是你們的女兒！但我懇求你

們，懇求你們答應我，來世你們一定要做百歲老人！

　　　　作者簡介：段金平，因為怕頭髮長、見識短而上了十五年
　　　　　　　　　學；因為要養活自己、培育孩子、孝敬父母、
　　　　　　　　　協助先生而工作至今，而且打算繼續。來美國
　　　　　　　　　前，在一家電視臺做新聞工作；到美國後，在
　　　　　　　　　先生的公司「看管」人、「保護」錢。朋友們
　　　　　　　　　說我有福氣：「先生如兄長般寵貫、兒子像朋
　　　　　　　　　友樣親近、富裕的生活、熱愛的工作。」我
　　　　　　　　　答：「但我沒有了爸媽！」

夢境追憶

◆陳森

夜雨綿綿，窗外響著淅淅的雨聲，單調而枯躁，彷彿澆落在心靈裏，便引出淡淡的輕愁和哀傷。洛杉磯的春雨是很常見的，於我這個飄泊海外多年的人來說，本不是什麼稀奇的事情。稀奇的是在這個普通的夜晚，我卻做了一個不尋常的夢。

夢中的我身處陌生險峻的山野之地，周圍的一切都充滿了恐怖的意味。然而更可怕的是，正當我翻山越嶺疲於逃生之際，一干面目猙獰的男人竟然在身後不遠的地方對我窮追不捨。驚魂出竅的我拼命向前奔跑，慌亂中重重跌了好幾跤，總算沒有癱倒下去。後來我藏身一塊大石後面，而身後便是萬丈深淵。此時追趕我的惡人步步逼近，我真正體會到了死亡的感覺，彷彿身處在末日的黑暗遂道裏……

跳躍的惡夢再次顯現。可能是因於過度的驚嚇，離開那可怕的死亡遂道之後我便住進了醫院。緊鄰醫院大樓的是市府「Homeless」收留中心。夢中的我在治療期間，住院病房的窗外常有無家可歸者不停搔擾，粗言惡語乃至辱罵詛咒。我實在不堪忍受，便也不顧病體的虛弱，逃難似地離開了醫院。我走走停停，慢慢來到醫院不遠處的公園。在一條鋪著鵝卵石的小徑上，我神志恍惚，步履蹣跚，終於暈倒在地。夢中的我隱約覺出在我

的四周有許多人聚攏圍觀，這些人面無表情，冷若冰霜，他們看著躺在地上的我，彷彿在看著一塊沒有生命的石頭。我試圖向圍觀者們乞救，嘴裏發出的聲音卻象一縷被風吹散的輕煙，無人聽到也無人理睬。那一刻我感到是那樣的無助，彷彿再次進入到那曾令我肝膽俱裂的死亡遂道，再一次聞到了死亡的味道。正在這危急時刻，我看見了一個人，一個體格魁梧眉清目秀的男人，這個男人急急走上前來，輕輕將我從地上抱起。啊，是大哥！是我的大哥！是那個令我夢牽魂繞的大哥！眼前的大哥身著軍裝，外披風衣，看上去那麼偉岸高大，那麼英俊瀟灑。我喜極而泣，不斷的問：大哥，真的是你嗎？大哥沒有直接回答我的疑惑，只是滿目憐愛的看著我，輕輕地說著：好妹妹，大哥帶你回家。

夜盡夢醒，風停雨消，但我的思緒依然澎湃不止。啊，大哥，你終於滿足了我的心願，你終於顯身我的夢中……

大哥生長在和平年代，卻犧牲在炮火連天的戰場。在那場眾所周知的中國與鄰國的邊境戰爭中，作為一名國家軍人，身為三三七四二部隊五營副連長的大哥，並肩負著「尖刀排」排長的重任。一九七九年二月十七日，「中越自衛反擊戰」開戰的時刻，我的大哥就帶領著他的尖兵們，衝鋒陷陣在最前線；當時連隊到達了敵方陣地前沿，已是五更時分。一個戰士不幸絆到了地雷，一個年輕的生命頃刻間化為烏有，緊接著又有戰友身負重傷。大哥強忍著內心的悲傷，堅毅地拿著簡便排雷器材，向地雷密佈的雷區搜索。由於越敵地雷埋設呈崎形狀，陣地上危機四伏，大哥不幸被地雷炸傷。經前方軍醫的緊急處置後，將他後送師醫院搶救。在後送的途中，大哥終因傷勢過重，流盡了最後一滴鮮血，為保衛祖國邊境的安寧，獻出了他年僅二十五歲的年輕生命。大哥用血染的風采譜寫了壯麗的青春樂章。

　　英雄遠去，魂兮歸來！在大哥逝去的這些年裏，我曾無數次在心裏這樣呼喊。我期盼著能在夢裏與大哥相會，期盼著能在夢裏再次看見他的音容笑貌。但這樣的幸運卻從來沒有降臨，大哥彷彿真的漸行漸遠，彷彿一點聽不到我心靈的吶喊。而就在昨晚的夢境裏，在我身處險境的時候，大哥卻倏然來到身邊，在我最危急、最軟弱、最無助的時候顯身相救。

　　啊，也許，這個世界上真的有靈也有魂，也許，冥冥中大哥從來就沒有離開過他的親人們，與我們苦樂於共，生死相依⋯⋯

　　作者簡介：陳森，筆名思楊。畢業於武漢大學新聞系，在
　　　　　　　中國曾參軍和在湖北省廣播電視廳工作，現任
　　　　　　　職「太平銀行」從事新帳戶工作。喜好文字鋼
　　　　　　　琴和乒乓球。詩歌，散文等多篇作品曾發表於
　　　　　　　中國，臺灣，洛杉磯等地華文報刊雜誌，本會
　　　　　　　會員。

不尋常的故鄉之行

◆葉拉拉

　　二○○六年十月一日清晨，陰霾的天空，灰濛濛的，空氣裏夾雜著晨霧般的潮濕，隨風吹到車窗玻璃上，濕漉漉的。我們一家四人，駕著心愛的雪佛蘭轎車，帶著爸爸的囑咐，從爸爸生活工作戰鬥過的省城—南京啟程，奔赴故鄉。

　　汽車行駛在甯杭高速公路上，經溧陽、宜興，過西施故里諸暨，國際小商品市場義烏，仙都之鄉麗水。所經之地，無不觸景生情，所到之處，無不感慨萬分。也是去年金秋日，也是去年此時刻，也是這條高速路，也是同車一行人。我們陪伴爸爸一路玩耍，一路暢遊，訪名勝古蹟，品地方特產。爸爸是那樣盡情盡興，流連忘返，是那樣開心快活，樂似玩童。可今天卻物是人非，二○○六年八月二十日，他老人家……

　　故鄉在浙江松陽縣的一個小山村，去年剛剛修好路，通了車。順著蜿蜒的盤山路，傍晚時分，我們進了村。山莊籠罩在炊煙與黃昏的餘暉裏，家鄉依然如故。那貫穿村子的仍是石板鋪就的羊腸小徑，那放養的豬、雞、狗，不時會在石板上留下糞便；村裏只有老人和幼兒，有勞動能力的都外出打工去了，上學的小孩都在村外讀書。平時除了聽到雞鳴犬吠，就是山林裏傳來的鳥啼和山澗泉水的吟唱。要到逢年過節，村子裏才能恢復喧鬧，聽

到孩童的嬉戲聲，看到人們走動的身影。

　　仁壽已在村頭等我們了，伯伯他老人家也站在自家門前的曬穀場上眺望，那目光裏包含著多少深情和期盼。今年的國慶適逢中秋佳節，我們給鄉親們帶來各式各樣的月餅和土特產，整整一後背箱。

　　伯伯年壽已高，且重病纏身，完全失去了聽覺，和他只有用紙筆進行溝通交流。爸爸和伯伯從小喪失父母，兄弟倆相依為命。伯伯無後，抱養了仁壽為子。伯伯常說，這世上只有爸爸是唯一的親人了。為了不讓他老人家傷心，我們隱瞞了爸爸的消息，只是告訴他爸爸最近身體不太好。當我與他講這些時，我的心中是什麼滋味。天呀，為了安慰活著的親人，自己竟要這般強忍著悲傷，隱瞞失去親人的痛苦。

　　「爸爸媽媽讓我們回來看看您老人家。」

　　「他們怎麼樣，還好嗎？」

　　「爸爸身體不太好，媽媽還好。莉莉萍萍榮榮燕燕寶寶她們在美國都想您。」

　　「告訴他們，我身體不行了，回來看看，我想他們。」

　　「他們都很忙，他們讓你保養好身體，爭取近期抽時間回來看您。」

　　「這是兩箱雞蛋，兩箱奶粉，兩盒月餅，一箱蘋果，這藥是爸媽從美國帶給您的，一天一粒，爸媽叫您多吃一些，身體才能好。」

　　……

　　山村的夜晚格外的寂靜，偶爾傳來幾聲犬吠。這裏的人們都習慣了「日出而作，日落而息」。我睡在爸爸回老家時住過的房間，躺在爸爸睡過的床上，難以入眠。當年陪他回故鄉的情景，

又歷歷在目，彷彿在昨天，好像在眼前……

　　「少小離家老大回，鄉音未改鬢毛衰。」爸爸回到故鄉的那般喜悅，真讓人難以描述。言行中流露出異樣的興奮和激動！是啊，誰不愛自己的家鄉，誰沒有幸福的童年，在這生他養他的地方，有他許多難以忘懷的故事，有他許多銘刻在心中的往事，也有他許多許多的憧憬和夢想。今天能衣錦還鄉，那份感受自然溢於言表。可以告慰列祖列宗，可以告慰父老鄉親：當年一個二十來歲的楞頭小夥，告別了「獨山」（註一），順著松陰溪（註二），外出闖世界。是這個村子裏的第一個狀元，第一個軍人。在中國人民解放軍四野第三野戰醫院裏，從一名普通的士兵到一名醫生；一九五二年六月從南京市公安局作為醫務工作者，為了「加強國家社會主義建設」，轉業去了安徽的宣城，後分別到連雲港的雲臺，黃海之濱的東臺。文革結束後，又回到南京，歷經四十多載，轉戰大江南北，一直工作在醫療戰線，把青春獻給了農墾。時刻把「救死扶傷」作為自己的職業準則。熱愛事業，培養了許多優秀的醫務工作者；正直善良，拯救了成千上萬患者的生命。一九九二年六月離休後移居美國。身居他鄉，心繫故土。時刻關心著祖國的強大和故鄉的建設。他曾告訴我們：「美國很富有，我很喜歡它，但我更愛我的祖國。」看到山裏用上電燈，有了電話，水泥路鋪到村口，也有了電視。他興奮地說變化了發展了，家鄉越變越好了。更為自豪地是他創建的家庭有二子四女，即爸爸引以為豪的「二個狀元」「四個穆桂英」，都成家立業，事業有成。現在已是一個祖孫三代二十四人的幸福大家庭。

　　在家鄉小住五天，瞻仰了爸爸出生住過的老房子，探望了爸爸一起長大的堂兄弟妹、親朋好友。我們家的稻田、竹林、油茶林以及爸爸曾爬過的樹，攀過的山，淌過的溪，走過的路。我們

都用祈禱的心情為爸爸重新走一走，看一看，摸一摸，那其間寄託著我們做子孫的對一位慈祥、善良、平凡而又偉大的老人的感恩和思念。

我要告訴他老人家，爸爸我回來了！回到了您出生成長的地方。那蜿蜒的山路，有您順著它從村裏到縣裏的足跡；那深庭的老宅，有您讀書學習的身影；那茂密的古樹，有您和弟妹攀爬嬉戲的笑語；那村頭的小溪，留有您與小夥伴捉泥鰍濺起的浪花。這裏的青山綠水，哺育修煉了您山一樣的胸懷水一樣的柔情，這裏的森林翠竹培養造就了您不屈不撓的氣質謙遜正直的秉性。

我要告訴他老人家，爸爸我回來了！回到了生您養您的家鄉。那清澈的松陰溪水，日夜流淌不息，彷彿在歌頌著您一生的業績一生的功德；那松柏茂密的獨山，屹立南門橋畔，彷彿在向您這位平凡而又偉大的松陽人致以崇高敬意。

我還要告訴他老人家，爸爸我回來了！回到了您日夜思念的故土。西屏老一輩的人們都記得你，至今還津津樂道地講述著你青少年時的名氣、聰明的才氣和英俊瀟灑的風度。家鄉的親人都記掛著您，您是他們引以為豪的好兄弟。也是他們教育後代的好榜樣。家鄉的親人都崇拜您、熱愛您、尊敬您。當他們得知您的兒子回來了，都紛紛送來了家鄉的土特產帶給您吃，筍乾、茶油、番薯粉、年糕，還有您最喜愛吃的家鄉獨有「酥奶」和「米果」。

當我們要告別家鄉時，有一種難以割捨的情結讓人不忍離去。因為爸爸、還有我們的根在這裏！這一別何年才能再來呢。在和伯伯相擁告別時，他老淚橫流，緊緊拉住我的手，再三囑咐我：「告訴你爸爸，我身體不好啊，讓他回來看看，讓他們都回來，我想他們啊。」我再也控制不了自己了，淚水情不自禁地奪

眶而出。人的情感中有什麼能比失去最可愛的人還痛苦呢？而此時的我已是悲傷至極，苦不堪言。「會的，爸爸一定會回來看您的，親人們都會回來看望您的，您要多保重。」我含淚告慰他老人家。

　　淚眼再看看爸爸出生成長的山莊，再看看爸爸相依為命的兄長，再看看那山坡、那溪流、那老宅、那古樹、那小路、那竹林……再見吧故鄉，再見吧親人，我會回來的，我們會常回來的。

註一：獨山，浙江松陽縣境內的一座山。象徵著松陽，松陽外出歸來首先要看見獨
　　　山，以示回到家了。
註二：松陰溪，一條橫貫松陽境內的溪流，清澈見底，日夜流淌。經青田境內流入甌江。

　　　作者簡介：葉拉拉（lala）在中國一直從事新聞傳媒工作，
　　　　　　　　做過編輯、記者，製片人，總監。是作家協
　　　　　　　　會、攝影家協會、電視藝術家協會會員。多年
　　　　　　　　來，在大陸各大報、刊媒體發表過數拾萬字的
　　　　　　　　文字作品，並有近百幅攝影作品參加各類展
　　　　　　　　出、獲獎。現移居美國。

當烽火燒起一九四九

◆趙玉蓮

　　自小的記憶中，父母心中深埋的傷，一直都是隱隱作痛。這個痛，沉沉鬱鬱了六十年。多少年輕氣盛，年少不識愁的，踏上了一條船，多少人揮淚作別，竟是永訣！長年寡歡，我們等待了半個世紀。

　　當烽火燒起一九四九，中華民族歷史上命運的大轉折，血淚凝結，在撤退之後，這個沉沉鬱鬱的六十年臥薪嘗膽的日子裏，每天盼望著回去，每年盼望著回去，明年又明年……我們軍民一心革新，動員戰鬥，一心挽救敗局和頹勢，等待著海峽兩岸骨肉相聚，在領袖處心積慮，慘澹經營，完成了臺灣的十大建設，學校裏推行統一國語、孔孟學說、唐詩宋詞、正體書法文字，禮義廉恥，忠孝仁愛信義和平。文化、娛樂事業蒸蒸日上，父母耳提面命，循規蹈矩，為人真誠，講義氣，注重品德，敬老尊賢，飲水思源，施人慎勿念，受施慎勿忘。我們的生活雖清苦，但安定、和諧，社會邁入夜不避戶，路不拾遺的境界。

　　一九八七年大陸的開放，引進臺商進入，投資、品管制度的改良，帶動經濟的起飛。現大陸經濟正逢全盛時期，世人刮目相看。兩岸的通航，迎來了萬道霞光。無數人民含著激動的熱淚，張開雙臂，頌揚自由，熱愛民主的春天，感恩臺灣的存在，得以

延續了中華文化，精神長存，也印證了血濃於水，我們都是炎黃的子孫。

記相遇相知相惜五週年

◆綠蒂雅

　　與知心的人相遇相惜之前，要先經過多少傷心失望，多少愛的學習與成長？

　　世界幾十億人口，茫茫人海、時間長河中，為何兩顆心能超越時空、種族，在特定的時間地點相遇？

　　葛瑞和我住在方圓幾十平方公里的同一個城市。二十多年，我也去過他的教會好幾次。而在他向左、我向右多年後，我們終於石破天驚的在教會停車場相遇！這一個美麗的相會，是命定、緣分，還是冥冥中有一雙看不見的手，在設計、安排與引導？

　　　　曾經，我喜歡瓊瑤寫的一首歌詞：
　　　　我有一簾幽夢，不知與誰能共？
　　　　多少秘密在其中，欲訴無人能懂！
　　　　窗外更深露重，今夜落花成塚
　　　　春來春去俱無蹤，徒留一簾幽夢！
　　　　誰能解我情衷？誰將柔情深種？
　　　　若能相知又相逢，共此一簾幽夢！

　　當我在美國得到學位，而且工作穩定以後，在一九八六年一次旅遊中，發生了頭對頭相撞的大車禍，身受重傷。我必須面對殘酷的事實：鼻子沒了、脊椎斷了、左眼看不見了……以往所擁有的引以自豪的一切，剎那間都化為烏有。經過十次大手術及臉部整形，兩百多次復建療傷，總算可以回公司上班。但是，人生的道路完全不一樣了。以前的天之嬌女，現在成了體弱殘障，婚姻之路真是漫長而遙不可及！

　　一九八九年冬天，我和一群朋友從洛杉磯到科羅拉多州的丹佛市，共有三場巡迴詩歌演唱，由我見證生命故事。在大雪紛飛的除夕夜，一群人歡樂聚餐時，主人熱心地要為詩歌班另外兩位單身女生介紹男朋友。當時我的內心受到很大的傷害，整個團體只有三位單身女生，主人卻單單把我遺漏！其實主人以前不認識我，而且當時我最後一次整形手術剛完不久，身體仍然虛弱，怎能有太多期望呢？

　　但上帝是慈愛的，祂並沒有忽視傷心的我。當我抬頭就看見牆頭上掛的字畫寫著：耶和華以勒（就是：上帝必預備）。這句話，支持我繼續存著安靜的心，等候我的良人出現。

　　直到十八年後，二〇〇七年六月一日，我和葛瑞在他的教會停車場相遇！

　　葛瑞也有他的故事和愛的學習。他因為十五歲時父母離婚，而遲遲不敢踏入婚姻。雖然他多年在單身團契裏尋尋覓覓，卻沒有遇見合適的對象，也曾加入電腦擇友，與一個中國女孩通過電郵與電話，卻從未見過面。

　　而當我們認識以後，發現彼此有說不完的話題，因為我們性情志趣相合，對大自然，對生活充滿興致，而且信仰相同，讀同一本聖經，在教會的大家庭成長，都喜歡閱讀。很多葛瑞欣賞的

當代作家，我也讀過中文翻譯。

　　葛瑞大我七歲，兩人語言文化不同，卻成為心靈相通的靈魂伴侶。

　　想起約會初期，我曾擔心他能否接受我左眼失明的事實，但葛瑞最讓我感動的是他的完全接納與珍惜。相識三個月，當他讀完我寫的「深夜歌聲」英文版，不僅不介意我的殘缺，反而認定我如此特殊，決心與我共度此生。由於我們兩人都度過漫長的單身生涯，二〇〇八年八月二十三日我們結婚時，證婚的牧師說我們是「大器晚成」。我們看重這茫茫人海中相遇相知的緣份，加上年紀帶來的成熟，婚後生活充滿甜蜜與幸福。即使有困難或挫折，因彼此扶持度過難關，感情反而更堅固。

　　但願葛瑞和我的生命故事，也能鼓勵仍然在等候中的單身貴族們：只要持守正直善良的心，積極喜樂度日。時候到了，屬於你們的美麗相遇，就那樣，自然而然發生了！

　　祝天下有情人終成眷屬，天下眷屬都是有情人！

　　　作者簡介：綠蒂雅，臺灣大學畢業後到美國唸書，取得會
　　　　　　　　計師執照。一九八六年車禍重傷，脊椎骨折、
　　　　　　　　左眼失明，動過十次手術，寫成《深夜歌聲》
　　　　　　　　一書。經過二十多年追尋等候，二〇〇八年與
　　　　　　　　何葛瑞結婚。請搜尋「綠蒂雅的信心旅程」閱
　　　　　　　　讀博客文章。

花開花落，我一樣會珍惜

◆蕭萍

　　一個傍晚，女兒去了學校合唱班，一個人在家有些無聊，就跟朋友去了教會。這天晚上是全體活動。主教堂裏坐滿了各種語言的人們，好是熱鬧！大廳裏的燈光漸暗，突顯了講臺上的輝煌。主講臺上有個巨大的十字架，背靠在五彩玻璃窗上，一束白色的燈光從天花板放射下來，指點著這個十字架，顯得格外聖潔莊重。義工們給每個人發了兩張小紙片。我不是個虔誠的基督徒，不知道今晚有什麼特殊的儀式，便找個位子靜靜地坐著，等待牧師上臺。

　　「今天晚上，我們讓大家把心裏的怨恨和感激都拿出來分享。把你們心裏恨的人名字寫在一張紙片上，拿上來，釘在十字架的左邊。把你們要感激的人名字寫在另一張紙上，釘在十字架的右邊。」牧師在那小小的講臺上，說了這簡單的兩句話，就合手站到一邊。

　　把我們恨的人交給上帝去懲罰？這不是很過癮的事？於是，大家都拿起筆眯著眼睛思考。我也搜腸刮肚地想想我的仇人是誰，今天是解氣的時候！可是我怎麼也想不出來誰是我的仇人，從小到大誰讓我恨？我們在國內經歷過貧窮和委屈，但沒有對國家、政府或什麼人的怨恨。

　　我突然想起一個人，就是他讓我放棄國內安定的生活，來到這個陌生的國家。我們像聾啞人一樣，在這舉目無親的天涯海角寸步難行；我們曾經一無所有；他讓我不要命地打兩份工，常常辛苦工作到深夜才回家，只給一塊午餐錢；讓我面對一大堆英文帳單不知所措；讓我們在黑暗的夜裏驚恐無眠；讓我獨自面對失業和病魔 ；讓女兒在學校無辜地被人欺負，讓我們母女在這異國他鄉飽嚐孤獨貧窮……這是個男人。我應該恨他！讓我的人生飽嚐艱辛。這個人的名字應該釘在十字架左邊，讓上帝懲罰他。我寫好名字，就往臺上走去。

　　「你好嗎？」G在前排溫柔地和我打招呼，她有個為全家遮風擋雨的好丈夫百般呵護，從來不為生活擔憂。每次看到她先生替她洗車，送她上學校，心裏非常羨慕，抱怨自己倒楣，碰上這樣一個不負責任的懶漢丈夫。我為了生活，為了養育女兒，不但要辛苦打工，還要承擔一切家務，沒有人為我洗車，沒有人為我搬冰箱，就算病了，也要自己開車去醫院，甚至發燒躺在床上，也沒人給我送杯熱水。教會把我們母女列為最值得同情的人，耶誕節時，牧師會送來了一些水果、玩具。不管信不信，我唯一的愛，只是來自天上看不見的。

　　G是看著我們母女一步一步走過來的：「你很能幹，一個人把女兒帶得那麼優秀！」這樣的話是常常聽到的。

　　「感恩的心，感謝有你……」教堂裏響起了一段輕柔悅耳的歌聲。我走著想著，這個人把我丟到大海裏，我並沒有淹死，卻讓我學會了游泳：我學會查著字典寫支票；學會了在「轟隆隆」的衣廠裏和墨西哥人，越南人一起縫紉衣服；學會了在電腦主機板上焊CPU，還創造了一天焊七百片的奇蹟；學會在車冒煙的時候，往引擎水箱里加水；學會當女兒被欺負時，去找校長，比手

畫腳地保護孩子；他還讓我有機會修理世界先進電器——手提電腦；逼我學會了去美國的牙醫診所，為各國兒童拍X光片子；讓我硬著頭皮對著電話，用簡單的英語追討欠款；我們經歷了奇特的恐怖之夜；我們學會白手起家做地板，貼牆紙，修水管……我經歷人生的很多磨難；我變得堅強，勇敢，獨立，自信，能幹；我們每一個小小的成功都是來自無助無靠。

如果不是那個不負責任的男人自私無情，把我丟進這艱苦的自然生態環境裏，我是不可能那麼能幹、獨立的，我也不可能充分發揮聰明才智。當他離去，我才會盡情地展現自己的人生價值，我的人生變得多麼豐富！今天我的一切成就，受到那麼多人的讚賞，就是因為無所依託而造就的。就像古代塞翁，失去了馬，卻得到一片美好的世界，我不應該恨他，應該謝謝他呀！

好吧，我走上講臺，把那張寫著他名字的小紙片，釘在了十字架的右邊，又用力按了一下那顆紅的的圖釘。今晚，明晚，每一天我都沒有怨恨，只有感謝。感謝上帝給我的每一天，感謝老天給我自食其力得來的每一個小小的成就。十字架的右邊已經貼得豐豐滿滿，大概都是感激父母、老師之愛的。我心情格外愉悅，輕輕鬆鬆地回到自己的坐位，如同卸下了一個沉重的包袱。

那個巨大的十字架被密密麻麻地貼滿了小紙片，變得厚實起來，右邊貼不下的漸漸地移向稀落的左邊，看來這世界上感激還是大大多於怨恨。燈光下這個十字架堅實豐滿顯得特別壯觀，臺下還有很多人，緩緩地湧向講臺，各種族裔的人們排著隊，繼續上去發放他們的怨恨和感激。

「天地雖寬這條路卻難走，我看遍這人間坎坷辛苦，我還有多少愛我還有多少淚，要蒼天知道我不認輸感恩的心，感謝有你伴我一生讓我有勇氣做我自己，感恩的心感謝命運，花開花落我

一樣會珍惜……」歌聲柔美真情，我心寧靜如水。誰也不知道我寫了誰，誰也不知道我……

生日感言
——蒙福的人生

◆汪淑貞

　　今天感謝大家給我這樣的驚喜——溫馨祝賀語的精美生日卡，珍貴的禮物以及豐盛的晚餐，使我這一天浸泡在你們深切的友情與愛的甜蜜中，被這份濃濃的如玫瑰花雨般的愛全人溶化了。擁有這麼多的好朋友如雲彩圍繞著我，是多麼的滿足與幸福！

　　因著姊妹情深，住在美國的姊姊幫我辦移民，來美之旅這一住已近四十年。往事如雲煙，記憶猶如新，那位白瘦羞澀不知所云的小女孩已不復在，經過了歲月的悲歡人生的歷鍊，眼前的這位是個落落大方信心滿滿且頗有重量級之風範。的確，我的人生是經過了大風大浪波濤洶湧，然而，面對許多的殘酷現實與抉擇，我最感恩的是神深深破碎了我，是讓我學習饒恕傷害我的人，還能夠有能力去愛他們。雖然面臨狂風和暴雨，終就祂依然將彩虹顯現與我，因祂是如此的愛我，為我捨命並賜下恩典，祂開啟了我心靈的眼睛，享受到創造的偉大與愛的奇妙大能。

　　隨著歲月流逝，我的許多夢想也讓我逐漸成就，學商經商得到學以致用，自己經營管理，超越了少年時想當個主管經理的願望。組織家庭結婚生子，兩個兒子結婚立業，獨立自主，不要我操心。我自己不需為生活憂愁，新的一天開始清晨做運動跳元極舞，參與大家庭行列已有十多年，邊舞蹈、邊練功、邊聯誼、並

強身體健，盼望大家親自來認識感受這群可愛的元極人。

　　我喜歡做義工，常用實際行動幫助困苦中的人。用充滿熱情、愛心當護航力做義工，堅持到底完成終極目標。若有行善力量不可推辭，總是盡力而為，不求有功但求無過，人生的價值在於奉獻，生命的意義才更加完全且不愧於天地。

　　今天我也有一份愛的禮物送給你們——「人生，一篇美麗的詩章！」唯有認識神聯於神才會產生真正的詩歌，因為祂是你我人生的編曲者，惟有接受祂信靠祂，你我的人生才活的更好、更精彩、豐盛與完美。短暫的人生應當珍惜，還要懂得鑑賞生命，神是愛有永遠的生命並賜給我們蒙福的人生。

二〇一二年三月十一日，我活著！

◆荻野目櫻

　　二〇一一年三月十一日，日本東京的早晨。又一個陰天，沒有洛杉磯耀眼的太陽，感覺植物與人都萎靡不振，NHK的電視頻道在報導一些大同小異的社會新聞，而我正在抱怨生活中太多無奈又無從改變的的煩惱。

　　我住的這棟所謂的高級大樓的大規模裝修開始了。早晨九點整，各種機器馬達聲齊攻耳膜，噪音和震動使我頭痛劇烈，心情煩躁，馬上吞下兩片止痛藥，塞入耳塞卻完全無濟於事。比熊狗狗Lucky對噪音顯的非常恐懼，躲在桌底下不敢出來，不食不飲，遠遠地觀察著我的一舉一動，彷彿隨時準備和主人我一起出逃。

　　想帶著Lucky遠走，可是又想到自己的駕駛證已超過了使用美國國際駕照駕駛的期限，而美國考出駕照的及格水準，在日本嚴格的駕駛考試中屢次不過，日本嚴格的路考，都在四輪恰巧扣線的極其狹窄範圍內左轉右拐，其中任何車輪踏線，立即不合格，而且一天只能考一次，從家裏去考場，需換兩輛地鐵一輛巴士，來回四小時。這樣考了六次，花高價請個人教練教了兩次，考期在前，仍是前程未卜。

　　下午兩點四十六分我正在與朋友電話訴苦時，房子突然開始搖動，以為是日本三天兩頭都會發生的小地震，一開始並不十

分驚慌。可是隨著搖動的速度幅度頻度越來越激烈，頭上的水晶吊燈敲出了強烈的撞擊聲，狗狗Lucky搖搖晃晃地朝我奔來，表情非常緊張，我頓感與平時的地震明顯不同，匆忙掛斷電話，一把抱起Lucky，在慌忙中命令自己鎮定，問自己此刻應該做些什麼。第一件事想到的是開門開窗！我在劇烈搖晃中歪歪扭扭地走向門窗；第二件事是確保也許可以保命的水！我立即取了一瓶兩公升的水放在身邊；第三件事我打了一個國際電話給在美國的父母。這時地震已經劇烈到使我有了死亡的恐懼感，我對母親說：「媽，大地震來了，我大概會死，你們一定要好好享受生活！」留下「遺言」後，我抱著在我懷裏嚇得發抖的Lucky，拎著兩公升的水，蹲在了四樓的門外。不知該留在樓裏還是逃出樓外，何去何從。

　　這時兩個平時不太碰到的鄰居露面了，在都市中要認識你的鄰居，居然是這種場合和方式，感覺有點諷刺。一個是對面漂亮的女演員，多次有電視臺來採訪她，平時總是帶著大帽子和太陽眼鏡悄然進出，此刻身著長大衣，赤腳站著，腳下有一灘水。她有點慌亂地解釋：「我正在洗澡，只能連忙披上這件大衣」；另一位女鄰居手上緊緊抱著一條黑色淌口水的哈巴狗（Lucky不太喜歡牠），她的女兒牽著媽媽的衣角因為害怕而哭喊著，抱狗不抱女兒，顯得主次顛倒，有些滑稽，大家都在地震中慌亂得不知所措。看到女演員房外堆著像是剛送到的很多瓶裝水箱，我毫不猶豫地提醒她，立即打開紙箱，以防不測時用！她猶豫了一下，順從地打開了。事後想想，當時她一定把我的提醒誤以為是「共存共用」的「命令」，但當時管不了太多，此時此刻，我們都只有一個願望，就是能夠繼續生存。從沒有像此時這樣對有個鄰居能有如此大的感恩和安全感，我們互相對視，包括Lucky，眼神中充

滿團結友愛和相互依賴，即使這是生命的最後一刻，也至少感覺不是孤獨的了。

　　感覺地震持續了很久，在驚慌中並沒有理智地想到要找出證件，首飾，錢財等貴重品放在身上，只是抱著一個在生死關頭充滿恐懼的生命，希望盡量用自己的體溫和心跳安撫它。地震稍停，我立即背起了一個平時從來不背的雙肩背包（感激在BMW買車時贈送的雙肩背包），裏面只放入了兩公升的瓶裝水，一手抱著Lucky，另一手抱著一個可能可以護頭的紅色沙發靠墊，以最快的速度奔下了安全樓梯直衝一個方向，我女兒的國際學校！

　　路上行人稀少，大多數東京人都在地震時躲在室內，因為室外的墜落物也許比室內更為危險，而且大多數的建築物都有較好的防震構造。可是路上有些樹木倒下了，有一棵古老的櫻樹折斷了，有打碎的花盆……我也顧不了自己從不素顏身穿家常服出門的窘態，從我家走到女兒的學校只有十分鐘的路，卻感覺到從未有過的艱辛和長遠！

　　進入校門，所有的孩子都戴著黃色安全頭盔在校園內聚集著，我似乎是第一個趕到學校的家長，我左看右尋，到處尋找女兒，因為所有的女孩都穿著一樣的校服戴著頭盔，很難辨認，我忍不住大聲呼喚她的名字！直到聽到有孩子在叫我女兒的名字，說：「你媽媽來了！」女兒並沒有如同我想像中那樣撲過來抱著我哭，只是安心地有些靦腆地微笑著，我衝上去一把緊緊地擁抱了她！「媽媽，你抱痛我了！」她害羞地笑著推開我。看她班級的同學，有的在哭，有的在安慰哭的小朋友，有的則在笑著說：「耶！今天可以不做功課了！」孩子們的個性使得他們對地震的反應各不相同，老師和我不禁對視露出了苦笑。感激學校，由於日本學校平時對防震訓練有素，沒有任何受傷的孩子！

　　我和女兒在餘震隨時可能發生的情況下冒險到學校大樓的三樓取回她的書包，回到了家裏。在餘震不斷中，我們全身裹著鴨絨被，和狗狗一起躲在浴室中。據說越小的地方房樑越多，不易倒塌，又能在浴缸中確保有水，所以選擇了浴室。事後才被提醒浴室到處是鏡子玻璃，絕對不是一個明智的選擇。可是哪裏更安全呢？直到今天，亦不得而知。

　　在驚慌不安的心情中無法打通任何電話，但可以暢通無阻地使用中文微博，我的「日本大地震了，媽媽我愛你，再見！」的微博得到了極多中國朋友的關懷，幾個小時內增加了三千多粉絲，大家給了我來自遠方的巨大的溫暖和力量，是我永生難忘的記憶。

　　二〇一一年三月十一日日本地震和海嘯，根據八月三十日為止的調查，震度七級（M9），餘震M5級以上有698次，海嘯最高達40.1米，日本死者15,869人，失蹤2,847人，負傷6109，外國人死亡兩人，失蹤五人。而我們是倖存者！

　　災害後，所有日常的大小煩惱都變成了活著的證明，也使得我更懂得了感激每一天的平安和與家人的團聚！人類，也許無法抵抗嚴酷的自然災害，但是至少我們可以不相互殘殺，和平友愛，珍惜生命！

　　活著，真好！

女兒在上海

◆周愚

　　當人們一提到「迪士尼」（全名為The Walt Disney Company，中文譯為華特迪士尼公司），所想到的，大概就只是在美國加州的洛杉磯、佛羅里達州的奧蘭多，和巴黎、東京、香港，以及正在上海開始興建的幾處迪士尼樂園和迪士尼世界。或者還會知道它出品的「白雪公主」、「睡美人」、「仙履奇緣」、「神鬼奇航」等老幼鹹宜，膾炙人口的電影而已吧！

　　殊不知，樂園和電影雖然是它的主要企業，但它所擁有的其他相關企業，規模也不會小於以上的那些。諸如美國三大廣播公司之一的「美國廣播公司」（ABC，在洛杉磯是第七號電視臺），和許多家有線電視公司，無數家五星級大酒店、餐廳，和服裝、玩具、禮品店等等。但是可能很少有人知道，近幾年來，它又增加了一項最新的企業，就是兒童英語學校，而學校的地點，都是設在中國大陸。

　　隨著中國大陸經濟的快速成長，人們於生活富裕之後，自然便會重視對獨生子女（中國大陸至今仍為一胎化）的教育，也知道英語對子女日後在工作上的重要性。商業眼光銳利，反應快速的美國人看準了這點，女兒服務的迪士尼公司，更是拔得頭籌。六年前，她被派到上海去擔任這項開辦兒童英語學校的工作，八

個月後第一所學校成立，師資全為年輕，高學歷的美國人，並由會說中文的華裔美籍人士擔任助理老師。

人人都知道，學語言年齡越小接受力越強，也知道學習第二語言必須從小學起才不會有口音，因此學校招收的兒童年齡限為零歲至十一歲。也就是說，呱呱墜地的嬰兒就可入學。試想，小孩子一生出來就讓他（她）日日與美國人相處，英文上的優勢，怎是十二、三歲，進了初中才開始從ABCD學起的人所能比的！

上海有錢的人太多了，雖然學費不菲，但一開辦學生立即爆滿，於是緊接著開辦第二所、第三所……三年後增至七所，但仍供不應求，現在更似幾何級數般，已經擴增到驚人的二十二所了！而且也開始在北京、天津、南京、蘇州、杭州、寧波等地繼續開辦。據迪士尼自己最保守的估計，現在他們在中國的兒童英語學校每年的商機可達到三百五十億元人民幣，未來數年內，還會以每年百分之三十的速度成長。可以想像得到，在上海讀兒童英語學校的花費，比起在美國上長春藤大學也不遑多讓呢！

家長們送子女入學後，另一願望就是要帶子女來美國觀光，當然必定要遊美國的迪士尼樂園，住迪士尼的旅館、用餐、購物……這又是一個多賺中國大陸人的錢的機會。女兒也因此經常要「出差」回美來充當他們的導遊，上海美國，兩頭忙得不亦樂乎，而公司則賺他們的錢賺得不亦樂乎。

這件事還產生了一項「副作用」，就是這五、六年來，也使得我和老伴幾乎每年至少都要去一次上海。雖然在這之前就曾去過多次上海，但以前去，不是把她作為進入大陸旅遊的第一站，就是作為遊畢返美的最後一站，停留最多只不過兩、三天，可說來匆匆，去也匆匆。但這幾次就完全不同了，不但曾去作過兩個星期的「長住」，也曾去和女兒共度農曆春節，甚至還有一次是

冒著上海正是暴風雪時也去了呢！

　　女兒的工作非常穩定，絲毫未受到這幾年經濟不景氣及失業率高的影響。由於這，使我聯想到兩件事：

　　第一，她之所以會被公司派到上海去，一是因中國大陸的經濟日趨繁榮，美國人可以在那裏賺到他們的錢；二是女兒除了專業領域的技能外，最大的原因就是她還會中文。派她去中國大陸，一人可當兩人用，如派美國人去，豈不是還要雇個翻譯！由此使我想到，我們來美國後，學英文固然重要，但保有足夠的中文程度，仍是隨時都有可能派得上用場的。

　　第二，我們來美國時女兒讀高二，而本來的預定計畫，我們是在女兒國小畢業那年就該來的，卻因正逢美國與中共建交而影響了對臺灣的移民配額，使我們多等了四年。當時我們為此怨天尤人，氣憤難當。但現在想起來，女兒也因此在臺灣多讀了四年書，如果我們早四年來美，她的英文固然可能會更好，但以國小畢業的中文程度，是絕對不足以勝任現在在上海的工作的。因此也使我領悟到，任何事情，不可強求，更不要怨尤，順其自然，心平氣和，心安理得。

　　作者簡介：周愚，本名周平之，空軍官校、美空軍戰術學院畢業。曾任飛行官、中隊長，上校階退役。來美後從事寫作，發表作品兩百餘萬字，曾獲聯合報報導文學獎，洛杉磯地區傑出華人成就獎。曾任南加州空軍官校校友會會長，北美洛杉磯華文作家協會會長、北美總會副會長。

附錄

北美洛杉磯華文作家協會名錄

職稱	姓名	筆名	英文名	性別
會　長	陳十美	常　柏	May Chen	女
副會長	董國仁	長白山人	John Tung	男
副會長	丁麗華	古蘭溪夢	Elaine Ding	女
理　事	郎太碧	小　郎	Tai Bi Lang	女
理　事	倉毓超	毓　超	Tong Yook Chew	男
理　事	營志宏	文　起	Levi C. Ying	男
理　事	何念丹		Chris Ho	男
理　事	朱凱湘		Karen Hsiao	女
理　事	何　森	新　生	Sam Ho	男
理　事	丹　霞		Rose Z. Herbst	女
理　事	酈掃疾	華之鷹	Saoji Li	男
理　事	楊　強		John Yang	男
理　事	張德匡		Edward Chang	男
理　事	周玉華		Yu-Hua Chou	女
理　事	馬黃思明		Linda Ma	女
理　事	蕭　萍		Angela	女
理　事	楊錦文	賣魚郎	Spencer Young	男
理　事	汪淑貞		Frances Wang	女
理　事	彭南林		Arthur Peng	男
監　事	游蓬丹	蓬　丹	Doris Yu	女

職稱	姓名	筆名	英文名	性別
監　事	周平之	周　愚	Joe P. Chou	男
監　事	張雯麗	文　驪	Li-Wen Chang	女
監　事	張明玉		May Chang	女
監　事	古　冬		Kwan P. Cheung	男
顧　問	游芳憫		Fang Ming Yu	男
顧　問	鄭惠芝		Hwei-Chih Cheng	女
顧　問	趙岳山	紀　剛	Chi Kang	男
顧　問	黎錦揚		Chin Y. Li	男
顧　問	林元清		Dr. Matthew Lin	男
顧　問	鄺鉅鈿		Peter Kwong	男
顧　問	廖聰明		Tom Liaw	男
顧　問	張儒和	如　禾	Ju-Ho Chang	男
會　員	李　涵		Han Li	男
會　員	劉耀中		Edward J. Low	男
會　員	李碧霞	岑　霞	Betty Cheung	女
會　員	張烱烈		Ken Cheung	男
會　員	艾　玉		Amy Liu	女
會　員	莊維敏		Wei-Ming Chu	女
會　員	陳文輝		Henry H. Tran	男
會　員	陳重珂		Rosa Hsu	女
會　員	譚少芳	譚知敏	Shao-Fen Liu	女
會　員	張　棠		Una Kuan	女
會　員	李少蘭	叢中笑	Shirley Li	女

職稱	姓名	筆名	英文名	性別
會員	潘天良	方 云	Alan T. Poon	男
會員	于杰夫	杰 夫	Yu Jie Fu	男
會員	柯約瑟		Joseph Y. Ko	男
會員	吳懷楚		Mongbie Ngo	男
會員	陳 森	思 楊	Michelle S. Chen	女
會員	王世清		Anna Wang	女
會員	黃梨雲		Lois Huang	女
會員	尹浩鏐		Raymond W. Yin	男
會員	凌莉玫	凌 詠	Li-Mei Ling Baranoff	女
會員	王勝璋	王育梅	Dolly Wang	女
會員	張繼仙		Ji Xian Zhang	女
會員	文 靖		Frank Wen	男
會員	周勻之	周友漁	Edmond Chou	男
會員	鄭錦玉	君 玉	Henry Jeng	男
會員	王 智	點 化	Zhi Wang	男
會員	何均利		James Ho	男
會員	田文蘭		Wen LanTien	女
會員	吳慧妮		Wennie Wu	女
會員	包承吉		Chen-Ji Bao	男
會員	黃敦柔		Duen-Rou Chen	女
會員	王曉蘭		Ruth Yen	女
會員	劉鍾毅		Zhong-Yi Lui	男
會員	周殿芳	文 馨	Zhou Dian Fang	女
會員	葉宗貞		Jane Lu	女

職稱	姓名	筆名	英文名	性別
會 員	慕容宛寧	夢 若	Wanlin McDowell	女
會 員	簡學舜		Ellen Hu	女
會 員	林慧蓉		Lydia Lin	女
會 員	龔 剴		Joe kung	男
會 員	劉秋果		Qiu Guo Liu	男
會 員	龔 方		Kung Fang	男
會 員	陳嘉禮		Lee G. Chen	男
會 員	何健行		Thomas C. Ha	男
會 員	黃嘉瑩		Shirley Huang	女
會 員	菊 子		Ju Zi	女
會 員	朱 睿		Julia Zhu	女
會 員	吳曉光		Christine Wu	女
會 員	王竹青		Chuching Wang	男
會 員	馬大維		David Ma	男
會 員	何 戎		Rong He	男
會 員	孫 琳		Lynn Sun	女
會 員	鄭傑婷		Ketty Cheng	女
會 員	王潞潞		Lulu Wang	女
會 員	李佩蘭		Pei Lan Li	女
會 員	左秀靈		Shiu Lin Tsao	男
會 員	傅 中		John C. Fu	男
會 員	張翠姝		Shirley Ho	女
會 員	張文文		Wendy Zhang	女
會 員	李岩希		Yan Xi Li	男
會 員	劉志華		Lucy Chao	女
會 員	曹宇衡		Yu Heng Cao	男

職稱	姓名	筆名	英文名	性別
會　員	劉　戎		April Liu	男
會　員	王傳明		Chuan Ming Wang	男
會　員	蔡季男		Jim Tsai	男
會　員	羅清和		Qing He Luo	男
會　員	李雅明		Ya Ming Li	男
會　員	李　峴		Maria L. Gee	女
會　員	段金平		Jinping Duan	女
會　員	張五星		Wuxing Zhang	男
會　員	羅興華		Paul Lo	男
會　員	張裕東		Yu Dong Zhang	女
會　員	周克忠		George K. Chou	男
會　員	陳思寧	慈　林	Mark Chen	男
會　員	余淑萍		Sophia Yu	女
會　員	趙玉蓮		Elaine Zhao	女
會　員	曹桂友	天山客	Gui You Cao	男
會　員	葉拉拉		Lala Ye	男
會　員	龔天茂		Dr. Albert Kung	男
會　員	陳光漢		David Chen	男
會　員	劉宗英		ZongYing Liu	男
會　員	馮斯昕		Mia Feng	女
會　員	趙玉蓮		Elaine Chao Thomas	女
會　員	史蒂芬		Stephen Thomas	男
會　員	劉東方			男
會　員	車駕平		Chejia Ping	男

編後語

◆編輯室

　　每做一件事都非常不容易，更何況會友們散居各地，承印出版單位又在國外。每年要出版一本會員文集，更是不簡單。從籌措經費到稿件通知、催請、等候、搜集、編輯、傳送、排版、校對到承印、運送、發行，實在是一件沒有經過的人不知有多繁瑣的重責大任。

　　二〇一二年的文集幸運的由本會老會長周愚監事一手承攬得以完成，更可貴的是，間中他有個視力的手術，可是在手術後馬上繼續拾起重任，關切到底，其負責盡職的精神是真正為大家模範與所敬仰的。

　　也謝謝理事彭南林調動本會十六位精英幹部組成校對小組適時支援，在一周內完成二校的功能，令人不得不為本會老中青會員們，堅強的實力搭配與執行力刮目相看。

　　二十一年了，我們一年一度的作品文集，從《洛城作家》、《會員文集》到《作家之家》，不論出版形式是特刊或專輯，除了兩篇來自北美總會的特稿以外，篇篇都是出自我們會內自己會員的真材實料。從大部份具有擲地有聲的鏗鏘大作，到初試啼音的青澀小品，都是極其樸實真誠的創作，沒有門面也不虛應社會故事。

　　希望得到的效果是真正能發揮提攜後進，厚植《作家之家》廣義深遠的意義與功能，也期望所有會員體恤來之不易，為我海外中華文化與華文文學的傳薪，更加堅持勤奮地筆耕不輟，百尺竿頭更進一步。

　　最後也要非常感謝秀威資訊公司及責任編輯林泰宏先生，多年來在各方面的鼎力支持，這本我們作協集體的心血結晶，才能年年如期展現在大家的面前。

二〇一二年十二月三十一日

語言文學類　PG0945

作家之家

編　　　者/北美洛杉磯華文作家協會
總 編 輯/周　愚
責 任 編 輯/林泰宏
助 理 編 輯/陳十美、彭南林；文書/張婧磊
校　　　對/小郎、毓超、董國仁、何念丹、營志宏、賣魚郎、楊強、張德匡、
　　　　　何森、蕭萍、凌詠、蔡季男、曉蘭、吳慧妮、段金平、張五星、
　　　　　吳曉光
圖 文 排 版/陳姿廷
封 面 設 計/秦禎翊

出 版 者/北美洛杉磯華文作家協會
　　　　　North America Chinese Writers' Association, Los Angeles
　　　　　3107 N. Gladys Avenue, Rosemead, CA 91770, U.S.A.
　　　　　TEL：(626)573-8485　E-mail：mchen3088@gmail.com
發 行 人/陳十美
法 律 顧 問/毛國樑　律師
印 製 經 銷/秀威資訊科技股份有限公司
　　　　　114臺北市內湖區瑞光路76巷65號1樓
　　　　　電話：+886-2-2796-3638　傳真：+886-2-2796-1377
　　　　　http://www.showwe.com.tw
劃 撥 帳 號/19563868　戶名：秀威資訊科技股份有限公司
　　　　　讀者服務信箱：service@showwe.com.tw
展 售 門 市/國家書店（松江門市）
　　　　　104臺北市中山區松江路209號1樓
　　　　　電話：+886-2-2518-0207　傳真：+886-2-2518-0778
網 路 訂 購/秀威網路書店：http://www.bodbooks.com.tw
　　　　　國家網路書店：http://www.govbooks.com.tw
圖 書 經 銷/紅螞蟻圖書有限公司
　　　　　臺北市114內湖區舊宗路2段121巷19號（紅螞蟻資訊大樓）
　　　　　電話：+886-2-2795-3656　傳真：+886-2-2795-4100

2013年4月BOD一版
定價：430元
版權所有　翻印必究
本書如有缺頁、破損或裝訂錯誤，請寄回更換

國家圖書館出版品預行編目

作家之家 / 北美洛杉磯華文作家協會編.-- 一版.
-- 臺北市：北美洛杉磯華文作家協會, 2013.04
　　面；　公分. -- (語言文學類 ; PG0945)
　　BOD版
　　ISBN 978-986-86814-1-5(平裝)

874.3　　　　　　　　　　　　102003924

讀 者 回 函 卡

感謝您購買本書,為提升服務品質,請填妥以下資料,將讀者回函卡直接寄回或傳真本公司,收到您的寶貴意見後,我們會收藏記錄及檢討,謝謝!
如您需要了解本公司最新出版書目、購書優惠或企劃活動,歡迎您上網查詢或下載相關資料:http:// www.showwe.com.tw

您購買的書名:_____

出生日期:_____年_____月_____日

學歷:□高中 (含) 以下　　□大專　　□研究所 (含) 以上

職業:□製造業　□金融業　□資訊業　□軍警　□傳播業　□自由業
　　　□服務業　□公務員　□教職　　□學生　□家管　　□其它_____

購書地點:□網路書店　□實體書店　□書展　□郵購　□贈閱　□其他
您從何得知本書的消息?

　□網路書店　□實體書店　□網路搜尋　□電子報　□書訊　□雜誌
　□傳播媒體　□親友推薦　□網站推薦　□部落格　□其他_____

您對本書的評價:(請填代號　1.非常滿意　2.滿意　3.尚可　4.再改進)

　封面設計____　版面編排____　內容____　文/譯筆____　價格____

讀完書後您覺得:

　□很有收穫　□有收穫　□收穫不多　□沒收穫

對我們的建議:_____

_____

_____

_____

11466
台北市內湖區瑞光路 76 巷 65 號 1 樓

秀威資訊科技股份有限公司　　　收

BOD 數位出版事業部

....

（請沿線對折寄回，謝謝！）

姓　　名：_____　　年齡：_____　性別：□女　□男

郵遞區號：□□□□□

地　　址：_____

聯絡電話：(日) _____　(夜) _____

E-mail：_____